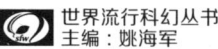

世界流行科幻丛书

主编：姚海军

【韩】金周永 著

李旋 译

四川科学技术出版社

Time Exiles © 2017 by INDIE PAPER
First published in Korea in 2017 by INDIE PAPER
Through Shinwon Agency Co., Seoul
Simplified Chinese translation rights © 2020 by Science Fiction World
All rights reserved.

图书在版编目（CIP）数据

时间亡命者 / [韩]金周永 著；李　旋 译 .
—— 成都：四川科学技术出版社，2020.4
（世界流行科幻丛书 / 姚海军 主编）

ISBN 978-7-5364-9768-9

Ⅰ . ①时… Ⅱ . ①金… ②李… Ⅲ . ①幻想小说—韩国—现代 Ⅳ . ① I312.645

中国版本图书馆 CIP 数据核字（2020）第 041362 号

图进字：21-2019-439

世界流行科幻丛书

时间亡命者

出 品 人	钱丹凝
丛书主编	姚海军
著　　者	[韩]金周永
译　　者	李 旋
责任编辑	程蓉伟　姚海军
特邀编辑	汪 旭
封面绘画	哆 多
封面设计	施 洋
版面设计	施 洋
责任出版	欧晓春

出版发行　四川科学技术出版社
　　　　　四川省成都市槐树街 2 号 出版大厦　邮政编码：610031

成品尺寸	140mm × 203mm
印　　张	11.5
字　　数	198 千
插　　页	2
印　　刷	四川省南方印务有限公司
版　　次	2020 年 4 月成都第一版
印　　次	2020 年 4 月成都第一次印刷
定　　价	46.00 元

ISBN 978-7-5364-9768-9

目录

序幕

子弹从十点钟方向飞来，志韩扭头望去，下一个瞬间，他感到子弹贯穿了身体。巨大的冲击力让他不由得身体后仰，松开了紧握的人力车把手。离开朝鲜后，他途经广阔原野，横渡悠悠碧海，一路走来，虽然几次中弹，但是今天的感觉和以往不同。

　　他吃力地维持着身体的平衡，凝视子弹飞来的方向。巷弄之间，一个仓皇而逃的背影闪过。枪手必定是他。虽然在这个时代杀人是一件很常见的事，但是光天化日之下，此等不法之徒也实属罕见。

　　到底会是谁？志韩狠狠地盯着那个背影闪过的地方，心里仔细斟酌着一切可疑之人，但转念一想，与自己结怨之人不在少数。

　　此时，狭窄的巷弄之中，一个男子突然出现。他静静地望着志韩，志韩一下便认出他来。那日，这个男子分明已经死了。

但是此刻，他洁净无瑕的面容依旧如那时一般，姣好得就像个姑娘。

先生，您将于 1937 年 5 月 5 号离世。我会来接您的。

两个月前，男子在留下这番话后，将手枪对准自己的太阳穴，扣动了扳机。仔细一想，今天刚好就是他说的那天。

居然能看见死人，我这是已经踏上黄泉路了吗？不然的话，那家伙果真是来迎接我的阴间使者？

虽然志韩想尽力让自己振作起来，但腿怎么也使不上劲儿。鲜血不断从中弹的胸口涌出，浸湿了衣衫，散发着腥味。志韩竭力地抬头望向男子的脸，却怎么也无法看清。这条命苦苦撑到今天，看来在春天到来之前就要走到尽头了。也对，就算春天如期而至，自己孑然一身又能做什么呢？

不一会儿，第二颗子弹朝他的额头飞来。

第一章 来自未来的男子

1

三个月前，志韩第一次见到这名男子。那日，下着倾盆大雨，他拉着人力车跑遍了上海的大街小巷，街道上却如世界末日一般，看不到任何人的踪影。好不容易载到一位西洋女子，她神色慌张，也不知是有什么要紧事。在将她送到巷口后，志韩便再也没有招揽到任何客人。其他的人力车夫大概是早早地收了工，街上也没了他们的踪迹。

志韩停下车，短暂地休息。他俯瞰黄浦江，发现江水已变成了淡淡的土黄色。它裹挟着江面上的一切，不断地奔涌着。在这种没生意可做的日子里，再怎么四处跑车，也只是苦了肚皮而已。志韩收了工，掉头盘算着去哪儿喝一杯。

　　每当有钱入账的时候，志韩都会光顾一家老旧的长桌小酒馆，酒馆里今天也是无比冷清。为了省着喝，志韩小口小口地抿着酒。这时，酒馆门打开了，一名男子迈步进来。男子年纪不大，穿着一套体面的高级西服。深色调的单色领带虽然显得朴素，但是与条纹衬衫搭配起来，也十分时髦。头发被整齐地梳到后面，小巧而棱角分明的脸轮廓优美，如姑娘般精致。乍一看，就像个富家少爷。但是，如果说是一个从小锦衣玉食的阔少爷，他笔挺的身姿和沉稳的步伐却显得不同寻常，最不同寻常的是那犀利的眼神。

　　与男子擦肩而过时，志韩偷偷地看了一眼男子衣领上的紫色徽章。徽章上的图案十分奇妙：一条直线的尽头分出几条直线，每条直线的尽头再分出几条直线，无限反复，使整个图形看起来就像一棵只剩枝干的巨树。

　　近来，志韩也曾几次碰见其他人戴着类似这种图案的徽章，只是颜色不同。看来在上海应该是出现了某个连他也不了解的新组织。竟然将自己身份的标志公然展示出来，简直不可一世。如果不是某个官方组织，那一定是一群四处招摇的小毛孩儿。

　　生于风尘世间，何所期？

　　荣华富贵享尽，可足矣？

苍穹明月之下，细细思量。

世间万事，春梦中又梦一场。①

酒馆中坐着的一位老者伤情地唱起朝鲜的流行曲调。

志韩漫不经心地看了看酒馆外倾泻而下的雨，又默默地将视线投向了自己的右手，那没有食指的右手。那天他因手指截断而痛得晕倒在地后，还是一位拉人力车的朝鲜同胞将他背回了家，好不容易才止住了血。秀香像丢了魂似的跑回来，紧紧地握住志韩的右手，伤心得直掉泪。从朝鲜来上海的时候，他们完全没预料到竟会有如此遭遇。

志韩咽了一口酒，想起了秀香。她在留下一张纸条道别后，已失踪近四个月了。虽然她肯定是去了抗日前线，但具体地点却难以确定。他也在上海四处搜寻秀香的消息，打听她的下落，但还没有任何线索。

生于风尘世间，何所期？

荣华富贵享尽，可足矣？

谈笑间，蹉跎岁月，酒色中，迷了本性。

---

① 曲名为《希望歌》，流行于二十世纪二三十年代的朝鲜半岛，词曲作者不详。

世间万事尽抛脑后，可足矣？

　　老者口中的曲调婉转悠扬。在志韩侧耳倾听之时，那个形迹可疑的男子站了起来，似乎准备离开。这瓢泼大雨依然没有丝毫要停的意思，这种天气不宜外出。但男子仿佛是下定决心要离开，没有丝毫迟疑地朝门口大步走去。

　　但在走向门的途中，男子却在志韩面前停住了脚步。志韩条件反射地将手放到桌下。要是情况不妙，他打算掀了桌子逃走。

　　"是姜志韩先生吧，可以一起坐会儿吗？"男子问道。

　　那男子说的虽是朝鲜话，口音却十分奇怪。在沪的朝鲜人中，来自朝鲜八道①的都有，志韩早已听过各种口音，但这一回却拿不准。志韩默不作声地观察了一会儿男子的面相，然后点了点头。

　　"请坐。"

　　男子和他相向而坐。

　　"如果是为了托我做从前那些事，那你就白跑了。我已经不干那些事很久了。看吧，手指已经成了这个鬼样子。"

　　"明白。"

－－－－－－－－－－

　　① 八道，古时朝鲜半岛的行政区划。

志韩再次打量男子的脸。只要见过一次的人，他绝对不会忘。志韩从前分明没有见过此人，但他望着自己的眼神，总让人觉得不安。怎么看这个男子也不像是第一次见到志韩。

"你以前见过我吗？"

"当然，见过好几次了。"

男子将鬓角的头发掀起，露出一个还没有完全愈合的小伤疤。

"这个伤疤都是拜您所赐。之前手臂也被您折断过。"

"我吗？"志韩感到尴尬，笑了出来。如果男子说的是事实，自己不可能不记得他的容貌。他一定是认错人了，"我说，我看你是认错——"

"没有认错。"男子打断志韩的话，斩钉截铁地说道，"我要带您前往未来，但是之前的两次尝试都以失败告终。第一次由于您拼死反抗，我们不得已将您处决；第二次由于医疗队没能采取适当的救护措施，您再次殒命。也就是说，这是第三次尝试了。由于您总是毫无理由地将陌生人统统视为敌人，所以我决定先和您混个脸熟。"

"这可真稀罕。"志韩用少了一根指头的右手挠了挠腮。对于此人口中所言之事，他完全没有头绪。只觉得他生得粉头白面，像哪处富贵人家的少爷，想必是脑子出了问题吧。

"看清楚,好好记住我的脸,明白了吗? 我不是敌人。"男子说完之后,站了起来。

"走之前留个姓名吧。"志韩忽然说道。

但男子没有回应,自顾自地推开酒馆门,迈入暴雨之中离开了。志韩凝视着雨中男子独自前行的背影,脑海中浮现起他洁白的面庞。看此人面相,怎么也不像是能干出凶险之事的人。

"这家伙到底什么来头?"志韩皱起了眉头。

我不是敌人。

男子最后留下的话萦绕在志韩耳边。不是敌人,但也算不上朋友。这样一来,既可能是敌,也可能是友。

"到底应该算哪边呢?"

不知不觉间,刚刚的瓢泼大雨变得淅淅沥沥。志韩将装有酒的酒杯递给了刚刚吟唱的老者。

"听歌的钱。"

老者面露喜色,想要道谢,志韩却转过身推开了酒馆门。

"生于风尘世间,何所期?"

志韩嘴里哼着老者所唱歌谣的第一节,跨进了飘洒的雨中。

2

在上海的背街小巷里，一个年轻人经营着一家杂货铺。这日，他忽然听见有人力车进入巷子的声音。这家破旧的杂货铺位于巷子深处，通常不会有客人专程坐着人力车到此，而且往来于这巷子的人也并非坐得起人力车的人。偶尔也会有人力车夫迷了路进到巷子里，看来今天又是谁迷路了。但人力车的声音越来越近，在杂货铺附近戛然而止。

店主估摸这人大概是在找路，于是静静地竖起耳朵听。但无论是向行人问路的声音，还是查看四周环境的脚步声，都不曾响起，外面只有一片寂静。

他蹑手蹑脚地起身，开门查看状况。人力车还停在店旁，但乘客和人力车夫都不见了踪影。店主意识到情况不妙，于是赶紧后退，关上了店门。但不速之客早已进入店中。

"这里不是你该来的地方。快走吧。"店主黑着脸指着门说道。

"有必要这么冷淡吗？我既不是卖国奴，又不是间谍。"志韩脸上闪过一丝笑意。

店主怒视着他的笑脸，"对，你并非卖国奴，也不是间谍，但你是卑鄙的叛徒。快走吧。"

该说的都已说完，店主转过身去，朝着通往二楼的楼梯走去。

"有秀香的消息吗？"店主的脚刚要跨上楼梯，志韩问道。

店主停下了脚步。

"我四处都打听过了，也不知道秀香去了哪里、人是死是活。所以才一路找到这里。"

店主神情犹豫，短暂沉默后，再次开口道："你有什么资格来问秀香的事？"他的语气中带着不满。

"看来你是知道点什么了。"志韩若无其事地笑道。

店主隐约感受到志韩笑容背后蕴含的威胁意味。不管他现在的外表看来如何，志韩毕竟是受过训练的军人，曾凭借娴熟的杀人手段夺走过很多人的性命。

"有人说碰见过秀香，当时她正在赶往满洲①的路上。我也只知道这么多。"

店主似乎不想再继续面对志韩，匆忙上了楼。志韩独自在杂货铺内站了一会儿，推开了店主刚刚合上的门。风从狭窄的巷道里席卷而来，将志韩的头发吹起，最终又消散在拐角处。

志韩呆呆地望着风的痕迹消失在角落里。如风一般消失的

———————

①旧时指我国东北一带。清末日俄势力入侵，称东三省为"满洲"。第二次世界大战结束后，最终只有一个城市"满洲里"还保有满洲地理名称，其余则不再使用。

秀香现在身在满洲。虽然这一消息无法指引志韩找到秀香，但现在这就够了。

"还活着吗？"志韩望着天空自言自语道。

他拉起停在角落里的人力车，出了小巷。

刚一出巷口，就有客人叫住了他。

在巷口下客之后，志韩掉转车头。大概是因为从早上开始就一直饿着，一路跑下来，志韩的双腿直打战。看来得先把肚子填饱，于是他朝一家面馆走去，这家店他平时偶尔会来。他拉着空空的人力车走着，忽然感觉到街对面有一双眼睛正在注视着自己。

他心想着应该是客人吧，转头去看，正好与对面的男子四目相对。盯着自己的正是大雨之日在酒馆中邂逅的可疑男子。看样子为了见到志韩，他在那里已等候多时。志韩面露不悦，故意装作不认识，避开了他的视线。

志韩加快步伐，想要躲开他。男子却横冲直撞地穿过马路朝志韩走来。

"您好，先生。"

男子突兀地上前搭话，志韩抓着脑袋，与他四目相对。男子依旧如同初次见面时那般，收拾得干净利落。但下巴左侧却多了一道之前没有的伤疤。看样子才伤了没几天。

"你不会这两天和谁打架了吧？"志韩默默地打量着男子衣领上的徽章，忽然甩出这句话。

"是的。"

"和谁？"

男子抬手指向志韩。

"和我？你真会开玩笑。"

"要是玩笑就好了。"

男子看起来有些生气。志韩没有接话，往地上吐了口痰，加快了脚步。

"逃跑也没用，先生！"男子在志韩身后喊道。他这话似乎在告诉志韩，不管失败多少次，他都会再来找志韩的。但男子并没有真的跟上来。

难道是来寻仇的？志韩脑海中浮现出从前死于他手下的各种人。日本人、朝鲜人、美国人、印度人、法国人、英国人、俄国人、德国人，长相各异的脸涌现在他的眼前。他忽然意识到，原来自己结下的仇怨简直不计其数。想到这一点，空空的人力车仿佛也比平时重了许多，就像被怨恨的重量压着似的。

为了摆脱这种感觉，志韩用力地跑了起来。虽然阳春三月就快来了，但风还是像冬天那样凛冽。迎着寒冷的江风跑了一阵后，志韩的脸和耳朵都冻得通红，背上却流着热汗。

把车停在破旧的面馆前，志韩站着点了一碗面。店主是一位老人。在志韩等面端上来的间隙，另一辆人力车也停在了面馆前，下了客。志韩接过面碗，将面一圈一圈地用筷子挑起，就在面即将入嘴的刹那，他与刚刚下车的客人四目相对了。

"妈的！"他骂了一声，将筷子放回碗上。是刚刚那个男子。志韩刚才也没见他在身后跟着，现在居然能找到这里来，真是奇了怪了。

"您慢用。"

男子示意志韩不用着急，自己也点了一碗面。两人不慌不忙地吃着面，一句话也没说。志韩呼噜呼噜地把汤喝光，打了一个饱嗝，将空碗还给了老人。

"好，你这回来找我又是为了什么？"

男子碗中的面还剩一半，他将碗还给老人后才开口道："上次见面的时候我明明已经说清楚了，我不是您的敌人。"

"对，确有此事。"

"那您为什么还要这样对我？"男子指了指下巴左侧的伤口。还没等志韩开口，他又接着说，"托您的福，我是九死一生。您治人的手艺可真是绝了。"

"我又死了？"

志韩觉得男子的疯言疯语简直可笑。但是从男子的神情来看，又丝毫不像是开玩笑。

"对，又死了。"

"那不干脆就完事了，干吗又来找我？在你们那个世界，我就那么重要？"

"不是那个世界，是未来。并且您也并……"

男子皱了皱眉，志韩马上察觉到他脸上闪过的一丝迟疑。

"您是非常重要之人！"男子强调道。

谎话。志韩心里思量着。但是自己也没必要因为这个再和他多费唇舌，这完全是浪费时间。刚好对面有客人在对志韩招手示意。

"下次我再好好努力。"留下这句话后，志韩抓起了人力车把手准备离开。

志韩熟练地掉转车头方向，穿过马路，在客人上车坐稳后，回头看了一眼。那个男子依然伫立在对面望着他。真搞不懂，他为何总要找自己说些疯言疯语。但是如果将他看成疯子，自己只是恰巧被他盯上的话……那干净利落的外表和衣领上的徽章又显得不同寻常，总让志韩觉得不安。那徽章并不常见，对颇有眼力见儿的人力车夫来说，这个细节当然逃不过他的眼睛。只要志韩稍微打听一下，应该就可以查出这家伙的底细。志韩通过手掌感受着人力车上客人的重量，腰部发力准备起步，但是还没跨出几步，他就听到嘈杂的枪声响起。

枪声不断地回荡在耳边，志韩丢下人力车跑了起来。周围的人群一边尖叫一边四散而逃，街道很快便安静了下来。志韩藏身于一架翻倒的巨大牛车后面，枪声再次响起。他探头看了看枪声传来的方向。只见地上横着两具尸体，也不知这枪战是因何而起。

志韩敏锐地环顾四周，搜寻着枪手的踪迹。四下静悄悄的，想必是枪手已经得手，便逃之天天了。志韩使劲儿撑着蹲麻的腿，正准备起身。就在这时，一个女人从他身边走过。志韩的视线停在了女子所持的长枪上。虽然见过各式枪支，但这种样式的枪支他还是第一回见。

女子轻松地把枪抬起，没有费劲地瞄准，便即刻扣动了扳机。不对，那枪是有扳机的吗？枪的响声怪异，很难将其等同于一般意义上的枪声。志韩听着枪声，朝枪口所指的方向望去。只见一名穿着整洁的西洋人中枪倒下。志韩的目光再次回到女子身上，她的衣领上别着与那个疯子一样的徽章，只是颜色不同。

女子远去后，志韩小心翼翼地起身。之前躲藏的人也开始接二连三地出现，街道重新变得喧闹起来。人力车上的客人早已逃得没了踪影。志韩将翻倒的人力车摆正，脑海中想着刚刚看到的徽章。从这名女子的行为可以推断，那男子必定也是个危险人物。他们到底打的什么鬼算盘，自己这回得好好打听打听，不要一不小心丢了性命。

3

每次遇到人力车夫，志韩都会将徽章的纹样画给他们看，但是没有一个人知情。人力车夫每天穿梭于上海的大街小巷，志韩以为一定会有人见过，但他失算了。他打听了十五天还是一无所获，看来这次又是白忙活一场。就在这时，一个来上海还不到一个月的车夫认出了徽章的纹样。

"请问你见过佩戴这种徽章的人吗？"

男子出神地看着地上志韩所画的徽章纹样。"见过。你问这个做什么？"男子用冰冷的目光扫视着志韩的脸，"兄弟，你命不久矣。"男子的语气和目光一样冰冷。

"这是为什么？我有什么罪，为什么要死？"志韩十分不解，嘴里嘟囔着。

"那家伙是从阴间来的，要带你走。他现在已经盯上了你，你恐怕是没有活路了。"

"他们的组织就那么厉害？"

"组织？"男子直愣愣地看着志韩，露出了冷笑，"确实，是个厉害的组织。世上没有他们去不了的地方，只要是他们盯上的人，就一定能带到阴间去。那些家伙，可是阴间的使者。"

志韩感到脊背发凉。虽然他觉得这厮明显在胡说八道，但也许是因为车夫的语气过于平静，志韩不由得感觉毛骨悚然。

"原来如此，我就说那开枪的女子长得好生凶悍，原来是阴间的使者。那这阴间使者组织是什么时候有的？"

志韩权当男子的话是一派胡言，努力想要一扫心中的阴霾。但男子脸上没有丝毫笑意，只是死死地盯着志韩。男子冷冷的眼神中透着严肃和认真，志韩不由得起了一身鸡皮疙瘩。

"你都是怎么听的，不是告诉过你了吗？他们是阴间的使者。"

"所以我才问你啊，那些杀人的家伙……"

"你真是听不懂人话，那些家伙是阴间的使者啊。"男子的眼睛炯炯有神，他慢条斯理地接着说道，"在朝鲜的时候，我们家世代以替人殓尸为生。我爷爷和我爹都是干这一行的。我小时候经常看见你画的那种徽章。兄弟，你见过佩戴这种徽章的人，那你肯定知道，那些人总是出奇地白净整洁。虽然说不出他们是哪里不对劲儿，但他们身上总有一种微妙的感觉，好像不属于这个世界一样。你有这种感觉吗？"男子眨着眼睛反问志韩。

志韩回想起那个疯子的样子。正如这个人力车夫所说，对于一个男人来说，那疯子的脸确实过于白净了。他身着的高级西服虽然算不上奇特，但白衬衫和领带的布料确实偶尔泛着些不寻常的光泽。鞋每次也都如同新的一般锃亮。这么一想，那个举着怪枪的女子在穿着打扮以及感觉上也与那个疯子十分接近。

"你说得对。"志韩的脸上浮现出笑意，"他们身上确实有种微妙的感觉。"

"我就说吧。"男子点了点头，"我爷爷告诉我爹的，这些人不属于这个世界，是阴间使者。只要他们一出现，过不了多久就会死人，因此要提前做好殓尸的准备。这些使者盯上的人死去后，尸体都会变得不一样。"

"尸体不一样？那是什么意思？"

"在揉搓或者触摸尸体时的感觉，我爹管这叫手感，他说这些尸体的手感会不一样。这些人竟然能让阴间使者特意前来把他们接走，可见都不是一般人，所以会这样。"

"这么说，来找我的人就是为了带走我而出现的阴间使者？"

男子不说话，只是点头。

"真是有意思。"

志韩为了掩饰自己的怯意，故意笑得很夸张。但男子并没有笑，眼神阴郁冰冷，眼角萦绕着邪气。

"这个先不说，我怎么没见过你呢，你这是打哪儿来？"志韩避开男子的眼神，换了个话题。

"一直到上个月为止都在南京。"

"也是，比起南京，上海的生意要好做得多。"

"倒不是为了生意。那边的收入比这里高多了。"

"那你为什么要来上海？"

男子迟疑了一阵，低头看着地面，死死地盯着地上志韩画的奇怪的纹样。

"现在南京到处都是戴着这种怪异徽章的阴间使者。刚开始只有一两个，渐渐地就到处都能看见了。阴间的使者蜂拥而至，看来南京迟早都得出事。我就是为了避难才来的上海。"男子眨着眼睛说道。

志韩只觉背脊发凉，也不再说话。

这世界几近癫狂。各色人种露出他们的爪牙，互相撕咬，非得拼个你死我活。日本人、朝鲜人、美国人、印度人、法国人、英国人、俄国人、德国人，为了追逐欲望，他们从自己的国家纷至沓来。不仅仅是他们，在上海，这类人不计其数。

志韩直愣愣地看着路对面。从四面八方汇聚到上海的人在路上穿梭，他们都披着一张人的皮囊。其中到底几个是人，又有几个是畜生，光从外表着实看不出来。

"有北方的消息吗？"男子向志韩问道。

"听说那里正惨遭入侵者的践踏。"

"就没点儿其他新消息吗？"

"穷人被榨干了骨血，有钱有势的人不管国家变成什么样，依旧可以苟且偷生，自古就是这样，这也算不得什么新消息。"

"没有抵抗吗？"

"看来兄弟你还抱着幻想啊！"

"被践踏难道不该抵抗吗？"男子的语气那么理所当然。

"像你我这样的人，就算抵抗成功，为了粮食谷物、金银钱两，依然还会被迫害。"志韩扑哧一笑，站了起来。

"保重身体。"男子对着志韩的背影，冰冷地甩出这句话。

志韩感受着身后男子投来的目光，走向一旁的人力车。

忽然，秀香的面容浮现在志韩的脑海中。此刻她正在满洲，是生是死，志韩全然无法得知。去了满洲，她必定投身于武装抗日斗争；如果是这样，志韩想要活着再见秀香的可能性就十分小了。他躲避着日军，艰难地从朝鲜脱身，却一点儿也没料到秀香会前往满洲。自己一开始的隐瞒就是最大的失误。如果一开始秀香便知道真相，也许就不会这样一句话也没留地离开了。

志韩双手紧握人力车，凝视前方。此刻，每迈出一步，眼前都闪现着不断后退的风景，使他忽然回想起那些已回不去的时光。回忆里的人大多已不在人世。那充斥着死亡的青春，如同在和煦阳光下目睹的尸横遍野的景象一样，那么不真实，那么悲哀。

夜里，志韩来到酒馆，把当天挣到的钱都花在了酒上。独酌的下酒菜非常简单。一杯又一杯廉价的酒接连下肚之后，他感到滚烫的酒气一股股地冒上来，喉咙像火烧一般。

"生于风尘世间……"

也不知是借着酒气还是热气，志韩不自觉地唱起了那婉转的曲调。他摇摇晃晃地起身，虽然已经戒赌多时，但此刻他还是朝着赌场走去。左右摇晃着每挪动一步，他脑海中都浮现出挚友利律临终时的样子。

因为遭到严刑拷打，利律的脸已伤得血肉模糊，看不出任何表情。舌头在肿胀的嘴中缩成一团，完全听不清他在说什么。即使这样，利律也还是用尽了所剩无几的力气，将秀香托付给了志韩。不对，这只是志韩的解释罢了。"你们两人一定要一起等到春天的到来"，对于利律的遗言，秀香却有着不同的解读。如果两个人对利律的遗言能有一样的理解，也许就不会像现在这样分道扬镳了，或许已经一起死了，又或许还一起生活在这里。

作战计划有变。

身着日本军服的志韩在秀香面前撒了谎。在他和秀香一起登船前往上海的那一刻，战友们……一时之间枪声四起，枪声与喊叫声相互交织的惨烈场面在眼前铺展开来，这画面对志韩来说，像亲身经历过一般真实。但是这种地狱般的场景，志韩也早已司空见惯。

逃离地狱之后所抵达的上海也并非极乐世界。

志韩摇摇晃晃地推开了赌场大门，赌场里到处都开设着赌局，里面弥漫着刺鼻的香烟气。他一步步走进了烟雾中，东张西望想找个地方下注。每走一步，他都感到自己的身子在打晃。为了不摔倒，他艰难地维持着平衡。这时，他感到有人抓住了自己的胳膊。

"又是你？"

志韩觉得郁闷极了。曾几次出现、满口胡言的男子又一次站在了他的面前。志韩看了看男子衣领上的徽章，扑哧笑出了声。

"能见着阴间使者，看来我的大限将至。要杀要剐就赶快动手，你这来来回回地跑也不嫌累？"

"阴间使者？也对，以前的人确实很多都这么认为。"

男子笑了一下，从怀里掏出手枪。然后面对面地凝视着志韩，慢慢地举起了枪。他眉毛整齐，眼神犀利而坚定。沉着冷静而又毅然决然的样子，表现出他百折不挠的意志。

志韩心想该来的终于来了。他望着对准自己额头正中央的枪口。枪口和额头之间的距离很近，气氛异常紧张。他曾在无数的沙场征战中幸存下来，怎料想到头来，会栽在一个不知名的阴间使者小毛孩手中。他在心里暗自苦笑，用眼睛回应着男子那没有一丝迟疑的眼神。

看来是逃不掉了。漫长而艰辛的旅程将无果地终结于此。即使会有遗憾，志韩也不会后悔。没办法安安稳稳地死，这结果他老早以前就已经有思想准备。志韩痛快地接受了这一结局，迎向枪口。

但是枪口忽然换了方向。男子慢慢地将枪口掉转，指向了自己的头。志韩大惊失色地望着男子。他依旧没有一丝动摇，冷静地将枪口对准了自己的太阳穴。志韩仿佛也感受到了太阳穴上枪口的冰冷触觉，不由得感到一阵寒意。

"这又是唱的哪一出！"

志韩的声音显得有些慌乱。但是男子却十分平静。

"这是我最后一次来找您了。如果这次失败的话，我将永远也不会再有机会带您前往未来，所以先生您一定要相信我。"

男子将手指扣在扳机上。志韩的眼神有些慌乱。此人所说的话、所做的事都太让人费解了。志韩与男子四目相对时，只见男子的嘴角轻轻上扬，像是在笑。不对，自己这么认为一定是受了心情的影响，哪个疯子在枪口对准自己的脑袋时还笑得出来！

"先生您将于1937年5月5号离世。我会来接您的。"

男子简单明了地说完这番话后，手指用力扣动了扳机。

子弹贯穿了男子的太阳穴，发出钝重的声响。也许是因为开枪时的巨响，志韩不自觉地闭上了眼。等他再睁开眼时，只见男子的脑浆和血溅得四处都是。与此同时，男子的身体也慢慢地向地上倒去。

志韩像丢了魂一样，望着倒下的男子。男子倒在志韩脚边，鲜血渐渐从他的身体向周围蔓延开来。

他竟然会了结自己，到底是为了什么？

就在志韩苦苦思索这个无解的问题时，受到惊吓的人群尖叫着向四方逃散而去。

直到耳边传来行人来往的声音，志韩才慢慢回过神来。天已破晓多时。昨天那件事后，他从店里冲出来，在巷子里躲藏了一会儿，酒劲儿上来便睡着了。大概是因为在冷冰冰的地上睡了一夜，志韩感到浑身酸软。酒的后劲儿也让他头痛欲裂。

他皱了皱眉，想起了为去赌场而准备的钱，赶紧摸了摸腰间。藏钱的地方只剩下些小钱了，也不知道是昨晚跑丢的，还是睡觉的时候被偷走了。反正就算没有这档子事儿，这钱想必也早已在赌场上挥霍完了。志韩不再去想丢掉的钱，慢慢地站了起来。

回家路上，志韩经过昨晚那家赌场，他悄悄地停下了脚步。虽然从外面看好像什么事也不曾发生过，但站在门前的人和来往的人都在低声议论着。看样子是在谈论昨晚死掉的那个男子。

志韩若无其事地从门前走过，掏出腰间的钱数了数。此刻他最迫切的愿望就是吃一碗热腾腾的面，但手里的钱根本不够。志韩只能向老板求求情，看能不能先赊着。虽然这条街上的人都比较薄情，但自己也算老熟人了，这点事应该还是可以照顾一下的。

到了面馆前一看，老板正在和一名男子争吵。那男子也是拉人力车的，志韩从前去吃面的时候经常碰到他。他正因为差了些面钱而和老板大吵大闹，差的钱比志韩差的还少些。志韩低头端详掌心里的钱。看来上午得再干点活儿才行了。这时，有人敲了敲他的肩膀。

"兄弟，这钱拿着。"

一个陌生男子用朝鲜话说道，接着将志韩差的钱递给了他。志韩望着他，完全摸不着头脑。男子于是用下巴示意志韩看看对面。

"那边那位让我转交给你的。他还说今年5月5号会来接你，到时不见不散。"

志韩将头转向路对面。一个男子伫立在来来往往的人群中，正望着他。志韩漫不经心地将视线投向那人，只觉得那人面熟。长得倒有些像昨夜朝自己脑袋开枪的男子。

难道……

对于这不可理喻的想法，志韩觉得十分可笑。看来昨天醉得太厉害，还没完全清醒，不然怎么会看人如此不准。他紧闭双眼，使劲摇晃着脑袋。

过了一会儿，志韩再睁开眼，与对面望着自己的男子正好视线相接。那一瞬间，他差一点叫出声。并不是长得像，而分明就是昨夜死掉的那个人！连穿着也和昨晚一样，一身西服。男子伫立在对面，衣服上没有一点血渍，干净而整洁，脸如同幻影般苍白。但那分明不是一个幻影。志韩猜想是自己看错了，于是使劲揉了揉眼睛。但凭借整齐眉毛下那犀利的眼神、姑娘般娇美秀丽的脸庞以及厚厚的嘴唇都可以断定：他就是昨夜死去的那个男子!

志韩站在原地,表情像丢了魂似的。只见对面的男子看着他微微一笑,然后用手比出手枪的模样,指向了自己的头,就如同昨晚一般。看到这一幕,志韩感到毛骨悚然。昨晚扣动扳机的修长食指此刻仿佛变成了枪口,瞄准了男子的太阳穴。志韩被吓得心惊胆战。男子望了望他,做出假装开枪的动作,然后转身走入人群中。

志韩仿佛是见了鬼一般,僵在原地,没有一点想追上去的念头。他只是久久地望着男子的背影,直到男子消失在人群之中。

第二章

时间移民局

1

志韩猛然恢复了意识。他睁开双眼，聆听着周围的声响。周围全是脚步移动的声音，还有日本话、中国话以及语调怪异的朝鲜话，偶尔也听见几句西洋话夹在里面。此处一定是三教九流云集的上海街市。

今天是 5 月 5 号。之前说今天就是我的死期，我却还没死，真是万幸。看来我这条命硬，躲过了子弹。那我这是被带到什么地方了？志韩躺着看了看四周，然后翻身换成趴着的姿势。

"他动了。"

一个女人的声音传到志韩耳边，听得出来她十分害怕。

"什么情况？难道又……"另一个声音慌张地回应道。

志韩趴着抬起头，只远远地看见人群正在聚拢来。看他们的动作，并不十分老练，也算不上敏捷，应该不是军人。

志韩敏锐地环顾四周，想找找可以当作武器的物件，但并没有看到合适的。他们仿佛是早就预料到会有这种状况发生，房里的人和物件都与志韩离得远远的。

人群低声议论的声音吵得志韩头晕目眩。如果不强打精神，感觉立刻就会变得迷糊。志韩所有的知觉都十分异常：明明发出声音的地方就在面前，听着却好像是从远处传来的一样；手掌就好像是缠着厚厚的布一般，感觉非常迟钝。想要从人群中突围逃走，看来是不可能的。

志韩努力适应迟钝的知觉，一步步地朝前走去。他每走一步，周围注视着他的人群都缓缓后退一点。

"我们不会害你的！"一个瘦小的男子挡在志韩前面，颤颤巍巍地说道。

志韩下意识地笑了出来。不会害你的。他很多次杀人，都在说完这句话后；而在听完这话后，他又挨了很多次刀。想要宽慰人心，竟然用这句世界上最不值得相信的话，这人明显还太嫩了点儿。志韩用力推开男子，顺手抓起了个物件。

"快去把首席事务官找来！"瘦小的男子吓得叫喊起来。

志韩一瞬间有些恍惚，但很快又清醒了过来。不知不觉间，那个已经死掉的、脸色白净的男子已来到他的跟前。

"不是告诉过您了吗？这是最后一次机会了。姜志韩先生，快把东西放下来。"

看到那张熟悉的白净面孔，又听到他说话的声音，志韩感到脚下一软。

这是梦还是现实？我这是死了还是活着？

黑暗如同深渊一般在眼前降临。志韩又感到有熹微的光线在眼前闪动。破碎的风景在渐强的光亮中慢慢恢复了它本来的模样。

死去的人又回到了他的身边。是满脸孩子气的秀香和利律。秀香穿着鲜艳的裙子，利律穿着一件白色衬衫，秀香挽着利律向志韩挥手，让他也快过去。那是很久以前的一天，那天三人约好一同去照相。人生的下一瞬间暗藏着些什么，当时的他们一无所知，但现在都已揭晓。一人最终惨死于拷打之下，而另一人……

站在面前的摄影师对着三人按下了快门。就这样，那闪着光的时刻只留在了相片中，化成一具灿烂的标本。

场景一转。

眼前的自己身着军服。在不断更换的各式军服中，这套日军军服最让人难以忘却。这么看来，计划还尚未开始。窗外的天蓝得让人发冷。知了不知在何处大声鸣叫着。知了的叫声中突然传来敏浩的歌声。他老爱唱那些靡靡之音，都是从那些妓女那儿学来的。但今天不知何故，他却像个小孩子似的唱起了童谣。

"忽隐忽现，忽隐忽现，却看不见踪影。嗒噢 ① 嗒噢，嗒噢声声，这凄凉的声音……"

与歌词不同，曲调清丽悠扬。在妓院里打杂长大的敏浩耳濡目染，习得一手弹奏乐器的好手艺，妓女们都对他的手艺赞不绝口，他唱歌的实力也非同一般。

"先生，我先去等您。"刚一出门，缩成一团坐在墙角的敏浩便敏捷地起身跑过来，小声嘀咕道。

志韩静静地注视着点头的自己。是的，就是今天。穹顶无比蔚蓝，阳光暖暖地洒下，如果要有好事发生，这样的天气最适合不过。那天便是这样的天气。

那天，年幼的敏浩谨慎又兴奋地跑了出去，随后志韩便看到那家伙走了进来。

---

① 在韩语中为朱鹮叫声的谐音。

志韩见男子擦拭着额头上的汗水，男子小心翼翼中透着不安，走得匆匆忙忙。虽然男子不认识志韩，但志韩却认得他。志韩曾数次警告其他同志，说他为了一己之私，随时可能成为叛徒。但同志们对他的信任和义气最终使得他们害苦了自己。

"战役名为'故乡之春'。大约一顿饭的工夫，所有战友们都会聚到一起。位置在……"

就在那家伙汗流浃背忙着说明时，志韩便知道了，这次作战必败无疑。但已经没有时间将这个消息通知给大家了。志韩看着自己暗暗握成拳头的手。手指压迫手掌的感觉是那么真切。

"金山一郎！"

志韩跑下楼梯时，听见有人在叫他的日本名字。楼梯上站着一个年轻的日本军人，正亲切地向他挥手。那家伙那天活下来了吗？还是已经死了？时至今日，那个日本青年凄怆的脸才浮现于脑海中，志韩竟忽然关心起他的生死来。如果不是这样的时代，无关生死，我会对他感到好奇吗？

野草丛生的大路分出两条岔路来，不断往前延伸。如果自己踏上右边的路，前去参加战斗，结局一定是拉上几个日本人搭伴，与其他同志共赴黄泉；而如果踏上左边的路……

志韩俯瞰着呆呆地望向右边道路的自己。站在那儿时脑子里想了些什么，志韩已完全没有印象。"祖国""解放""同志"

这些早已刻骨铭心的词汇不断被提起，就像右边道路上的野花，布满原野。但他还是选择了左边，并且在那条路上狂奔起来。

秀香为参加战斗刚走出门，看到依然身着日本军装的志韩后，皱紧了眉头。志韩静静地看着秀香的脸。

你是我挚友的恋人，是如同我亲妹妹一般的人。在我逝去的青春岁月中，有一位女子深深烙印在心里，与你十分相像。

志韩想起利律把秀香托付给他时的遗言。还有那春寒料峭的时节里，正值青春年华、却在战斗中香消玉殒的女子。得下决心了。如果一切无法挽回，守住最珍贵的东西便是正道。

"有新指示，作战计划有变。我们需要马上前往上海。"

志韩用力抓起秀香的胳膊，拽着她匆匆离开。他们幸运地登上了火车，但就在这时，"故乡之春"战役在主力志韩缺席的情况下仓促举事。同志们沿着日本要人当天预定的移动路线集结起来，计划在扰乱护卫人员后，一举将目标铲除。但这一计划并未成功，全体同志反遭灭顶之灾，连十岁出头的敏浩也在当时遇难。

敏浩、昌敏、玉京、万浩、南奎、万景、政文、明旭……志韩小声念叨着死去同志的名字。需要记住的人名越来越多，虽然在历史的洪流中，他们终将被遗忘。世界和我们之间，终究有一方会变。

2

志韩睁大眼睛看着高高的天花板，以为自己又是在做梦，但所有的感觉都是那么清晰，之前一度变得迟钝的知觉也恢复正常。志韩躺着，将头转向一边，只见远处站着一个男子。

"先生，感觉还好吗？"男子察觉到志韩的响动，转过头来问道。

几个月前，这个男子分明已经死了。他整洁的白衬衫没有一点褶皱，搭配一件藏青色夹克，与志韩之前见到的样子没有任何不同。也许是因为那件夹克没有任何花纹，色调又暗，看起来就像一件制服，显得与周围的环境格格不入，让人觉得喘不过气来。志韩斜眼看了看他衣领上的徽章。

"眼前站着死人，看来这里肯定是阴曹地府了。"

"我和您都活得好好的。这里也不是什么阴曹地府。"

男子的脸上浮现出的笑意转瞬即逝。

"当然，先生您在1937年5月5号就已经死了。但那只存在于历史记录里。事实上，您在死之前被我们带到了这里——遥远的未来。这里与您曾经生活的时代隔着漫长的岁月。今后，您将以时间移民者的身份生活在这里。"

志韩十分费解，一时间不知该说什么。

"那先生你是干什么的？"

"我是东亚时间移民局首席事务官 J，出生在这个时代的原住民。"

"那你的意思是说，你把我从过去带到了未来。是这个意思吗？"

J 点了点头。

"真是服了，摆着张正经脸可真会胡扯。就当是你说的那样吧，如果已经过去那么长时间，这里是未来，那朝鲜变成什么样了？"

J 不知从何说起，满脸苦恼地陷入了沉思，随后说道："不存在了。"

志韩一脸疑惑地望着他。

"在你死之后超过百年的时间里，它以两个国家的形态存在着。后来人类面临危机，国家时代落下帷幕，就也同其他国家一样将政府解散了。"

J 滔滔不绝地讲述着各种荒谬的事件。志韩盯着他看了一会儿，然后下了床，走向窗边。巨大的窗户占据了墙一半以上的面积。

　　志韩俯瞰窗外，外面的风景让他瞠目结舌。拔地而起的摩天大楼、各色人种汇聚的街道、灰蒙蒙的黄浦江都不见了踪影。只见各种造型陌生且怪异的房屋密密麻麻地排列在绵延的山脚下。其中也有一些高层建筑，但完全无法与他身处的建筑相提并论。对于自己现在身处何方，志韩毫无头绪。

　　"这里是东亚地区重要的中心城市——山坪。您曾生活在朝鲜，这里的面积比四十个朝鲜还要大，行政管辖范围包括五个卫星城市，其中任意一个的面积都超过十个朝鲜。"

　　J语气生硬地解说着，手指向窗外。

　　"从这里望去，远处那条江的对面全部属于老城区，主要居住着来自过去的人，他们都是通过东亚地区时间移民局的移送来到这个时代的。我们现在身处于市中心的时间移民局分馆内，这一带主要居住的是原住民。"

　　J的讲解简单明了。志韩瞟了他一眼，只见他站得笔直，说话办事没有任何纰漏。脖子附近的一颗衬衫扣子松着，好像他是因此才能勉强呼吸一般。

　　志韩将视线从J身上移向窗外，由远及近地仔细观察着外面的风景。山势和地形皆十分陌生，找不到任何蛛丝马迹来判断这是哪里。志韩又将视线从远处的建筑移到正下方的街道上。他发现无数的人正聚集在街上，随之眉头一紧。

"那都是些什么人？"志韩指着人群问道。

两拨人群在宽阔的街道两边，针锋相对。这样的场景对志韩来说再熟悉不过。

"看来是在搞'独立万岁运动'①。"志韩将脸紧贴在窗户上说道。

从数量上来看，左边的人群更具优势，聚集到此来高呼万岁的人肯定更多；右边应该是来镇压他们的军队。志韩观察着右边的人，但再怎么看，他们身上也找不出类似武器的东西。

"'独立万岁运动'……嗯，也差不多。"J俯视着路上黑压压的人群回答道。

"这不对啊，搞'独立万岁运动'是为了祖国，刚刚你不是说世界上的国家都已经全部消失了吗？"

"是的，但是那些人完全不愿承认这一事实。"

J指着聚集在下面的那些人。

"无法适应这一时代的时间移民者之间会发生冲突，您现在看到的就是这样的场面。左边是抗日斗争联合战线，由东亚的时间移民者组成，右边是日本时间移民者成立的保守团体。虽然一直以来冲突不断，但今天的规模可谓超出想象。确实该清

---

① 又称"三一运动"，是指1919年3月1日，处于日本殖民统治下的朝鲜半岛爆发的一次民族解放运动。

理一下了。"

J 的语气平静而冷淡，待人的态度如同那些日本军人，没有一丝一毫的情感。这类人往往眼睛都不眨一下，就能向对方下狠手。志韩想起 J 朝着脑袋开枪时的情景。J 对自己都那般残忍，想必对别人更是心狠手辣。

"清理那些人指的是……"

J 瞟了瞟志韩然后指向下方。两群人都气势汹汹地朝对方走去，但随着距离越来越近，他们又都放慢了脚步。过了一会儿，双方隔着几步的距离停了下来，纹丝不动地对峙起来。双方都处于一触即发的高度紧张状态。

突然，喊叫声此起彼伏。就在一瞬间，无数的人像子弹一样冲出队列，朝着对方狂奔而去。这便是开战的信号。一时间，两边的人群如同波涛一般向对方涌去，数不清的人扭打在一起。

场面一片混乱，打得是敌是友都已分不清，只分得清倒下的人和冲上去的人、打人的人和挨打的人。现在他们当中的一些人，又会分成活着的人和死掉的人。志韩看见有几个人倒下不动之后，皱起了眉头。打斗愈演愈烈。看来双方都想拼个你死我活，丝毫没有退却的意思。

但一瞬间，令人难以置信的事发生了。

人群突然齐刷刷地消失了。

志韩俯瞰着忽然变得空空荡荡的街道，他整个人傻了眼。所有的事情都发生在刹那间。

像是有强光忽闪了一下？或者说是晃了一下？志韩也不确定自己看到了什么。但那么多的人就像幻影一般一下子就消失了。就在刚刚，因为人群扭打在一起，街道上还杀气腾腾，而现在却静悄悄的。

"那些人是被带到哪儿去了吗？"

"他们没有被带去任何地方。"

两人视线相交。那么，人就这样给变没了？志韩试图在 J 的眼中寻找怜悯和负罪感，但那不过是徒劳。

"那意思是这些人全都被杀了？"

"我并没有杀死他们，只是剥夺了他们居住在这个时代的权利。"

"那结果不是和把他们杀了一个样吗？"

"那些人在过去已经死亡，只不过受益于时间移民局，被赋予了生活在这个时代的权利。您也应该懂的，与权利相对的是责任和义务。时间移民者有责任和义务去适应新的时代，并认真生活下去。但刚才那群人却将全部精力放在那些已经过时的、国家时代的矛盾上。"

J 瞟了一眼空无一人的街道。

"今天的事情您也看到了，您应该不会去做这些事吧？希望您能够牢牢记住：您生活的时代已经终结了。"J意味深长地望着志韩说道。

3

在时间移民局本馆内，J正通过显示器监控着时间移民者的移送过程。

根据时间移民对象的"死点"① 定位，连接过去和未来的时空桥梁一旦生成，仿造的尸体模型会在刹那间与时间移民者调换。虽然过程看起来十分简单，但由于自始至终都不能有丝毫误差，所以每一瞬间都让人十分紧张。因几百分之一秒的误差错过"死点"，最终导致失败的情况简直不计其数。曾有几次，由于错过最佳移送时机，时间移民者头部中弹，被移送过来时已血肉模糊了。每当那时，J都会感到人与人相互残杀、生命毫无价值的野蛮时代也被原封不动地移送了过来。

刚刚移送来的时间移民者惨叫着，J一边听着他的叫声，一边平静地看着浸湿地面的血泊。不一会儿，医疗队冲了进来，通

---

① 在书里指死亡时间。

过急救措施将濒死的移民者救活,把他抬出了房间。在治疗结束,走出时间移民局的瞬间,他将自动被登记为时间移民者。通过仅有一次的时间移民机会,在未来延续人生。

"那个移民者醒了吗?"旁边跟 J 一同盯着显示器的职员搭话道。

"你说谁?姜志韩先生吗?"

"您叫他先生吗?对,就是说的那位。"

"正在分馆医疗部接受治疗。"

"在急救过程中,像他那样捣乱的移民者我还是头一回见。看来他在移民局的审查里几次落选也是有理由的。"

志韩的移送在经历五次尝试后才成功。失败的时间移送立刻重启,并且多次重启的情况并不多见。这都多亏了 J。

"您非得把姜志韩移送过来,是有什么缘由吗?"

J 摇了摇头。"只是对工作负责而已。"J 的回答简单明了。

但职员接着说道:"仅仅因为责任感,您就对着自己的脑袋开枪吗?您知道吗?因为这件事,时间移民局被搅了个天翻地覆。当时您没看到,可能不知道。按照规定,自杀者是不能进行时间移送的,上头都乱成一团了,就连局长都下令做死亡处理。如果不是保安部的黎惧安队长出面,估计真的就那么办了。"

职员摇头,摆出一副后怕的表情。

"为了救您，黎惧安队长可以说是翻遍了以前的会议资料。最终发现，禁止自杀者时间移送的规定，仅仅适用于时间移民者，并报告给了行政官。因此，您现在才能站在这里。为了一个时间移民者，您差点儿就把命搭进去了。"

职员说得兴起，带着期待的眼神望着 J，等待着他的解释。如果没有得到一个令人信服的理由，看来他是不会罢休的。

"其实，他的时间移送是李秀香先生拜托的。因为欠先生太多，我只能尽全力帮她办好这件事。"

"我看并不是因为欠她太多，而是怕后面旁生枝节吧。李秀香先生可是'时权协'的人。"

职员的眼神意味深长。简称"时权协"或者 TIRU 的组织全名叫作时间移民者权利保护协会（Time Immigrant Rights Union）。这一组织主要代表移住民，即那些通过时间移送来到这里的人的利益。"时权协"与行政部门，以及原住民共同体议会冲突不断。时间移民局作为直接实施时间移民的机构，与"时权协"之间更是矛盾重重。在职员的记忆中，时间移民局曾几次因李秀香提出的各种问题而颜面尽失。

"对，你就当我也有这方面的考虑吧。"

J 适时地结束了对话，站了起来。显示器正在提示着今天的第二轮时间移民即将开始。

"您不打算再看了吗？"

"不是有你在吗？"

J拍了拍职员的肩膀，然后离开了办公室。

J乘坐出租车来到老城区，走了好长一段路之后，他忽然停下脚步，望着高处忽明忽暗的红色灯光。那是时间移民局时间站（Time Station）顶层发出的光。

虽然"第六次灭绝"计划最后以失败告终，但世界人口已因此缩减了超过70%，此后自然生育率接近于零。经过长时间的争论后，人工生育也被禁止。随着时间移民时代的到来，原本急剧减少的人口出现增长势头。靠接收时间移民来阻止人类的灭亡，很长时间里，只是网民口中的笑谈，却在几个世纪后实现了。与此同时，和谐的时代落下了帷幕。随着带有不同价值观和不同习俗的移住民汇聚到一起，世界变得比之前任何时候都复杂。只有时间站那高高塔尖上的红色信号灯，依旧远远地闪烁着给人以希望。

J穿过道路，来到收集品补给店，将之前申请的红酒取出。这是为了晚餐时同刘乾一起享用而准备的。

"柏翠酒庄1994年产，收集于2015年。"

在红酒老旧的标签下方，有一张时间移民局的标签，上面标注着收集红酒的年份，还印有一枚移民局的正品保证印章。在那些时间移民者——移住民申请收集的物品中，红酒是最常见的一种。为增加移住民的福利，时间移民局在收到申请后，会定量收集一些过去的物品或食品，无偿提供给他们。因此，过去曾被高价贩卖的物品，在搬运到这里来后，便丧失了其作为商品的交换价值。

无数移住民都对自己曾身处的时代怀有乡愁，因此他们热衷于申请各种物品。时间移民局收到的申请大部分都是一些极为普通的物品，比如偏爱的品牌运动鞋、廉价零食，在那个时代最常见的廉价酒、曾大量生产的办公用品等，但那些奢侈品却少有人问津。乾说移住民都是些已经死了的人，重获生命之后对物质的追求降到极低，所以才会这样。

"就算是活人，在目睹过死亡之后，都能领悟到物欲的虚无。那些死去的人更应该是如此。"说这番话时，乾的语气十分肯定。

乾五岁便成为时间移民者，他出生在南京，正赶上抗日战争爆发。"南京大屠杀"一开始，他便死于自己的母亲手中。在目睹日军的暴行后，乾的母亲预见到全家的悲惨命运，于是将包括乾在内的子女三人杀死后，自己也上吊自杀了。唯有乾的二哥幸存，躲着母亲逃到了外面。随后在日军残暴的屠杀中也逃过一劫，顽强地在那个时代活了下来。因此，除二哥外，乾的兄弟姐妹们都在他的申请下成了时间移民者，审核一通过，他们就马上被移送到了这里。

最早移居过来的是乾最小的姐姐，她的时间移民直接由乾一手操办。当然她已经完全不认识乾了，只觉得这个年轻男子长得像自家人，对他并不感到陌生，但也不会想到他就是自己的弟弟。因为在时间移民后，乾在这里又长了二十多岁，而刚刚通过时间移民来到这里的姐姐，依然是死去时的年纪。此后，乾的兄弟姐妹依次成为时间移民者，但移送的先后并未依照实际年龄的顺序来排列。这样一来，他们的出生顺序和实际年龄都被颠倒了过来，不过乾的兄弟姐妹都适应得很好。

乾身材高挑，一走进餐厅便十分显眼。他的眉毛修长且浓密，眉毛下一双温和的眼睛在店内四处搜索着J。J总是固执地穿着正装，看起来就像制服一般。而乾与他不同，一般都穿着舒适的夹克。乾的性格也和他的穿着一样，没什么棱角，十分平和。他温和的眼睛带着笑意，咧开的嘴角伴随着爽朗的笑声，这让他不经意间总能收获许多来自他人的好感。

J与乾交换眼神、互致问候，又指了指自己对面的座位。乾摆动着他修长的手臂，朝座位走来，这时店员也走了过来。J将红酒递给店员，并点了餐。

"2015年，是我出生那一年收集的红酒呢。"店员一边确认着红酒上的标签，一边开朗地搭话道。

"是吗？你移民过来多久了？"乾十分愉快地问道。

"三岁时移民来的，快二十年了。客人您呢？"

"我是五岁的时候。那么小就移民过来，看来你过去的人生也是曲折啊。"

"可以这么说吧。因不堪生活的重负，父母决定带我一起去死……最终被父母杀害了。"

"嗯？我也是，我母亲用刀……"乾用手摆出了一个抹脖子的姿势。

"这也太过分了吧！至少我父母在准备勒死我之前还给我服用了安眠药。"

"也没什么，因为顷刻间便没了呼吸，也不怎么痛苦。"

"不给我们上菜吗？"见两个人聊起来没完没了，J没好气地插话道。

店员不舍地抓了抓脑袋，拿着酒瓶向厨房走去。

"总之，时间移民者只要一说起移民的原委就没完没了。"

"你没经历过，你不懂。"

就在乾反驳的时候，店员将肉端出来放到了烤盘上。

"听说欧洲支部那边请调你过去。"望着肉嗞嗞地响着慢慢变熟，J向乾搭话道。

"不去。"乾坚决地摇了摇头，"已经谈好了。在勘察工作方面，如果他们有需要，我可以随时进行支援。"

欧洲地区老城区中发生的事件让乾不寒而栗。这样的商谈结果对乾来说，已经算是做出了巨大让步。

时间移民局欧洲支部的时间移民对象，大部分都生活于第二次世界大战期间。时间移民局一向对移民者的政治倾向十分宽容，得益于此，时间移民者的国籍一般没有限制。这导致在第二次世界大战中，曾经作为敌对双方而水火不容的时间移民者们，在时间移民后，矛盾依然延续。当然，最被憎恨的还要数那些曾经拥有德国国籍的人。憎恨最终升级为暴动，造成了极大的伤亡。在战争结束几个世纪后，野蛮的杀人事件再次重演。

原住民共同体议会对涉事者给予了严厉的惩罚，剥夺了他们的居住权。虽然暴动的迹象因此有所消退，但时间移民者一直都在开展各种活动，要求原住民共同体议会就战争双方进行裁决。对于这样的要求，原住民共同体议会一直未做出任何回应。这种情况在曾经爆发各种战争的其他大陆也是一样。

"原住民共同体议会应该终止时间移民政策。再这样下去，事情的发展会变得难以想象。"

"不需要你费心，做好你的事就行了。"

J打断乾的话，语气中带着一丝斥责。虽然生活在同一个世界，但在移住民和原住民之间，存在着一条看不见却实实在在存在的分界线。从出生的方式到死去的方式，没有一项是相同的。移住民是遵照着旧时的方式、通过自然怀孕和分娩出生并长大的，上了年纪该离世的时候便死去。原住民诞生自人工子宫，由监护安卓抚育，老了之后也可以借助人工身体继续生活，最后将意识移植进新天堂服务器中而获得永生。偶尔也会有原住民不愿继续活下去而选择自然死亡，但极其少见。移住民和原住民唯一的共同点便是都生存在这个世界上。

"为了人类的存续，将希望寄托于移住民的不断繁衍，这一时间移民政策从本质上就错了，我们难道是家畜吗？"乾带着挖苦的语气说道。

一旦他开始反驳，就会没完没了。J决定只默默地听着。

"为了人类的存续居然需要进行时间移民，这不可笑吗？不如修改禁止人工生育的法令还合理一些。只要废弃那个法令，原住民也能大量生育子女，人口数就可以增长不少。"

原住民体外人工授精的成功率还不到3%，这个问题又该怎么解决？J差点儿就脱口而出，但他最终又把话咽了回去。大屠杀后，人类的生殖能力呈显著下降趋势。如果没有时间移民政策，人类从地球上灭绝的论调绝对不是耸人听闻。乾作为时间移民局的职员，不可能不知道这一事实。但他之所以会在这儿嘀嘀咕咕,都是因为对原住民的时间移民政策心怀不满。

"这个先不说,你听说昨天时间移民局分馆前发生的事了吗?"乾忽然想起什么似的问道。

"发生什么事了吗?"J平静地佯装不知。

"你不知道吗?抗日斗争联合战线和日本人保守团体发生了冲突,他们全都被剥夺了居住权。说得好听是剥夺居住权,其实就是通通被处死了。"

"是吗?"

"是吗?就这么点儿反应?"乾显得有些不满,他夹起一块肉放进嘴中,吧唧吧唧地咀嚼了起来。

"移住民之间发生的事件,如果可能引发严重对立或冲突,就要剥夺相关人员的时间移民者资格,这是原住民共同体一直以来的方针。移住民社会也十分清楚的。虽然有些遗憾,但这个结果也是他们咎由自取。"

"对立和矛盾也是社会发展的原动力。盲目地将其禁止,难道就有用吗?"

看着嘀嘀咕咕的乾,J叹了一口气。"不要再在这儿挑刺了。原住民共同体议会也并不是禁止所有的对立和矛盾。只是禁止那些早就已经结束的对立和矛盾,阻止其再次重现。时间移民者有义务以一个新时代市民的身份生活。受李秀香先生所托而请到这儿来的姜志韩先生，也一样受到这些规矩的约束。"J无心和乾继续就此争论，将话题转到了志韩身上。

"姜志韩先生来了吗？时间移送成功了？"

"正在时间移民局分馆的医疗部接受治疗。才三十岁出头的男子就叫先生吗？这和移住民的文化似乎有些不搭调。"

"因为他比李秀香先生年长。"乾摆出一副无可奈何的表情说道。

但李秀香先生时间移民后，在这里比志韩增长了更多的年岁。J本想指出这一点，但最终作罢。反正因时间移民而出现的矛盾可以根据不同的观点做不同的解释。

"姜志韩先生的时间移送能成功真是万幸。李秀香先生那么软磨硬泡地非得让你把他带来，这么执着也是罕见。但你竟然会言听计从，是和先生有什么交易吗？"乾带着怀疑的目光望向J。

一般的时间移民者移送失败一两次也就放弃了，但这回竟让首席事务官亲自出马，还执着地尝试了好几回，这并不寻常。

"我像是会做交易的人吗？"J摆出严肃的表情反问道。

但乾对于他的死板早已习以为常，并不在意，转而继续说："最近你和先生一起喝酒时总不带上我。你们肯定是在密谋什么大事。"

"每次我和先生见面，不愿意出来的人难道不是你吗？对了，李秀香先生现在在哪儿呢？好不容易帮她把姜志韩先生请来，她却连影子都看不到，也联系不上。"

"我的电话也不接。最近好像是在忙着调查什么事，是'时权协'的事还是受委托的事我问她也不说。"乾耸了耸肩。

"还真是奇了怪了。这个先不说，时间移民局已经指派你来负责姜志韩先生了。"

"我？"

"可用的人只剩你了。"话虽这么说，其实 J 是故意指派乾来负责志韩的。

虽然乾也大概猜到了，但他故意装作不懂，玩笑道："要委派任务的话，怎么也该说句好听的吧。"

"你各方面能力都很优秀，为人又亲切和蔼，所以我认为你是最适合的人选。"

"算了，算了。这就叫强人所难，还是喝酒吧。"乾一边抢白道，一边举起了红酒杯。

4

时间站旁的卡伊罗斯咖啡馆总是挤满了独自前来的客人。

这些客人大部分都是未来派遣来的历史探查官。历史探查官与实务探查官的职责不同，后者主要负责时间移民前的短期调查，而前者一般会长期滞留在过去，对历史和遗迹等进行考察。因此，历史探查官的工作相对更有弹性。

一般通过历史探查官衣领上徽章的颜色，可以分辨他们来自未来的哪个时段。虽然他们相互之间也会简单问候，但并不会长篇大论地深入交谈。因为这样做可能会给时间波段带来重大影响，所以他们不得不谨言慎行。虽然事实早已证明，时间波段能维持自身的动态平衡，并不会因为琐碎的言语或事件而受到影响，但他们还是习惯于时刻注意自己的言辞。

在卡伊罗斯，志韩与J面对面坐着等待乾的到来。志韩打量着时间移民局的历史探查官们。他们有的静静地喝着茶或咖啡，有的正在小酌一杯。

"死之前，就是来这里之前，我曾见过戴着紫色徽章的女人。"进了咖啡馆后，这是志韩第一次开口说话。

"您生活的时代一直深受历史探查官的青睐。徽章的颜色会在三十年后换成紫色，此后百年的时间里都不会更换，这样看来她至少是来自三十年以后的未来。"一直静静坐着的J接过话回答道。

"有人说南京遍地都是戴着那种徽章的人。那儿是出什么事了吗？"

"南京发生过骇人听闻的惨案。"J只是简单地回答道，并没有补充任何说明。

志韩等了一会儿，便将头转了过去，不打算再刨根问底。

"你为什么不继续问了？"

"问了又有什么用。如果现在是千年以后的世界，那些早就是过去很久的事了。"志韩理所当然地说道。

"您和李秀香先生可真是不同。"

听到秀香的名字，志韩的脸一下子僵住了。"秀香？秀香也来这里了？"志韩的声音里透着惊讶。

虽然志韩听到消息说秀香去了满洲，但最终也没能见上一面。他的人生早已别无所求，但未能与秀香冰释前嫌，哪怕到临死的一刻，志韩也无法感到心安。可想不到秀香竟然来到了这里。

"李秀香先生在二十年前便来到了这边。"但J并没有提起是秀香为志韩申请了时间移民。

"秀香也知道我来这里了吗？"

J摇了摇头，一脸紧张的志韩这才松了一口气。这没有逃过J的眼睛。

"您是感到安心？李秀香先生不能知道您来这里了吗？"

"如果她早就知道我来这里，但到现在都没和我联系，我心里肯定不好过。看来是不知道我来了，所以才一直没消息。"

"这样吗？深爱的男人因您的秘密告发丢了性命，发誓同生共死的几十名同志也被逼入绝境，最终命丧黄泉。李秀香先生还会愿意见您吗？"

"秀香这么说的吗？"

J脸上挂着微笑，放下了手中的咖啡杯，"我和李秀香先生的关系并没有那么亲近，一般不会深入探讨这些私人问题。如果您对她的事感兴趣，可以问问那边过来的乾。那家伙和李秀香先生走得近。"

志韩顺着J下巴示意的方向回头望去。一个高高的男子正走进咖啡馆，他向J挥了挥手，在眼神与志韩相交的瞬间，立刻恭敬地鞠了一个躬。男子来到志韩面前，脸上洋溢着愉快的笑容。他开口说话，但志韩一句也听不懂。看志韩只是一个劲儿地眨眼睛，却没有回应，乾十分诧异，于是望向J。

"把你的语言转换器打开。"J指了指耳后的人体插槽。

"哎哟！"乾这才将语言转换器开启，再次向志韩搭话道，"不好意思，我忘了您还没有人体插槽。是姜志韩先生吧？您好，我叫刘乾。"

乾坐在志韩的对面，暗中观察着志韩。和他那个时代的人一样，志韩体格略显消瘦，被晒得黑黢黢的脸看起来有些粗犷，但眉宇间透着一股玩世不恭的劲头，一看便十分豪爽。光看这面相，很难让人联想到他曾经也是一名严肃的军人。

"不觉得我面熟吗？李秀香先生常说我长得像她的初恋金利律先生。"乾笑着指了指自己的脸。

志韩看了一眼乾，笑着摇头，"一点也不像。"

"不像吗？"

志韩斜眼望着乾，"首先身高和体重就不同。利律比你大概矮个三寸①左右，体重大概也轻个十五斤。五官虽有些相似，但你的眉间距比利律要窄一些，鼻子也要短个半寸左右，耳朵和嘴唇的大小以及形状也不同。而且你不是中国汉族人吗？"

"只一眼，您就都看出来了？"乾目瞪口呆地问道。

"看来在这个世界，这也成了什么了不得的本领了。像我这样的祖宗们一般都有这样的本事。"

乾扑哧一声笑了，指着 J 说道："您是他的祖宗才对吧。我和您曾生活在同一个时代。您去世的那年我是个小不点儿，几年后便来了这里。"

"那别叫我先生了，就叫我的名字吧。我们俩看起来年纪也差不多大。"

---

①1 寸约为 3.3 厘米。

"那我也可以叫您的名字吗？" J 静静地听着志韩和乾的对话，玩笑似的说道。

"在我曾生活的朝鲜，每个人都要严格遵守各种礼法。如果有人随便叫自己祖宗的名字，会被大家看成二流子的。"志韩故作严肃地说道。

"看来不想变成二流子，他还是得叫您先生了。但 J 的实际年纪已将近两百岁，比我们年纪都大，总觉得有点冤啊。"

J 笑了起来，然后从座位上起身。

"要走了？"

"今天来只是为了把作为负责人的你介绍给姜志韩先生。而且今天是我妻子的生日，得早点回去。"J 回答乾后，又望向志韩，"祖宗，下次再见了。"他面带笑容，向志韩道别后便离开了座位。

J 朝出入口走去，志韩的视线紧随其后，观察着他。只见 J 一边走，一边习惯性地查看四周，时刻保持高度警惕。这样的习惯在一般年轻人中非常少见。J 说话的方式也十分老练，并不会直接说，而是绕着弯子说，但最终却能将要表达的核心思想传达给对方。

"他真的有两百岁了？" J 出门后，志韩望着他渐行渐远的背影问道。

"虽然不清楚准确的年纪，但是两百岁差不多。如果我们活那么久，早就老得弓腰驼背了。但因为他是原住民……"

"原住民不会老吗？"

"也会老。但原住民可以将大脑转换为人工的，然后更换到新的身体里。"

"你的话我一点儿也听不懂。"

看志韩耸了耸肩，乾一下子笑了出来。"等您以后生成人体插槽，不懂也会让您懂的。在人体内嵌入纳米机器人后，为了连接因陀罗网，需要在人体上制作一个接入控制中心的小插槽。虽然叫插槽，但伤口其实非常小，肉眼几乎看不见，所以您不用担心。一旦连上因陀罗网，您会见识到一个崭新的世界。"

"我还是一点儿也听不明白你说的。不过没关系，到时就知道了。"

"对对，您可真是一位乐观的时间移民者，能够成为您的负责人是我的荣幸。"乾一边夸张地做着点头哈腰的动作，一边笑着。

"不是让你别叫先生，直接叫我的名字吗？"

"还是有些别扭。而且您比李秀香先生年纪还大，这样真的可以吗？"乾抓了抓脑袋。

"秀香现在生活得怎么样？"志韩轻描淡写地问道。

"也不知道该从哪儿说起。首先，李秀香先生肯定是比在之前的时代要好。她二十年前到了这里，不久之后……"

"只要活得好就行了。"

乾才刚要开始讲，便被志韩打断。但乾十分清楚他们二人之间过往的那些纠葛，没法就此打住。

"如果秀香先生知道您来了，会很高兴的。"

"看来在这儿过得衣食无忧，她也变得心宽了。"志韩带着戏谑的表情说道，"你别拿这些甜言蜜语来哄骗我了。她要看见我，不立马来取我的性命就谢天谢地了。"

志韩伸手拿起面前的杯子，杯中的饮料黑乎乎的，他喝了一口。一开始隐隐约约感受到了水果的香味，但随后口腔便被强烈的苦涩味儿占领。目前为止他也喝过各种廉价茶，像这种臭水沟味的还是头一回喝。

"据我所知，您一直在上海寻找李秀香先生。难道您不是有话想当面对她讲吗？"

"我找她是因为担心她。希望她能够有安全的栖身之所，现在看来没这个必要了。"志韩一边说着，一边盼着嘴里那又苦又酸的茶味可以赶紧消散，"听说秀香当时是在满洲，在那边发生什么事了吗？"

"李秀香先生和当时在满洲的大部分人一样，走上了同一条路。听说她是在抗日武装斗争中去世的。"

"原来如此。"志韩点了点头。自己以十几条生命为代价，好不容易从朝鲜把她弄了出来，带到上海，最终这一切都只是徒劳。志韩忽然感到好奇，也不知秀香在临死的那一刻是否原谅了自己。

"什么时候能让我见见秀香？"过了好一会儿，志韩问道。

乾点了点头，"如果能联系上，现在都请她过来了。"

"联系不上是什么意思？"

"那是……"乾挠了挠脑袋，"先生在一个叫'时权协'的团体里工作，当有事需要调查时，她一般不和外部联系。最近她正在调查与人体插槽有关的认知紊乱症状。"

"人体插槽认知紊乱症状？"渐渐地，志韩无法理解的词汇越来越多。

"就是与刚刚提到的人体插槽有关的事。时间移民者生成人体插槽后，在部分人当中产生了副作用。认知紊乱便是副作用中的一种。控制中心连接着因陀罗网和纳米机器人，这一症状是由于其错误处理大脑中的化学信号造成的……您还要我接着讲吗？"

乾看志韩不说话，只是死死地盯着自己，不由得感到一些压力，于是向志韩问道。志韩用手示意他继续。

"也就是说大脑承载的信息和认知信息间产生了偏差。打个比方，在先生的记忆里咖啡的味道是苦的，但下次喝却是甜的。"

"这种情况也可能是当事人记错了啊。"

"这一症状会持续反复发生，而且总是出现在那些熟悉的信息上，和记错了是不同的。因为老是接到这样的报告，李秀香先生才亲自出马的。为了见那些出现这种症状的人，她跑遍了全世界，从这周起干脆连消息都不回了。以前她出远门从不会这样，这次我也有些担心。"乾忧心忡忡地叹了一口气。

志韩看着乾，他的脸棱角分明，性格十分随和，便忽然想起了利律。虽然他们的长相完全不同，但乾确实有一种独特气质，会让人不由得联想到利律。秀香一定也是看到这点才说他们俩像的。

利律小时候非常瘦，脸又白，因此看起来非常柔弱。他非常讨厌这一点，于是成天四处瞎跑，想把脸晒得黑黢黢的。他本来是个读书人，脸却和整天面朝黄土的农民一般，黝黑且粗糙。头发也故意搞得乱蓬蓬的，整天嚷着要去参加斗争。原本十分喜欢打扮的秀香在爱上利律后，也变得越来越像他。脸像老娘儿们一样又糙又黑，志韩非常不喜欢。尤其是投身独立运动和抗日斗争以后，秀香整天沉浸在那些激进的思想以及愤怒的呐喊中，再也看不出原有的开朗活泼，这一点也让志韩十分反感。

为了同他们在一起，志韩也走上了相同的道路。但他在路上看到的却与他们的所见完全不同：利律和秀香看到崭新的世界正在路的尽头等待着，而志韩只看到如怪物般的时代，正张开血盆大口要将他们吞噬。那怪物般的时代将利律撕碎，将秀香一口吞下。曾有许多人就那样迈入了那暗黑时代的口中，志韩的脑海中一一浮现起他们的名字。

"有些担心啊。"

"不用太担心。"乾摆着手说道，"现在我们所处的时代不像您之前生活的时代那么混乱。阿戈斯和因陀罗网正监控着一切，罪犯根本没有容身之地。虽然偶尔也有例外，但十分罕见。"

乾的语气笃定，对自身的信念以及信仰坚定不移，这也像极了利律。志韩的内心苦笑着。

"居然能如此坚信体制没有漏洞，真是勇气可嘉。你无数的祖宗们也是抱着这种信念，活着活着就'活'到了黄泉路上。"志韩的话里明显带有取笑的意味。

"要是您那么担心，我去拜访李秀香先生的丈夫和女儿时，您也一起去吧。"

"秀香有丈夫和女儿？"听到这意料之外的消息，志韩的表情变得僵硬起来，"是利律吗？她的丈夫。"

"不是。"乾摇了摇头。

"李秀香先生刚到这儿时，也想过要把金利律先生带来，但考虑到他在离世前经历了各种严刑拷打，好不容易才获得安宁，现在再把他带来简直是对他的折磨。"

"然后她就把他忘了。"志韩小声地嘀咕着。声音听起来十分苦涩。

志韩认识的秀香总是和利律在一起。她长得标致，性格平易近人，因此不少小伙子都喜欢她。但除了利律，其他人她瞧都不愿意瞧一眼。现在她的丈夫居然另有其人，简直让人难以置信。他们从前一起度过的每一瞬间都不轻松，下一秒随时可能成为人生的终结，他们便是带着这样的觉悟，在生活，在相爱。

但那些岁月，秀香都忘了。

"并没有忘。"乾犹豫了一会儿说道，"时间移民者有权对从前的记忆进行选择性删除，或者更换为其他记忆。但李秀香先生并未对回忆做任何改动。"

乾等着志韩往下说，但过了好一会儿他都没再开口。

"那李秀香先生的事就先说到这儿。作为负责人，我将为您介绍一下时间移民者的适应项目。"

5

在见过志韩后，乾依旧没有秀香的任何消息。这已经是跟秀香失联的第三周了。虽然秀香工作时一般不与外界联系，但这么长时间毫无音讯，不免让人担心。乾有些急了，他借着志韩想见秀香这个理由，打算和志韩一起去一趟秀香家。

乾叫了一辆出租车去志韩的住处接他，然后自己提前来到会合地点等他。但一个叫作"夏威夷"的地址提示消息却通过因陀罗网进入他的频道，这让乾感到十分荒唐。消息表明志韩就在那里。乾查看通知后，无可奈何地打开地图，跟随水晶体显示器上的路线，走进了一条背街小巷。虽然巷子离大路有些远，也有些窄，但并不脏乱。沿着巷子跟着导航一路走，乾来到一个没有任何标志的小门前。

您已到达目的地。

随着地图消失，导航结束的提示音响起。

"到底在哪里？"

乾不耐烦地环顾四周。志韩发来的叫作"夏威夷"的店应该就在这儿，但四处都看不到招牌或者店铺标志。地图不可能出错。这么看来，"夏威夷"肯定是一家不需要挂招牌的私人会所。志韩时间移民才来没多久，他是怎么知道、又怎么找到这种私人会所的？这事让乾有些惊讶，但现在得先找到店的入口。

他试着进行搜索，迫切地希望可以找到以该店名注册的频道。但幸好，也许因为"夏威夷"并不是什么不可告人的地方，因陀罗网上有他们注册的官方频道。

"这里是'夏威夷'的官方频道。请讲。"两个频道连接上后，立即传来一个年轻男子和蔼的声音。

"请问入口在哪里？"

"您有受到邀请吗？"

"客人里有一位叫姜志韩的。我是来接他的。"

"啊，那位哦。"男子的声音里带着笑意，"我马上为您开门，您站到地图导航结束的位置。"

男子说完这几句话后，切断了频道连接。乾在四周徘徊着，没过多久，面前无数道门中的一道打开了。志韩走了出来，脸色微微泛红，乾狐疑地看着他。

"您是怎么找到这儿来的？"

"问路时偶然结识的人带我来的。这真是个有趣的地方。有的人眼神迷离，活脱脱一个大烟鬼，还有很多男男女女袒胸露怀地走来走去。怎么样？你也一起进去看看？"

"算了吧。我可没有这些不良嗜好。"乾斩钉截铁地拒绝道。

志韩依依不舍地看着门关上，乾望着他，一脸无可救药的表情。在成为志韩的负责人后，乾曾仔细查看过他的简历，但当时他完全没想到志韩是这样的人。他虽出身低微，但从小和利律这样的两班①贵族一起长大,他俩可以说是情同手足,也是在利律的影响下,志韩前往军官学校接受了两年的训练,与中国抗日斗争以及朝鲜独立运动相关的各种暗杀行动、秘密制造和运输武器的行动都少不了他的身影。在金利律组建的小规模学生独立运动组织成立后,志韩曾回到朝鲜,与利律并肩战斗。虽然历史上并没有留下关于他的只言片语,但乾认为他还算是一个热血男儿。可是现实……

"路上碰见谁都敢跟着去,您以前就这样吗?"

"只要谈得来。"志韩咧着嘴笑。

"在那兵荒马乱的年代,也能和谁都打成一片,您这套见人说人话、见鬼说鬼话的本领还真是天生的。但这个时代也并不是没有危险的。您刚才说的那些眼神迷离的人,他们大概都是服用了些让人感到愉悦的药物,虽然可能并不违法。"

"类似鸦片吗?"

"鸦片根本比不了。"

"那肯定挺值钱的。"

乾脑海中浮现起志韩曾从事过的各种非法勾当,微微皱起了眉头。通过这些方式赚到的钱,虽然最终会流入抗日团体或独立运动团体手中,但这一行为本身是无法正当化的。

---

① 古代高丽和朝鲜的贵族阶级。

"货币早就已经不用了。在大屠杀后，仅30%的人类幸存。安卓和工业机器人全面投入到生产活动中。《新社会生活宣言》发表后，货币制度直接就被废除了。"

"世界上竟然不存在钱，那这个世界有变好吗？"

"每个人的想法都不同，能有标准答案吗？但犯罪并不会因为钱的消失而彻底不见。特别是随着时间移民者的剧增，一度销声匿迹的犯罪再次登场。所以，请您不要再随随便便就跟人走。"

"秀香说你像利律，在一根筋和唠叨这方面还真是像那小子。"志韩笑出了声。

"提防他人这方面可是我的专长，您不用担心。"

"啊，是，是。"乾带着认同的表情，不住地点头。

"秀香还没消息吗？"

乾站在路边拦出租车，志韩忽然问道。乾点了点头。本来乐观地以为她是因为公务繁忙才会这样，但这么久没有收到秀香的消息，他也不由得担心起来。两人就这样沉默地站着。一辆出租车对乾频道里的信号做出反应停了下来。

"来的时候坐你派的车，我就一直想问，这车也没有司机，是怎么动起来的？又怎么知道我要去哪里？"和乾一起上出租车时，志韩问道。

"过不了多久，您就能一清二楚了。现在先熟悉熟悉就好。"

这样的答案显得有些敷衍，但志韩并没多说什么。

出租车载着二人在市中心行驶一段距离后停了下来，路上两人都保持着沉默。沉思中的乾还以为是违反了交通信号，他望了望前方，但水晶体显示器里的信号是绿色的。这时他才注意到前方的人群，是他们占据着车道，使得双向车流都无法通行。

车停在时间移民局附属二类法院前。抗日团体正在举行集会，他们主张要将第二次世界大战中的日本战犯带到此处进行审判。这个时间集会本该结束了，看来是事情进展不顺。

"没想到在这儿也能见到他。"

乾正朝窗外东张西望，旁边的志韩指了指前方。乾顺着志韩手指的方向望去，看到有旗帜正迎风摆动，是旭日旗。从中心的圆出发，血管一样的红色线条向四方延伸。

"日本时间移民者保守团体依旧在使用旭日旗。看样子他们又爬了出来，就为了和抗日团体对着干。完全不知羞愧。"

"我不是说这个……"志韩又指了指路边。

乾定睛一看，原来J和他的妻子也在人群中。

"他们来这儿干吗？"乾有些诧异，于是下了车。

两个团体不断向对方高喊着，声音相互交织，车外显得十分吵闹。虽然乾就在不远的地方大声呼唤着 J，但他并没有回头。最后乾不得不打开频道，将自己的位置发送给他。J 收到通知回头确认乾的位置后，和妻子一起快步走了过来。

"你是来解散示威队的吗？"乾问道。

"不是，要是那样的话我就不会带老婆来了。我们正打算去购物。"

"保安部的人也不出来维持秩序，他们到底去哪儿了？"

"他们也就一两个人，你让他们怎么解散这些人？安卓警察应该正在赶来的路上。刚刚有消息说命令已经传达下去了，五分钟内应该可以抵达。"

J 正说着，志韩也下了出租车。

"嚯，竟然能在这样的地方见到祖宗您。"J 微笑着向志韩问候道。

志韩回了一个注目礼，然后将目光投向站在一旁的 J 的妻子。她身高和 J 差不多，肩膀也宽，在女性之中，体格也算大了。一头利落的齐耳短发，五官分明且大气，显得既爽朗又光彩照人。一双大眼睛搭配着厚厚的双眼皮，显得充满生气，又透着一丝冷漠，志韩感到一种微妙的违和感。从小巧精美的耳环和项链可以看出，这是一个崇尚低调品位的女人。

"您好！"

与志韩眼神接触的瞬间，J的妻子问候道："您是姜志韩先生吧？我丈夫经常提起您。"

就在她微笑着说话时，示威队离他们越来越近，让人不由得紧张起来。志韩一边护着她，一边和其他人一起退到路边。江山都变了，变得那么陌生，但示威队那些人的脸上透出的愤怒和不满，却那么熟悉。示威队一边行进，一边要求对日本战犯进行裁决，志韩死死地盯着他们，一动也不动地站在那里。就在这时，警笛声在远处响起，安卓警察来了。所有人就像事先约好的一样，开始四散而逃。一个从旁边经过的男子认出了志韩。

"金山一郎！"男子情绪激动地叫道。

那是志韩的另一个名字。志韩听到有人在叫他，便转过头去，头正好撞到飞来的石头上。染上血的石头掉落到地上，翻滚了好一阵儿才停下来。在逃散的过程中，不少人看到这一场面都停下脚步，其中有几个人也认出了志韩。

"金山一郎！你这家伙怎么会……"

伴随着他们愤怒的喊声，第二块石头向志韩飞去。但石头没有砸中志韩，而是砸中了飞身挡在志韩前面的J。J用手掌擦去额头上涌出的血。看到这个情况，警察们都靠了过来，但J用手示意他们待在原地。看到J血淋淋的手，一瞬间所有人都安静了下来。时间移民局首席事务官受伤了，这绝不是一件小事。

"居然向人投掷石块，真是让人无话可说。作为时间移民者，有义务不让过去的冲突再次发生，不管起因是思想上的、理念上的，还是宗教上的。大家应该都清楚吧，你们已经严重违反此条规定了。"看着沉默的人群，J冷静地说道。

"那个家伙是金山一郎！以前是日军的爪牙。在他以前卖命的地方，光在场的就有几十人惨死在那里！"扔石头的男子指着示威队叫喊道。

"那照你的意思，日军的爪牙就都该用石头来处决掉吗？"J严厉地瞪着他。

"那是他欠我们的，我们有权利从他那儿收回来！"

"先生您说得对。维护自己的权利的确很重要。前不久，在时间站前，我行使了作为时间移民局首席事务官的权力，对参与示威的人通过现场审判，剥夺了他们的居住权。啊，把他们都杀了，这样表达或许更准确。我现在也打算在这儿行使该项权力。当然，得等您先行使了对这位先生的权力后。"

J从志韩面前闪开，用手指着志韩，示意那人随意处置志韩。男子看看J，又看看志韩，退回了人群中。在他撇下志韩转身离开后，剩下的示威队员也悄无声息地散了。还没等这些人全都离开，乾一把抓住了J的领口。

"那件事是你干的吗？前不久是你把示威队全部杀死

的吗？"

乾的脸青一阵紫一阵。J既不承认，也不否认，只是紧闭双唇。他的这种态度激怒了乾。

"你倒是说话啊？"

乾的双手将J的衣领越抓越紧，但J只是用他冰冷的眼神回应着乾。乾愤怒地咬紧了牙。在下令处死那些人时，J一定也是这样的眼神。

他一直都是这样。虽然可以像朋友一样相处，但对那些最为重要的事却绝口不提。尤其是关乎原住民共同体的事，J更是极度谨慎。乾一直拿不准到底该相信他到什么程度。

"你要抓着受伤的人到什么时候？"在旁边目睹这一切的志韩一边去松开乾的手，一边劝说道。

乾抓着J的领口，又瞪了J好一阵子，才把他推开。

"我是该感谢祖宗您出手相救吗？"J一边抚摸着自己的脖子，一边开玩笑似的问道。

"就当是我对你舍身解救的报答吧。"志韩笑着回答。

"路也通了，看来得道别了。下次再见，金山一郎先生。"J微微一笑道别后，朝妻子做了一个手势，便一起穿过马路离去了。

看着警察们疏导停下的车辆，志韩再次坐上了出租车。

"不走吗？"志韩向乾喊道，乾还气冲冲地站在外面。

乾大步走来，上车后，咣的一声用力关上了车门。

"门可不是拿来让人出气的。"志韩数落道。

"J竟然杀了那么多人。他做了这种事，上次见面的时候还装作自己毫不知情。"乾气呼呼地说道。

"他不是原住民吗？"

"原住民就可以随心所欲地杀人，并将事情隐瞒吗？"

"在我生活的那个时代，有权有势的人都这样做。"

"现在不是您曾生活的时代了，这二者怎么能相提并论？怎么能拿那么混乱的时代和现在相比？"乾发火道，"J的第一份工作便是负责二十世纪初的探查。主要派往的年代也是二十世纪初，他在那里生活了半年以上。在时间移民局内，他是对当时的时代状况、历史、矛盾最为了解的事务官。但他竟然在没有任何裁决的情况下，仅凭自己的判断，就对出生于那个时代的人们使用现场审判权？"

在乾愤恨难解之时，出租车开始减速。

秀香的丈夫和女儿正在等他们，见到门前停下的出租车，便迎了出来。志韩从出租车上下来，视线都集中在了秀香女儿的身上。除了额头比秀香略微高点儿，眼、耳、口、鼻几乎和秀香是一个模子里刻出来的，两个人就像是亲姐妹一般。她露出同她母亲一样温和的笑容,向志韩表达了问候。

同秀香丈夫握手时,志韩的视线一直停留在秀香女儿的身上。随后,他们一起进了屋。房间里的物品和家具都来自志韩和秀香曾生活的时代。不过才一个多月,志韩再次见到这些东西,却有一种恍如隔世的感觉。

"需要喝杯茶吗?"落座时,秀香的丈夫问道。

乾摆手示意不用。"我们一会儿就走。先生以前的朋友这次时间移民过来,刚好路过想进来看看。"乾用谎言掩饰着这次拜访的真实目的。他想着秀香或许已经回家,但他没找到任何她回来过的痕迹。

"我妻子知道的话,会很高兴的。"秀香的丈夫性格宽厚,他笑着说道。

志韩将秀香曾经爱过的利律和眼前的这个男子进行对比。如果利律是一个拥有坚定信念的实践者的话,那秀香选择的这个丈夫则是一个从容温和之人。在这个男人身上看不出一丝一毫利律具有的那些敏锐的感知力和判断力。也许秀香是为了过一种完全不同于以往的生活,才选择了这样一个不同于利律的男人。

"您有听说过我吗?"志韩向秀香的丈夫问道。

"秀香常常提起,说您是像她亲哥哥一样的人。但从没听她细说过。她十分讨厌提起时间移民前的生活。偶尔心情好的时候，她才会说一两句，除此之外我一无所知。"

"但妈妈偶尔还是会提到您和金利律叔叔的事。说她与你们情同手足，一直都很想念你们。所以我几次提议让妈妈申请你们的时间移民，把你们也带到这边来，但妈妈都说不愿意。"秀香的女儿摆弄着脖子上缠绕的围巾，插话道。

"我想她肯定是有什么隐情，但没有细问。因为时间移民者的内心深处都会有不愿示人的记忆。"

志韩听着她的话，一一查看着置物板上的照片。

"这是秀香吗？"志韩指着一张一家三口的照片问道。

秀香的女儿默默点头。

志韩一动不动地凝视着照片里的秀香。在他的记忆里，秀香是年轻美好、光彩照人的。但照片里的秀香虽然眼神中依旧充满了好奇心，但年轻的、孩子气的脸庞却没了踪影。她青春逝去后的脸颊被皱纹和老成占据，照片里的秀香对志韩来说是那样陌生。

能够活着老去真是一件幸运的事，志韩在心里念叨着。他猛地想起一位已经忘却许久的女子。志韩在第一次参与的战斗中遇见了她，两人在超过半年的时间里，伪装成夫妇一起生活。后来由于炸毁日本公使馆的计划暴露，她被日军当场击毙。如果她没有死，老去后会是什么样子呢？

她的模样停留在了死去的时刻，就像一朵怒放的白色山茶花，始终带着凄冷又温柔的笑容。每当望着她的笑，自己心中出现的感觉是对同志的爱护，还是对战友的情谊，或者是爱情？志韩还没来得及苦恼这些，她便去世了。事情过去了这么久，她在志韩眼前倒下的样子却历久弥新。可惜志韩至今也不知道她的真实姓名。

第一次见到秀香时，志韩便觉得她们二人有些相像，特别是那凄冷又温柔的笑容简直如出一辙。了解之后才发现，二人无论是长相还是性格都相去甚远。但志韩却总是十分担心会失去秀香，如同那位消逝在他眼前的无名女子一样。

照片里上了年纪的秀香让志韩感到陌生。他将视线投向旁边的相框，然后看了好一阵子。这是三人在照相馆里最后一次的合影。秀香微笑着，身着一条鲜艳的连衣裙，眼神透着调皮。站在右边的利律笑得有些不自然。志韩站在秀香的左边，他没有看正面，而是望着秀香。

"这是妈妈最喜欢的照片。这张照片作为个人物品向收集品补给店提出申请后，好不容易才弄到的。"

秀香的女儿走到志韩身旁，望着照片出神。

"李秀香先生现在在哪里呢？我这边一点消息都没有。"乾漫不经心地向秀香的女儿问道。

秀香女儿耸了耸肩，面带忧虑地摇了摇头。

"您也不知道她在哪里吗？"乾又看着秀香的丈夫问道。

秀香的丈夫叹了一口气后，也同样摇了摇头。

"从前她为了调查'时权协'的事，短期联系不上的情况也是有的，但这次她失联的时间有些长了，也不接电话。以前只要看到来电记录，哪怕再晚她也会回消息的，这次我也有点担心。"

乾陷入短暂的沉思。李秀香先生到底在做什么？近来，她的反常行为不止一两件。分明是在调查"时权协"的事，为何又会突然申请姜志韩先生的时间移民？就像她的丈夫和女儿所说，虽然十分想念，但在过去超过二十年的时间里，她都没有提过这个要求。是什么让她忽然改变了心意？疑团一个接着一个。

"你们最后一次和先生联系是什么时候？"

"是她去边界地区的隔离疗养院时。"秀香女儿看着父亲回答道。

父亲点了点头，"对的，她说要调查人体插槽副作用的案例，就去了隔离疗养院。还说要调查的受害者是个少年，因副作用的症状而将家人全部杀害。这也让我们很担心她。"

"之后就没有联系了吗？"乾再次确认道。

秀香的丈夫点头。

秀香的女儿也插话进来帮父亲答道:"是的,在那之后就没跟妈妈联系过了。保安部那边也没有联系我们,所以我们一直都相信不会出什么事。但这么长时间没消息,确实让人担心,我正和爸爸商量明天去保安部报案。"

"没事,能有什么事?大概几天后,你们就会像平时那样接到她的电话,听到她豪爽而严苛的声音。如果先生有消息了,也请告知我。我得好好向她抱怨抱怨,谁叫她让我们这么担心。"乾笑着嘱咐道。

秀香的丈夫微笑着点头。

志韩一边斜眼打量着秀香的丈夫,一边和他道别。在跟着乾出门时,志韩回头看了一眼,他脑海中浮现起秀香丈夫手臂上小小的红山茶文身。

"怎么了?有什么不对劲的吗?"乾停下脚步,向志韩问道。

志韩又盯着房子看了好一阵儿,然后摇了摇头。"没什么,回去吧。"志韩转身朝出租车走去。

秀香女儿一动不动地站在窗边,她看着志韩和乾上了出租车,回头瞥了一眼,父亲的视线正紧跟着渐渐远去的出租车。

"看样子刘乾不会善罢甘休。他那么担心,肯定会开始追查她的下落的。怎么办?要告诉原住民共同体他们来过了吗?"

父亲摇了摇头,安慰道:"首席事务官会看着办的。"

6

为生成人体插槽志韩须事先接受检查，但到了检查的这天，志韩依旧没有秀香的消息。这么长时间不和任何人联系，这一点儿也不像李秀香的行事作风。乾十分担心她，往"时权协"支部办公室打了电话，但对方只说她在休假中。

现在结论只有一个：李秀香在某个地方消失了。

乾和志韩一起来到时间移民局分馆医疗部，他将志韩交给检查员后，便朝楼下的保安部走去。他越走越快，在阿戈斯一队的办公室门前停了下来，猛地推开了门。办公室里的两名职员被这突如其来的造访者吓得站了起来，但看清来访者是谁后，两人又都坐回了自己的位置。乾环顾四周，搜寻着阿戈斯一队队长黎惧安。

"队长现在正和阿戈斯处于连接状态。"一名职员对乾说着，指了指前方。

前方的墙上，从地面到天花板，布满密密麻麻的显示器，上面正显示着各种各样不同的场景。车水马龙的道路，主要政府机构的四周，人群悠闲阔步或是坐着晒太阳的广场，偏僻的小巷子……阿戈斯观察的方位会不断变换。这些都是阿戈斯监控的区域中，需要随时进行观察的地点，显示器上显示的便是这些地点的实况。市民们的视觉都与因陀罗网相连，阿戈斯的监控就是依靠市民的视觉来实现的，因此观察的方位和视角会不断发生改变。

黎惧安舒适地躺在显示器墙前的长椅上，双眼紧闭。她虽然看起来像是睡着了，但其实正在工作中。她正通过因陀罗网查看着阿戈斯监控下的所有区域。

查看阿戈斯监控下的所有区域，这种工作叫作"全观"。一般职员在全观后，往往会头晕眼花，恶心难受。所以需要间隔大概一个月，才能再次从事这项工作。但黎惧安似乎是特殊体质，全观后除了轻微的头晕外，从未出现过严重的症状。她甚至偶尔会为了解闷而进行全观作业。今天估计也是这种情况。

"黎惧安。"

乾通过因陀罗网呼唤着她的名字。连接阿戈斯时，频道往往会关闭，因此乾的呼叫要传到黎惧安那里多少需要些时间。

乾等待着黎惧安慢慢从阿戈斯中苏醒过来。但她睁眼后并没有立刻起身，而是维持着原来的姿势躺了一会儿。进行全观作业后，知觉恢复到能准确识别周围环境的水平，往往需要几分钟的时间。

不一会儿，黎惧安的知觉恢复正常，她扭了几下脖子，将腿从椅子上放下。她将脱下的鞋重新穿上，这期间，乾只是呆呆地望着她头上别着的白丝带。

黎惧安是越南人，在她还是少女时，越南战争爆发。她与村里的人都被韩国军人残忍地杀害了。她和乾一样，一直致力于家人以及朋友的时间移民，结果，村民当中的很大一部分人都成了时间移民者。但她依旧对众多未能获得时间移民资格的村里人抱有负罪感。于是她将白色丝带别在头上，表达对他们的哀悼。

虽然时代不同，但是乾也有过类似的创伤。然而黎惧安内心深处的伤痛以及日复一日的噩梦，乾全都难以理解。在人类历史上留下深深印记的惨剧还未开始，乾便丢了性命。而黎惧安亲眼看见并亲身经历过战争的惨剧。那残酷和痛苦的记忆一直让她备受煎熬，她不得不定期前往医疗部接受治疗，却一直不见好转，精神状态甚至一度被诊断为高危。最终，她接受了医院的建议，决定将过去的记忆删除。

删除记忆后，黎惧安依旧别着她的白丝带，性格也和从前没两样，但沉积在脸上的阴郁再也没有了。也不知道她是否真正忘掉了一切。因着与黎惧安相似的理由，乾最小的姐姐也将记忆删除了，但仍旧偶尔会被噩梦侵扰，只不过不再知晓做梦的缘由。过去并未消失，只是真相变得模糊了而已。

"你要来也不打个招呼，有什么事吗？"黎惧安瞪着圆圆的眼睛问乾。

同眼睛一样圆的是她的脸庞，看起来还有些孩子气。头发不留一丝一缕，全部梳到后面盘了起来。露出像小孩般窄窄的额头，十分可爱。她穿着一件斜扣的米色上衣，腰间整齐地扎着一条细皮带，皮带下是一条黑色的百褶裙，与她端庄可爱的外形十分相衬。也许正因为这种气质，第一次见到她的人怎么也不会想到她竟然是阿戈斯一队的队长，还是时间移民局中最为冷静老练、判断力卓越之人。

"之前拜托你调查李秀香先生的行踪，还记得这事吗？"

"当然记得，我刚刚还在找呢。"

"找到她现在在哪儿了吗？"乾急不可耐地问道。

黎惧安摇了摇头，"我搜遍了阿戈斯监控的所有范围，可就是找不到李秀香先生的频道。"

乾有一种不祥的预感，李秀香先生会消失掉，而现在这个预感正渐渐成为现实。

"李秀香先生有遭遇事故的可能性吗？"他试图摆脱这种不好的预感，向黎惧安问道。

"应该可以排除这种可能。"黎惧安答道，这一假设没有丝毫考虑的价值，"如果发生事故，绝对无法逃过因陀罗网的眼睛。如果出现过足以威胁生命的身体症状，李秀香先生的所在位置以及状态也会即刻上报到保安部。但我们却没有接到此类报告。"

"如果李秀香先生没有遭遇事故，不可能这么久都联系不上她。"乾的表情变得越发严肃。

黎惧安同情地望着他，然后笑着拍了拍他的肩膀，说："不要太担心了，先生不会有事的。可能是她所在的地方无法连接因陀罗网。"

"无法连接因陀罗网的地方不是只有边界外吗？"乾微微皱了皱眉头。

大屠杀后，人类的居住范围显著缩小，中心城市边界外的地区遭到废弃。边界外的区域现已成为荒地，无法再供人类居住。

"也可能是先生有意关闭了控制中心，所以阿戈斯捕捉不到她的信号。偶尔也会有人这么做。大部分都是一些罪犯，关闭控制中心是为了避开保安部的追踪。因为一旦脱离因陀罗网，想要确定一个人的位置，就得花相当长时间。关闭控制中心的人真是不简单。也不知道没有因陀罗网的情况下，人类是怎么挨过那种原始生活的。"黎惧安一脸不可理喻的表情，耸了耸肩。

"但先生又不是罪犯。有什么需要摆脱因陀罗网的理由？"

"你也想不到原因吗?"黎惧安俏皮地晃了晃头。

乾沉思了一会儿,始终也想不到李秀香先生避开周围的人,选择失踪的理由。虽然调查人体插槽副作用不是一件简单的事,但对先生来说,这都是家常便饭。不会出现需要她脱离因陀罗网的重大危机。

"我也完全想不到。"

"也许忽然出现了意外。'时权协'被委托调查什么秘密案件也未可知。"黎惧安用没什么大不了的语气说道。

不管遇到什么情况,黎惧安总能运用她冷静的判断力来熟练应对。如果连她都这么说,那就极有可能不会有事。但就这样对李秀香先生的事放手不管,又总是让人觉得心里悬着一块大石头。

"听李秀香先生的家人提起,她最后到过的地方是边界地区的隔离疗养院?"

黎惧安点了点头,问:"你要去调查一下吗?"

"这个嘛……"乾长叹一口气。李秀香先生的家人都还没出面,如果自己先出来张罗,似乎不怎么合适。

"那么远,别自找麻烦了。况且,她的家人都还没动静。"

"作为外人却如此积极,看起来是不太好,对吧?"

"当然。"黎惧安微微翻了个白眼,摆出一副你可真傻的表情。

"也对，再等等先生的消息，然后再做决定。"乾抓了抓脑袋。

"这就对了。还有，你明白的，如果需要任何帮助，随时联系我。"黎惧安莞尔一笑，痛快地说道。

乾的心情因此放松了许多，答应过黎惧安后，便离开了保安部办公室。

黎惧安的话也有一定的道理。如果"时权协"需要调查什么隐秘烦琐的案件，那李秀香先生踪迹渺然也可以理解。但依然还有可疑之处：就算调查再怎么隐秘，为何会连家人也不联系？

也许调查一下先生最后现身的地点，就能找到些蛛丝马迹。但隔离疗养院的病人信息一律不向因陀罗网开放。即使是高级官员，也要得到原住民共同体以及行政官同意，才能要求进行资料传送，而乾只是一名普通职员，他是没有权限的。如果想要调查李秀香先生的事，乾只能直接前往现场。他暗暗下定决心，要去边界地区的隔离疗养院一探究竟。随后乾便朝志韩所在的医疗部走去。

志韩的检查员在走廊上来回踱步。乾十分诧异，看了看时间，离检查结束理应还有相当长的一段时间。

"姜志韩先生的检查结束了吗？"

"没有，还在做。首席事务官说要亲自为姜志韩先生进行检查,就把我换了下来。"

"你说的是 J 吗? 真是奇了怪了。"

"姜志韩先生是他历经多次失败才带回来的人,不知道是不是因为这样,所以 J 对他有特殊的感情。"面相和善的检查员微笑道。

乾却在心中冷笑。检查员竟然说 J 对志韩有感情,这简直荒唐至极。虽然乾与 J 相处的时间也不短了,但 J 关心和爱护的对象,唯有他的妻子。

"事务官说,等姜志韩先生的检查结束后,会找人把他送回去的。还说结果他也会告诉您的,估计马上就会联系您了。"

7

要前往位于边界地区的隔离疗养院,需要先乘坐超高速真空列车,之后再换乘出租车。城市中心与边界地区相隔两千千米以上,但因为有超高速真空列车,花费的时间不过两个小时多一点。

乾和志韩在市中心的中央站上了车。乾望着黑色的列车车窗,车窗上映着他的脸。乾看了一阵子,觉得有些烦,便瞟了一眼对面。志韩坐在对面，手上拿着一张摊开的、巨大的纸质地图，脸完全被遮住了。这个时代居然还携带纸质地图，在其他人眼里，志韩肯定会被看成一名不适应新时代的时间移民者。

"如果你想去哪儿，跟我说就好了。我连接着因陀罗网，无论您想知道什么信息，我都可以帮您查找。"其他乘客不时将视线投向志韩的方向，乾注意到他们的眼光，小声嘀咕道。

"纸质地图方便多了。"地图后的志韩斩钉截铁地说道。

"等您生成人体插槽，使用过电子地图后，肯定会收回这话的。话说您这纸质地图是从哪儿弄来的？"

"我拜托首席事务官帮忙，他便帮我找了一幅。"

"什么？那家伙欣然答应了？难以置信！"乾一副惊讶的表情。

乾十分了解 J 的性格，不管是接受别人的帮助，还是帮助别人，J 都不喜欢因这些事而与他人纠缠到一起。

"你告诉我的收集品补给店里没有，所以只好拜托他了。"

"您去收集品补给店了？申请了些什么物品？"

"几种农用工具和一把剃须刀，还有两瓶茅台酒。"

"剃须刀？放着自动的不用，要用手动的？"

"自动的刮不干净。"

"那农用工具您准备用在哪里？"

"就想种种地。你的问题可真多。"志韩放下地图望着乾,"这回换我问了。看这地图上,以中心城市为圆心,半径大约两千千米范围以外的区域全都被标记成了灰色。这是为什么?"

"那些地方都是无人区。只有绿青园在那边,他们负责种植茶叶,然后提供给中心城市。但绿青园的人也只能在规定范围内活动,绝不会越界。"

"为什么这里不住人呢?"

志韩望着乾,眼中闪烁着犀利的光芒。志韩偶尔显露这种眼神时,乾的内心都会不寒而栗,脑海中浮现起报告中点评志韩的语句。

虽然思想上并无过激之处,但仍属极度危险人物。

李秀香曾多次为志韩申请时间移民,但在审查过程中志韩屡次落选,就是因为报告中的这种评价。如果不是 J 助她一臂之力,志韩成为时间移民者的希望极其渺茫。乾偶尔会好奇,J 在审查委员们反对的情况下,也要执拗地推动此事,到底是出于什么原因?也不知是不是因为 J 对秀香和志韩生活的年代情有独钟。也对,J 在做历史探查官时,曾被派往二十世纪初,又在那边待了那么久,对那个时代的人抱有感情也不奇怪。但这与 J 的性格完全不搭。

乾抛开这些复杂的想法,与正在等待答案的志韩四目相对。

"那里之所以不住人是因为完全没必要。这个时代的人口比您曾生活的时代少多了。哪怕只启用中心城市，也不会影响到生活质量。并且在大屠杀后，不必要的开垦和开发原则上都是不允许的。"

志韩低下头看着铺展在两手间的地图。灰色区域明显是亚洲南部地区。曾居住着无数人的地方竟一夕之间成了荒地，志韩完全无法想象。

"关于大屠杀，我也听说了一些消息。说是死了不少人。"

"说'死了不少'，程度都轻了。病毒肆虐，人类却束手无策，全世界人口一下子便损失掉 70%。"

志韩的脸上闪过惊讶的神情，问："病毒是什么？"

"就是能引发瘟疫的东西。"

为了让志韩理解，乾在说明时费了不少心思。但要让志韩理解大屠杀这样的事件，他没有信心自己能够说明白。

这一改变人类历史的事件，起因于一种致命病菌。它来源于一所生化研究所。使病菌流入外界的研究员以"毕世路"这一名字而广为人知，但这并非她的真名，而是用母语朗读她研究室编号时的谐音。流入外界的病菌本是为制造生化武器而研发的，因此没有潜伏期，能直接置人于死地。

在病菌流入外界后，刚开始大家都以为这只是毕世路的失误，但很快大家便得到消息，带有病菌的安卓已乘坐飞机分散到了各个国家。病菌感染者开始在世界范围内涌现，随着调查的展开，真相才被揭开——病菌的散播并不是失误，而是有意为之。

这一真相揭晓时，毕世路正身陷牢狱。但安卓军队拿起武器，将枪口对准人类，救走了毕世路。安卓军队被一个叫作"清辉"的安卓原始模型牢牢掌控。那时人们才知道，毕世路拥有能对清辉发号施令的人体编码。她是安卓的最初研发者车绿周博士的曾孙女，因此她间接拥有全部安卓的产权。

毕世路通过病菌和安卓军队对人类进行大屠杀的动机至今不明。有人分析是因为她对一步步走向第三次世界大战的人类彻底失望；也有人推测她是一个盲目的环境保护主义者，为了保护地球环境，而决心将人类赶尽杀绝。除此之外，还有很多不同的说法，但安卓接到命令而将人类杀害的事情的确属实。

"当时，安卓将战争武器占为己有，那些没有死于病菌，也就是说没有死于瘟疫的人，也遭到了攻击。"乾条分缕析地继续讲道，"当时的氛围很紧张，第三次世界大战一触即发，各国储备的武器一应俱全，使得伤亡更加惨重。但最终看来，死的也只是那些普通群众。核心人物都提前躲进地道内了，就在人类穷途末路之际，整个事件却结束了。也是因为这些幸存下来的人，社会才能重建成今天这个样子，他们还是值得感谢的。"

"拿别人当挡箭牌，自己躲在后方苟延残喘，这样一帮人居然创造了世界……"志韩嘟囔着，嘲弄似的笑了起来。他又向乾问道，"安卓军队指的就是街上游荡的那些家伙吗？"

志韩脑海中浮现起街上安卓的样子，他们有着与人相同的外形。虽说是机器，但仅凭外表很难区分。更稀奇的是，它们居然可以享受与人同等的待遇。

"街上的安卓市民是另外一种模型。当时杀戮人类的老式安卓采用原始模型，通常被叫作'OM'。现在大部分都已经被销毁了，没剩几台。还能动的更是罕见。虽然大屠杀让人类伤亡惨重，但此后地球环境也确实得到极大改善。病菌的传播夺走了大部分人类的生命，人类对环境的影响变小了很多。各国纷争在升级为世界大战前便宣告结束。为了生存下去，人类需要无条件地相互扶持、尽力合作。并且，如果没有那个事件，销毁安卓的运动也不会有任何进展。新型安卓在与 OM 模型的战争中获胜，并被赋予市民权的事就更不会存在了。"

"你去过那个时代吗？"志韩忽然问道。

乾摇了摇头。

"因为有病菌存在，那个时代被锁定为禁止时间移动的区间。"

"原来如此。"

志韩点了点头，开始叠地图。

"您真的为日军效力过？我拿到的资料里没有明确提及。"乾看着正在叠地图的志韩问道。

志韩没有回答，只是将地图放进包里。

"李秀香先生偶尔会提起金利律先生和您的事。提起金利律先生时，她总是一脸幸福。听起来，金利律先生应该是一位刚正不阿的独立运动家，也是一位拥有坚定信念的思想家，这一点同李秀香先生差不多。但关于您……"乾的声音小了一些。

"秀香是怎么说的？"志韩望着乾。

"嗯，我记得没怎么听她说过您的好话，说您总是恣意妄为，也缺乏信念……"乾小心翼翼地观察着志韩的脸色，"因为风流成性，说您是一个不适合出生在那个时代的人。"

"所以她就因为这个，一声不吭地离开了上海？"

"这倒没有听先生说过。您和李秀香先生是在上海分开的吗？你们两人是吵架了吗？也是，如果您真的帮过日军，李秀香先生绝不会善罢甘休。那两位后来怎么样了？您最后见到李秀香先生了吗？"

"没见到。"志韩摇头，"在不断找寻她的过程中，听说她去了满洲，但最后还是没能见到。谁曾想，死了以后，还得像现在这样找她。"志韩笑着说道。

"李秀香先生现在会在哪儿呢?"乾叹了口气,自言自语道。

这时,列车开始减速了。不一会儿,列车即将到站的广播伴着音乐响起。

8

隔离疗养院由包括管理所在内的二十五栋建筑物组成,最多可接纳五百人同时入住,但入住人员其实一直维持在两百人左右。入住者大都是一些因不适应时间移民而惹出麻烦的人。

"人体插槽生成后的副作用很多,认知紊乱便是其中一种。最近,很多人来这儿都是因为这个。"管理所所长向志韩和乾解释道。他是管理隔离疗养院的众多安卓之一。

"无论是谁,在人体插槽生成后,都可能出现轻微的认知紊乱症状,但最近的发生频率这么高,是有什么特别的原因吗?"

"我们疗养院只负责接纳入住者并进行管理,有指示才能开展调查。但据我们了解,在认知紊乱的各种症状中,对人认知紊乱的情况呈不断增加的趋势。"

"对人认知紊乱?"志韩瞟了一眼乾。

乾向所长打了个手势，示意他解释一下。

"关于某个特定对象的已知信息与实际接触到的不符，这种症状便被称为对人认知紊乱。在最初阶段，患者会对那个人所有的言行举止感到陌生且难以理解。到了第二阶段，便会对其产生怀疑。偶尔也有时间移民者声称那人是被鬼附了身，但大部分的患者都只会怀疑是人体遭遇了黑客攻击。到了最后阶段，患者往往会采取行动，终结这一症状。"

"采取行动？"

"要么自己死，要么伤害对方。"

"于是，到了最后阶段的人便会被送到这儿来？"

所长点了点头。

"李秀香先生最后在这里见过的患者也是这种情况吗？"

"是的，非常典型。你们要见一见吗？"

"不用了。李秀香先生与患者的对话内容，疗养院保存有非正式记录吧？我看看那个就行。"乾用公事公办的语气说道。

但志韩却忽然插话道："你去确认记录，我来见见那个患者吧。"说着他就从座位上站了起来。

"没这个必要。"

虽然乾想要说服志韩，但他丝毫没有改变想法的意思。

"那个什么网来着？你连上那个因陀罗网，一门心思地看资料，就像被谁上身了一样，就让我在一旁傻等吗？"志韩一边挖苦道，一边拽着所长朝门前大步走去。

所长回头观察乾的脸色，只见乾无可奈何地点了点头。志韩冲一脸不满的乾微微一笑，然后与所长一起离开了管理室。

"这边请。"

所长在走廊中间右转，然后指了指前方。他与志韩并肩走着，同时介绍着秀香最后见过的患者。

那个少年名叫尹赫俊，十六岁，本来生活在二十一世纪的韩国。他的父母对困苦的生活感到绝望，于是将四岁的赫俊杀害之后自杀了。赫俊随即被指定为时间移民对象。时间移民后，他被一对与他来自同时代的夫妇领养，然后一直生活在一起。但在他十多岁时，他与养父母的关系渐渐疏远，争吵的频率也越来越高。

"赫俊父母认为这一切应该都是青春期的叛逆行为。但这种情况，其实是人体插槽副作用引起的。后来赫俊用刀将父母杀害了，他被逮捕时依然处于极度亢奋的状态，不断强调父母是被鬼附身了。"所长觉得惋惜似的摇了摇头。

"秀香见过那孩子后怎么说？"

"对话记录刘乾先生会进行确认的，也没什么特别的内容。唯一奇怪的是，赫俊的那些疯话，李秀香先生竟能一一对答。"走过一列并排的门后，所长停在一扇门前。

"请进。我会在管理室等您。工作人员会随时监控着房间，如果有什么情况发生，他们会第一时间赶过去。"所长用无须担心的语气说道，随后将门开启。

志韩进去后，门随即关闭。

狭窄的房间内乱成一团。床垫随意地翻倒在一边，被子被卷成一团扔在地上。仅有的一扇窗户前挂着厚厚的窗帘，室内漆黑一片，气氛甚至有些阴沉。志韩低头看着地面发愣，吃剩的零食碎屑和各色的记号笔撒了一地。他又将视线投到墙上，都是些杂乱无章的涂鸦。黑色和红色的线条锋利且歇斯底里，整堵墙看起来让人十分压抑，透着一种不祥之气。房间内十分安静，只有电视机的声音在回响。志韩一动不动地站着听了一会儿，然后瞟了一眼床下。

"你倒是出来啊！"他盯着床下喊道。

这时，从床下突然伸出一只手来。随后，一团看不清模样的东西撑着地面慢慢地蠕动起来。

不一会儿，手的主人从床下爬了出来。是赫俊。他有着纯真的眼神和瘦弱的身躯，怎么看都不像是会用刀将父母残忍杀害的少年。赫俊观察了志韩好一阵儿，眼神充满戒备。

"你是新来的工作人员吗？"

"我长得这么像人类，怎么可能是安卓？"

志韩一屁股坐到床上。赫俊对于志韩的无所顾忌有些惊慌，往后退了一步。面对这个陌生男子，赫俊显得异常紧张。他将背紧紧地贴着墙，一副吓得不轻的样子。而志韩只是沉默地望着他。

志韩冷冰冰的脸上没有任何表情，这让赫俊毛骨悚然。

这人肯定是他们派来的。

"这回轮到我了吗？"赫俊用嘶哑的声音说道。

志韩依旧一言不发，只是盯着赫俊。志韩的视线让赫俊完全僵在了那里。赫俊感到志韩犀利的目光就如同一把钉耙，不停在他的脑子里扒拉着，不由得脊背发凉。

"轮到你了？"

"我不是傻子，爸爸和妈妈都被杀了，这回不是该我了吗？"赫俊咽了咽口水，狠狠地说道。

志韩站了起来。赫俊靠在墙上，如同一头被逼入绝境的小兽，他抬起头看着志韩。

"我说，你这家伙就是个傻子。首先，如果我要杀你，不会大白天来，还是在有工作人员监视的情况下；其次，如果我要杀你，一进来就动手了。"志韩敏捷地转身，再次朝床走去，"好了，现在和叔叔聊聊可以吗？我也很好奇你说的'他们'到底是何许人也。但首先我得问问你关于李秀香的事。"

志韩坐在床边，用手拍了拍旁边的位置。但赫俊不愿靠近他的身旁。他踌躇了好半天，还是靠在墙上开口道："李秀香先生怎么了？"

"见过你之后便失踪了。"志韩凝视着赫俊的眼睛。

"叔叔您是什么人？"

"我是李秀香的朋友。不对，应该说是曾经的朋友。"

赫俊立刻抬起头来，细细打量着志韩，"是不是……和李秀香先生一起参加过抗日斗争的朋友？"

志韩的眼神有些摇摆不定。

赫俊深信不疑，面前的这个男人就是李秀香先生曾提起的那个朋友。赫俊充斥全身的紧张感瞬间消失，他迈开颤抖的双腿，刚走出一步，就一屁股跌坐在地上。

赫俊如同爬一般慢慢地靠近志韩，抓住他的手。志韩只是疑惑地看着他。赫俊抓着志韩的手抖个不停。

"先生曾说过会叫朋友过来的。说那个朋友会帮忙，让我不用担心。还说那个朋友在抗日斗争时期，比任何人都有能力，什么问题都能解决。"赫俊的眼神那般迫切，满是期待。

但志韩选择了无视，一把将他的手甩开，"那个朋友应该不是我，而是一个叫金利律的人。"

不知不觉间，志韩的语气变得冰冷起来："我并不是一个抗日斗士，而是一个叛徒。在实施暗杀日本要人计划的那天，我并没有去，而是选择了逃跑。"

战斗名为"故乡之春"。如果那天能让日本侵略者血流成河，说不定"春天"也会随之到来。但他却舍弃同志逃走了。比起一同赴死，他选择了和秀香一起活下去。如果那天他参战，战斗也许不会失败，至少被当作刺杀目标的那些家伙中，会有几人丧命。可是那又怎样呢？

如果自己最终死在那里，故乡的"春天"就算到来，又有什么用？如果那耀眼而美好的青春和爱情，都深埋在坟墓之中，又是多么让人愤慨且难以承受！

"那天，我骗秀香和我一起逃往上海。对我来说，秀香的生命比祖国的独立更加珍贵。秀香知道真相后，就不再拿我当朋友了。"

听到志韩的这番话，赫俊脸上露出失望的神情。

志韩当作没看见，继续讲道："秀香就如同我的妹妹一般，所以我一定要弄清她在哪里。上次你和她都说了些什么？"

赫俊好一会儿没有说话，然后下定决心似的开了口："先生说她正在经历着和我相同的事。"

"相同的事？就是说感觉家人被鬼神附身了？"

"不是真的被鬼神附身了,只是感觉上相似而已。我的养父母一定是遭到了黑客攻击,这和被杀是一回事。"赫俊提高了声音。

"是你杀死了你的父母。"

"我并没有杀掉他们!"

赫俊眼露凶光,面带杀气。和刚刚受到惊吓时的样子判若两人。

"李秀香先生说她相信我,她的家人也遭到了黑客攻击,都被杀害了。照这样下去,她也会遭遇不测,所以不能坐以待毙。她说现在能相信的人只有远方的朋友了。如果他来的话……"

赫俊话说到一半,忽然停了下来,表情失望极了。他走向窗边,撩开窗帘。窗外的太阳正徐徐落下,将远处的地平线染得绯红。志韩和赫俊无言地看着窗外的风景,直到红色的光亮消失,暮色渐渐笼罩大地。电视机不停地发出微弱的声响,没有丝毫意义的噪音回响在两人之间。

"到处都是骗子。"赫俊有气无力地说道,"我来这里前听说,边界外的地区没有人生活。虽然在很长一段时间内,那是人类曾征服、开拓过的土地,但是如今再次成为未知的区域。那里已经被动植物占领了,什么也没有。但明明就有人住在那里,他们偶尔会在黎明时分出现。当黎明将至未至,明与暗相互交织,大雾笼罩此处时，就能看到有人站在边界上。他们轮廓模糊，看不太清楚。有些像人，又有些不像，他们只短暂地朝这边望一会儿，便再次返回他们的领域。叔叔您不会懂的，面对这些是什么感觉。”

“在我曾经生活的时代……”志韩开口说道，“人和不像人的东西每天都混在一起。有的家伙看起来像人，实则是畜生；有的看起来像畜生，却是实实在在的人。如果你说的是这种感觉，那我深有体会。”

志韩从床上站了起来。赫俊听见他的脚步声，回头望了一眼。

“如果李秀香先生出了什么事，一定是他们干的。他们很快就会来找我的。”赫俊的声音听起来有些心灰意冷。

志韩在门前转过身，注视着赫俊绝望的脸，“他们是谁？”

对于志韩的提问，赫俊紧闭双唇，摇了摇头，仿佛有什么不可告人的事情。

志韩看着赫俊的背影，他似乎对一切都已死心。志韩看了一会儿便离开了房间。

回到管理室，似乎已等候多时的乾迎向他。

“这次耽误太多时间了。我本打算天黑之前回去的。”两人匆忙坐上提前约好的出租车后，乾说道。

"刚才我已经确认李秀香先生是坐出租车离开这里的。并且可以确定她的目的地是市中心。但阿戈斯上却没找到她返回市中心的信息，真让人搞不懂。"乾摇着头说道。

"我倒是听说秀香和赫俊出现了同样的症状。"

"那大概是先生为了详细了解赫俊的情况而编凑的谎话。如果知道对方和自己有相似的处境，一般谁都会滔滔不绝的。在调查时，这是惯用的手法。"

"赫俊还提到了不明身份的'他们'。"

"我也听到了。确认对话记录的工作结束得早，之后我也和工作人员一起监控着赫俊的房间。赫俊和李秀香先生的对话里，也提到了'他们'。但'他们'究竟是谁，我们也没办法弄清。这孩子的精神状态还不稳定，为了替自己找借口，这些是编出来的谎话也不一定。他说边界外有人居住，您也听到了吧？他看到的不过是途经疗养院的绿青园工作人员，他们负责在边界外种茶。这些都是他在夸大其词。"

就在乾说话的时候，出租车在站前停了下来。两人下车后，在候车室一侧的长椅上并排而坐，稍事休息。搭乘下一班列车，还要再等三十分钟。

"可是，您真的背叛同志了吗？"原本一言不发的乾忽然问道。

"你怎么突然问起这个？"

"因为太让人费解了！如果您真的是叛徒，照李秀香先生的性格，绝对不可能原谅您的。"

"什么意思？"志韩带着疑惑的表情问道。

"其实，为您申请时间移民的人正是李秀香先生。"乾小心翼翼地望着乾说道。

志韩脸上带着难以置信的表情，陷入了沉思。这番话太出乎他的意料了。抛弃自己的同志，甚至编造谎言，他以为秀香永远不会原谅自己做过的这些事。但是为自己申请时间移民的人竟是秀香。他脑海中忽然浮现起赫俊的话。

如果那个朋友来的话，这些事都可以解决的。

如果秀香提到的朋友就是自己，那她将自己召唤到这遥远的时代，到底是为了什么？志韩沉默了，他注视着前方。巨大的屏幕中，行政官宣布不再更换身体、选择死亡的紧急新闻正滚动播放着。

第三章

时间移民者连环杀人案

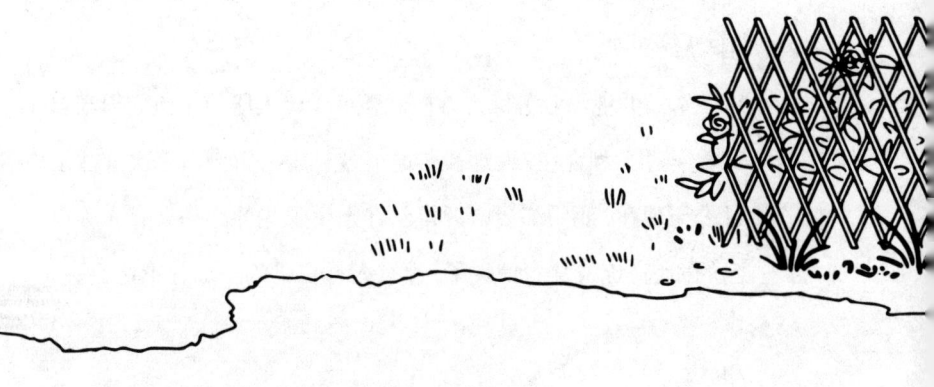

1

时隔许久，乾再次到本馆出差，熟悉的氛围让他很放松。乾原本在时间移民局欧洲支部工作，从那时起就一直被安排在本馆。后来他自愿申请去分馆工作，调到那边也不过几年光景。

长期在本馆工作的职员一般都希望可以去分馆。本馆的大部分工作需要前往现场，而分馆主要负责一些文书类工作，因此相对轻松一些。

本馆的现场业务探查官们需要承受巨大压力。他们得亲自穿梭于过去和现在，大都长久地被各种压力折磨。每次来往于过去与现在，他们都会申诉自己好像少了些什么。常有人称自己的臼齿、疣或文身消失了，也有人称自己的一部分记忆丢失。

由于死亡事故频发，伤者层出不穷，时间移民局输送中心的职员承受的压力也不可小觑。因长期处于紧张状态，他们需要定期接受心理健康检查。

乾在这样的地方工作，压力可想而知。然而为了姐姐和哥哥的时间移民，乾在这里工作了很长时间，他一直默默地将本馆工作的压力全部老老实实地扛了下来。如果不是出于对家人时间移民的期待，他是无法坚持在本馆工作十几年的。

乾一时间感慨万千。本馆大厅正面悬挂着毕达哥拉斯画的《树》，乾望着画走了进去。

"树"从一根枝条出发，不断衍生出新的枝条，并且还在无限延伸。毕达哥拉斯的《树》是时间移民局的象征。理论上，每个瞬间的时间波段都可以形成无数个宇宙。如果我们俯视整个宇宙，它估计会与毕达哥拉斯的《树》有着相似的模样。正如醉心于神秘主义的人们宣称的那样，无数神话故事中提到的生命树，其实早已揭示了宇宙的奥秘。

总之，毕达哥拉斯的《树》被指定为时间移民局的象征后，也刻在了时间移民局工作人员的徽章上。在时间移民局成立初期，便定下了徽章颜色变化的周期。因此职员们只要看到徽章颜色，就能清楚地知道对方来自未来的哪一时代。

"今天怎么闹哄哄的？"乾在毕达哥拉斯的《树》前停下脚步，

他抓住一个匆忙经过的职员问道。

平时冷清的大厅内挤满了人，情况显得有些异常。

"你没看新闻吗？行政官决定放弃更换身体，选择死亡。行政官的生命无法延续的话，那她就得结束任期了。下届行政官还没有定下来，政府因为组阁问题也一片混乱。不仅下任行政官的热门人选——局长、副局长忙得不可开交，连事务官们都被呼来唤去。"职员摇头晃脑地用埋怨的语气说完，便迈着步子慌忙走开。

对于一般原住民来说，拒绝更换身体而选择死亡，也是很难下定决心的。现任行政官的决定引发这种程度的混乱也是在所难免。

结束本馆的工作后，乾本打算就此回去，但他忽然改变了心意，来到 J 所在的首席事务官办公室。虽然因为上次的事，乾心里的结还没完全解开。但关于李秀香先生，他有话要对 J 说。

"进来吧。"

敲门后，墙上的对讲机里传来 J 平静的声音。乾表情尴尬地走进办公室。J 正在穿外套，像是要外出。他停下来，怔怔地看着乾。

"如果你是为了集体剥夺时间移民者居住权的事而来，那就改天再来。我今天没时间和你打嘴仗。"J 一边接着穿他的外套，一边说道。

虽然乾也没心思同他吵，但 J 轻描淡写的语气却无比招人讨厌，惹得乾一下子火冒三丈。

"你那就是明明白白的杀人行为！"

"从不同的角度看，也可以那么说。"

"不管从什么角度看，有人因此丧命就是杀人。上次你只解散示威队不行吗？非得在示威队面前宣称之前的事情是你干的，把一切都说开了，你以后打算怎么办？"

"你这是在威胁我，还是在担心我？" J 露出一副玩味的表情望着乾。

"两者都有吧。"乾避开 J 的眼神，语气生硬地回答道。

J 一下笑了起来，"抗日示威愈演愈烈。国家时代虽已落幕，但民族矛盾在这种对立的情绪中酝酿着，形势十分危急。如果这样放任不管……"

"如果放任不管又能怎样？那矛盾或许正是这个时代的发展动力。"乾用确信的口吻说道，然后颇有挑衅意味地望向 J。

两人虽是朋友，但 J 已经活了近两百年。并且他曾以探查官的身份辗转于各个时代，在他的眼里，乾不过是个莽撞的青年。但 J 并没有因此而无视他。"只要是可能导致人类分裂的重大矛盾，不管它是什么，都不能姑息。这是大屠杀之后的原则，没有例外。只有这样，人类才能存活下来。"

"才能存活下来"这句，足以彰显 J 话里蕴含的迫切感。也许是因为 J 的语气柔和但决绝，乾决定不再继续谈论这一问题。反正再谈下去，双方最终在这个问题上也只会像两条平行线一般，永远存在分歧。

"我去了趟李秀香先生最后到过的隔离疗养院。对未公开的对话内容进行了确认，也见了先生调查过的那个少年。"

"关于李秀香先生的行踪，你找到什么有用的线索了吗？"J 留心观察着乾的表情，问道。

"没有。只知道她从那里离开后便没了踪迹。甚至在阿戈斯上也没有留下记录。你不觉得奇怪吗？"乾带着疑惑的眼神看着 J。

"黎惧安说先生可能关闭了控制中心，故意避开了因陀罗网。但即使那样，李秀香先生的行踪也该被阿戈斯捕捉到的啊。我觉得可能是有人抹掉了阿戈斯上的记录。只要拥有事务官以上的权限，想删掉阿戈斯的记录并非不可能。你知道什么信息吗？"

乾的视线死死地盯着 J，观察着他的表情。J 显得有些焦躁，但原因并不在于乾所说的话，而是时间就快来不及了。

"不清楚。事务官级别以上的人因为其他事就已经头快要炸了，没理由要对李秀香先生做那些奇怪的事。"

"那也不一定。你也清楚，先生在'时权协'工作时，整日与原住民共同体对着干，也有人记恨她。"

"这话不无道理，但因此就认定有人删除了阿戈斯上的记录，那也过于草率了。阿戈斯与因陀罗网相连，利用群众的感官来搜集信息。李秀香先生从隔离疗养院出来后，如果独自经过了既没有防范摄像头，也没有其他人的区域，阿戈斯也可能捕捉不到她的行踪。如同黎惧安队长说的那样，李秀香先生故意避开阿戈斯，选择失踪也是有可能的。"J一边急着朝门走去，一边说道。他停在门口，向乾打了个手势，示意他一同离开，"没时间了。行政官叫我过去。关于寻找李秀香先生的事，我们再从长计议。"

乾无可奈何地走出了办公室，"行政官是铁了心要死？"

"我现在就是去了解这件事的。"J的脸色阴沉。

行政官这猝不及防的死亡宣言可谓惊世骇俗。原住民一般活到五十多岁时，便会将老化的身体替换为人工身体，然后步入生命的第二阶段。人工身体的寿命一般为十年，在不断更换人工身体后，进入的下一阶段便是被称为"新天堂"的意识世界。在最后的终点——新天堂中，生命将获得近乎永生般的延续。

"移住民对延长几年寿命求之不得，原住民居然要放弃不朽的生命，世道已经沦落至这般田地了吗？"乾的话里带着嘲弄的语气。

"即使寿命延长，生活也同样单调乏味且艰辛。在使用人工身体后，我既以女人的身份、也以男人的身份生活过，也曾以年轻人和老年人的身份生活过。但无论以何种身份生活，最终都是枯燥的。新鲜的东西越来越少，身体和精神上的刺激也相应减少，生活中的一切都变得无趣。"

J话音落下的同时，在大厅停了下来。乾也跟着停了下来，从表情上看，他完全不同意J的观点。但J不再试图让乾理解。只是简单地和他道别之后，便急急忙忙地走了出去。

J事先预约的出租车早已等在外面。J坐上出租车，设定好目的地和抵达时间之后，便将视线投向窗外。出租车渐渐加速，外面的风景飞快地朝后方远去。J感到有些头晕，于是闭上眼，将身体后仰放松。但这闲适的小憩很快便宣告结束。因陀罗网上，黎惧安冷不丁地传话进来，就像是瞅准了此时J独处的时机一般。

"首席事务官，李秀香先生的事您接下来打算怎么办？看样子刘乾是想正式展开调查了。"

"你现在连我的大脑也敢随便进出。"J不满地说道。

"天哪，不是的！哪有人敢随意进出您的大脑呢？只是在进行阿戈斯全观作业时，借用了您的视觉和听觉而已。您的人工身体，不是已经感知到了吗？"黎惧安用明知故问的语气愉快地说道，"一旦乾下决心调查，迟早会发现阿戈斯上关于李秀香先生的内容被删除。暂时由我来看住他。在新的行政官人选确定前，您肯定会忙得不可开交的。没问题吧？"黎惧安爽朗地补充了一句。

"那就拜托你了。"

2

行政官洪满脸倦意，她在办公室等候 J 的到来。身材苗条修长的她曾身着一条黑色连衣裙接受采访，那时她的表情是那么自信，但现在却看不出一点儿当时的风采。她从前的妆容总是精致浓重，随时都像一位大战在即的战士，如今却素面朝天。她一脸疲惫地弓腰坐着，人工身体苍老得就像错过了更换时间。

"到处都有人在往死里整我。"洪一脸苦相，面色疲惫地嘀咕道。但她不过是在装样子而已。长久以来，她一直履行着作为行政官的职责，可谓身经百战，干练老成，并不是一个因这么点儿挫折就会动摇的新手。

"下任行政官候选人确定了吗？"J 选择无视她的这番装模作样。

"时间移民局局长和副局长被推举为候选人了。虽然形式上还会再选几位，但谁当选不是已经很明显了吗？"洪表情不满地撇了撇嘴。

"那看来是局长当选了。他已经获得了原住民共同体议会的支持，移住民社会对他的态度也比较友好。"J带着一切都理所当然的语气说道。

"你说得对。副局长对行政官的位置并没有什么野心。在这一职位的契合度分数上，他也远低于局长。因此，他很难成为局长的竞争对手。首席事务官，我早就知道有这么一天，所以从前才嘱咐你要在支持率上多花点儿心思。我一直都希望你能成为我的继任者！"洪感叹道，"在最值得信赖的安卓市民中，他们可以说是一边倒地支持你；但在原住民共同体中，你的知名度还不够高，与移住民的关系也……好了，不说了。还是不说为好。"洪长舒一口气。如果光考虑行政能力，时间移民局局长确实是个有才干之人。但是要他能像洪一样，同时获得三大集团，即原住民共同体、移住民社会以及安卓市民的支持，这也许不太容易。局长保障政权的平稳运行是没问题的。特别是有原住民共同体的鼎力支持，对他来讲应该不会有太大困难出现。但正是因为这一点，洪对局长十分厌恶。因为他总是将原住民的利益摆在首位，也始终站在原住民一边。

"行政官您不如撤回死亡宣言，将剩下的任期做满如何？这样也不用为继任者人选伤脑筋了。"

"我活了足足三百四十五年，其中做行政官的时间大约有五十年。我现在对活着，对行政官的位子已没有任何兴趣。一切都是那么令人厌烦，简直受够了。"

"当你产生这种情绪，就该进新天堂了。"J抛出了一个流行于原住民之间的玩笑。

新天堂中的生活完全不同于以往，人类不再拥有身体，而是转变为一个集所有个人信息于一体的意识体。新天堂中的居住者们仅以意识体的形式存在，他们可以随心所欲地设计自己的生活。从政治家、医生、军人、科学家、探险家到古代的战士和魔法师，只要愿意，他们可以成为任何想成为的人物，生活被只为他们而存在的幻影填满。当一次生命的周期结束，新的生命又将开始。

新天堂的居住者们从不后悔选择来到这里。没有躯体，作为意识体的生活最初往往会使人们感到恐惧，但如果选择了新天堂，想要开启生命的第三段旅程，则必须要克服这种恐惧。当然，行政官没有选择新天堂并不是出于恐惧。

"叫'新天堂'又能有何不同？那儿并不是真正的天堂，只不过是一个幻影世界。实际存在的东西除了意识什么也没有，剩下的都是虚假的幻觉。那生动的触觉，全部是巧妙安排的骗局而已。早就知道这些真相，又怎么可能会满足于新天堂的生活？如果新天堂中的生活足以使人感到满足，那种事情就不会……"话还没讲完，洪便止住了话头，"让人筋疲力尽的事太多，差点忘了叫你来的真正目的。首先，我想问一下上次拜托你的事怎么样了？到底是做得有多隐秘，连我也什么都查不出来。"

"就当作您这是在夸我吧。"

"当然是在夸你。李秀香现在在何处？"洪放低嗓音小声问道。

"在一个行政官您也找不到的、安全的地方。"J回答时脸上没有任何表情。

对于J所说的地方到底是哪儿，洪完全没有头绪。虽然通过安插在保安部的安卓秘密进行了调查，但完全没有找到任何关于李秀香行踪的线索。虽然通过删除记录，这完全可以办到，但秘密地将她藏到现在，实在让人诧异。

"你有信心不被发现吗？"

"李秀香先生的事，您就不用费心了。"J坚决地说道。他的脸看起来如同白色丝绸般柔和，在这张面容后到底隐藏着怎样的想法，叫人不得而知。但就目前而言，洪只能选择相信他那无法预估的计划。

"我绝对不允许事情的发展失控。"洪掷地有声地说。

J郑重地点头。

"反正现在我就快从行政官的位子上下来了，也没什么好担心的。今后的事就交给你去办吧。"

"您弄出来的事儿，要让我去了结吗？"

J的反问尖酸刻薄，但洪并不介意。在成为行政官前，他与J在时间移民局共事的时间超过半个世纪。她一步步从首席事务官、副局长的位置，坐上局长的位子，在此期间，J始终与她风雨同舟。他们虽然有着不同的想法，却有着相同的志向；他们虽然手段不同，却有着相同的目的。他们不算朋友，但即使不刻意去细细袒露彼此的心声，两人也能够相互信任。

"首席事务官，我们现在的处境，你应该相当了解吧？他们好不容易才将李秀香先生拦了下来，但很难想象今后还会发生什么事情。并且，今后不管事情如何发展，我都将很难再发挥什么影响力。想必你听过我选择死亡的消息后，应该已经了解我的意图了。"

洪带着坚毅的表情注视着J。

"原住民共同体打算在我任期结束后，将时间移民局局长扶上行政官的位置。那样一来，他们期望的计划便可以推行，新天堂便还可以像以前一样随意使用因陀罗网。时间移民局内，幼儿时间移民者也将随之激增。你应该比谁都清楚那意味着什么。"洪说着停了下来，叹了一口气，"我的任期还剩五年，时间移民局局长应该还没有正式开始筹备选举。你现在开始准备还不晚。我打算推荐你为下一届行政官的候选人。推荐看起来会像是在走过场，因此不会引起原住民共同体的警惕，他们应该会接受的。然后由你坐到这个位置上来负责后面的事。"

J依旧保持着生硬而严肃的表情，如同听到谁开了一个小玩笑般，无声地笑了笑，"说得好像只要我做决定就能当上一样。您不是说谁当选已经明摆着了吗？"

"但你也不想将这个位置让给他们不是吗？只要你下定决心，事情就会有转机。不，是你会让事情出现转机的。"洪耐着性子，注视着J。

原住民共同体隐藏的那些事，李秀香一直都在进行深挖和曝光，J常常隐秘地为她提供援助。虽然表面看起来，帮助她是出于同她的交情，但J并不是一个为了情分可以违背原则的人。他之所以肯出手相助，明显是由于原住民共同体实行的计划过于阴险毒辣，违背了他的原则。因此，行政官所拥有的职权——对原住民共同体进行约束的权利，对J来说有足够的吸引力。他避开洪的视线，静静地凝望另一边，洪耐心地等着他开口。

"想要在选举中获胜，只能赌一把了。"J终于下定决心，开口说道。

3

夜晚的街道安谧而寂静。虽然黑暗通常与阴森恐怖的感觉联系到一起，但经过漫长的岁月后，夜晚早已变为安全且和谐的时段。当下正是人类历史上最安全的时代。永远不眠的阿戈斯注视着这世界，让那些在夜晚出行的人们时刻处在它的保护下。此外，因陀罗网也始终密切关注着那些可能存在的危险。

这天晚上，两个男子没有丝毫防备地走在夜路上，悠闲地欣赏着夜晚的风景。路灯延伸至街道的尽头，昏黄的灯光将路照亮。茂盛的行道树散发着清凉的草木香。两名男子时而低声细语，时而大声谈笑，慢慢地向前走着。

在这期间，虽然周围静谧得有些不寻常，但他们没有在意。经过这一带的人本就不多。

忽然其中一人听到声响，仿佛有人从后面跟了上来。其实从刚才起就有奇怪的声响在逼近他们，且声音越来越大。他停下脚步回头去看，但身后的街道空荡荡的，不见人影。风从他面前刮过，发出沙沙声，他摇了摇头。

"你有没有听到什么声音？"

他问同伴，但同伴只是摇头。刚才自己好像是听到有什么声音，但当时聊得正来劲，没有留心去听。刚刚回头的男子一边摇头，一边再次向前迈开了步子。怪异的声响又清晰地响起。

身后有什么正跟随而来。两人背脊发凉，面面相觑，停下了脚步。身后的声响也随之戛然而止。与此同时，路灯全都熄灭了。两名男子被突如其来的黑暗笼罩，他们吓得开始狂奔。

一度消失的声响再次响起。

在深邃的黑暗中，不辨形状的物体向两名男子扑去。他们相继发出惨叫，但惨叫声都被街道上的怪异声响掩盖了。倒下的两名男子就那样一动不动地躺在黑暗中，直到路灯再次亮起。不一会儿，街道被重新点亮，两名男子显露出来，他们的脖子都被大力拧断了。

在路灯重新亮起后，两名男子的尸体被阿戈斯感知到，保安部立刻出动前往现场，但尸体已被经过的行人发现，想要对市民保密看来已经不可能了。发生了杀人事件的传闻借着因陀罗网霎时传播出去。

杀人事件可谓震惊全社会。一直以来，通过阿戈斯和因陀罗网的实时监控，原住民共同体早就实现了对暴力犯罪的有效遏制，但这一次杀人事件对社会认知的冲击是巨大的，甚至使市民对事件本身产生了怀疑。在过去的三百年里，虽然杀人事件也不断发生，但没有一次是在犯罪发生之后才被知晓的。另一方面，对移住民社会来说，受害者为时间移民者这一点，让他们感到震惊不已。

"移住民那边情况如何？"乾因昨夜的杀人事件而整夜没合眼，他向刚来上班的职员问道。

负责观察移住民的职员微微皱起眉头，然后摇了摇头，示意移住民的情况并不乐观。

"有人主张是原住民干的。如同时间移民初期时那样，是厌恶时间移民者的原住民所为。他们的论据是，如果凶手不是原住民，就不可能避开因陀罗网和阿戈斯的监视。这种说法确实也有道理。"

"看来接下来得热闹了。"

"已经够热闹了。因陀罗网上出现了追悼遇害者的网站，其中设有情感共享程序。一些人进到里面本是出于好奇，却在一段时间内都很难从情绪中走出来。"

"他们随意操纵别人的感情到底是何居心？"

就在乾发脾气时，一名职员走了过来。

"一位叫姜志韩的人让我帮忙叫一下刘乾先生。"

乾从座位上起身。志韩的体质不适合生成人体插槽，因此从上周起他每天都会来分馆,参加一个专门向此类人士开放的适应项目。志韩的身体非常健康,因此当他被判定为人体插槽不适应体质时,乾虽然有些诧异,但健康和体质本就是两个完全不同的概念。

"你不是说这个时代和我生活的时代不同,不常有犯罪发生吗?"志韩一看到乾,连问候也省略了,调侃他似的说道。

"大概是这个时代也快完了吧,有什么大不了的。如果您是来嘲笑我的,还是请您移步去适应项目那边听课吧。您应该知道吧?如果漏掉一节课,可是得多听好几倍的课来弥补。"乾念叨着,急匆匆地想要赶回办公室。

"有秀香的消息吗?"志韩迟疑了一会儿,询问起秀香的消息。

乾板着脸缓缓地摇头。

志韩点头示意明白,转过身去。他曾经无数次在上海各处询问秀香的行踪,到了这边,他又再次做起同样的事来。那时,他好不容易打听到秀香在满洲,但是最终也未能谋面。没想到跨越悠长的岁月,秀香又再一次不知所踪。

志韩空虚地长叹一口气,回到教室。教育官负责人在确认他进来后,微微地笑了笑。教育官是一名白净标致的年轻男子。志韩向他回了个注目礼,便朝后排的座位走去。

教室里坐着另外三个参加适应项目的时间移民培训生。他们和志韩一样，也是因体质问题，无法生成人体插槽。无法连接因陀罗网，意味着生活在这个时代将十分不便。如果没有坚持不懈的努力，他们将在信息的洪流中被隔离，最终不得不陷入孤立的境地。像这样被信息流隔离的移民者便是无冈者。

志韩从三个无冈者身旁经过，坐在了最后排的位置。前方的屏幕被巨大的画面占据，为了打发无聊的休息时间，画面中正播放着新闻。志韩并没有加入其他三个培训生的闲聊，而是心不在焉地坐在一边注视着画面。

没多久，乏味的新闻内容变成了昨晚杀人事件的影像播报。志韩不自觉地坐直了身子。昨夜因陀罗网记录到的杀人事件影像在眼前展开。影像记录了以两位男子的视角观察到的景象。

志韩死死地盯着画面中寂静的街道，街道被路灯照得通明。画面中微小且怪异的声响始终让志韩觉得刺耳。那细微的声响和两人的说话声交织在一起不断增强，在男子回头的瞬间戛然而止。画面瞬间变得漆黑。一起观看新闻的培训生们被吓得一惊一乍的，发出低声惊叫。与此同时，画面中传出两名男子低沉而短促的声音，既非惨叫，又非呻吟。刚刚刺耳的微小声响此刻已变得震耳欲聋。脖子折断的声音混在其中，传到了志韩的耳朵里。

"你这是在看什么呢？表情这么严肃。"前排的培训生转头想找志韩搭话，看到志韩的异状，从而问道。

志韩依旧盯着前方。他的眼神非同寻常，仿佛想要穿透空气一般直射前方。好像是在怒视空气中的某人，但其他人却看不见这个人。这让那培训生感到毛骨悚然。

"那家伙，可不是人。"志韩嘀咕道。

"谁，你说谁？"那培训生起了一身的鸡皮疙瘩，不安地环视着四周问道。

志韩用下巴指了指前方。

"那个负责人。不是人，是安卓。"

志韩说完后，满不在乎地趴在了桌上。和刚刚杀气腾腾的样子判若两人。那培训生本想问他怎么看出来的，但见到志韩在纸上乱涂乱画的样子，觉得志韩有些不可理喻，于是作罢，将头转回了前方。

志韩左耳朵进右耳朵出地听着课上的内容，不久便犯起困来。最终趴倒在桌上进入了梦乡。直到感觉有人在摇他，志韩才好不容易醒了过来。他本以为摇他的是负责人，但课已经结束了，教室里空无一人。他一边打着哈欠，一边回头去看将自己弄醒的人。只见乾站在那里，一副仿佛志韩已经无可救药的表情。

"来这儿有何贵干？"

"有何贵干？您忘了吗？我可是您的负责人。我刚接到报告，说您在适应项目中态度不端，我是来提醒您的。"

"啊哈！"

"啊哈？哪个培训生会像您这样在课堂上睡倒？教育官负责人说自时间移民局创立以来，像您这样胡来的培训生还是第一个。教育官是安卓，所以不会掺杂个人感情。他们只会分析资料，客观地表达意见，也就是说，他们绝不会说谎。"

乾唠叨了一大堆，但志韩装作没听见的样子，从座位上站了起来。

"我饿得很，别扯那些了，一起去吃饭吧。"

"现在重要的是吃饭吗？唉，算了。反正您记好，下次上课的时候再这样，就难办了。"乾一边指着门示意志韩一起出去，一边坚决地说。

"时间移民局因为昨天发生的事正处于非常时期，没精力耗费在一个态度不端正的培训生身上。我看到新闻了，死掉的那两个家伙仇人应该挺多吧？虽然不清楚这两人从前做过哪些勾当，但新闻里面说得可严重了。你觉得会不会是和他们有仇的时间移民者杀的？"

"您就省省吧！这不是您该操心的事。"

"这事还不该我操心吗？我以前可是叫作金山一郎，之前路上向我扔石头的那些人，你不是也看到了吗？那些家伙估计恨不得要我的命。"

"先生您死不了的。这次的事只是意外。这个时代不像您之前生活的时代那样混乱，想随随便便就杀死一个人是办不到的。所有的犯罪都处在阿戈斯的实时监控下。"

"但分明也可能有例外啊。你拿什么担保我不是那个例外？"志韩挑衅似的微微一笑。

乾因公务繁忙，需要马上赶回办公室，志韩却丝毫没有放他走的意思，乾不知该拿他怎么办。自己怎么说也是志韩名义上的负责人，直接无视他的提问显然不可取。

乾确认着时间，显得坐立不安。看到 J 从远处走来，乾向他胡乱地招起手来。听说因为昨晚的事，事务官们在分馆的保安部召开了会议。看样子 J 是参加完会议正要回去。

"您好。"J 看了看志韩和乾，问候道。

"来得正好，替我回答一下姜志韩先生的问题。"

"嗯？"

"向他说明一下理由，为什么昨晚的事不可能发生在他的身上。我有事就先走了。"

乾像是扔掉了一个大包袱似的，脸上带着轻松的表情，急匆匆地走掉了。J 将搭在胳膊上的外套换到另一边，望向志韩。

"您是怕被杀吗？"J 端正的脸上带着笑意问道。那笑容如同迷雾，掩盖住他全部的情感，这让志韩十分不喜欢。

"不怕的话就不会问了，不是吗？"

"不会吧，完全不敢相信您会怕被杀。就算这次杀人事件是真的，如同乾说的那样，您也完全没必要害怕。这个时代和您生活过的时代不同。"

"就算江山易改，可人的本性能变到哪里去？你对人性的看法还真是乐观。你应该一直以来过得挺舒坦，没见识过人性的阴暗面。这倒也说得通，在我生活的时代，也有像你这样不谙世事的公子哥儿。"

"虽然祖宗您对人性的认知没错，但这个时代有卓越的技术来预防犯罪。特别是偶发性杀人事件，出现的概率极低。阿戈斯和因陀罗网对人的大脑活动进行着双重监控，如果发现有人肾上腺素分泌过多，系统将即刻就其原因进行分析，如果有必要的话，还会暂停大脑的运转。虽然各类有预谋的杀人事件也会利用因陀罗网的漏洞行凶作案，但杀人事件发生的概率完全无法与您生活的时代相提并论，并且犯人最终都难逃法网。"

"但这次事件的犯人不就没找到吗？"

"可能这次事件的凶手并不是人。因为案发地点是边界地区，所以这次事件也可能是边界外的动物所为。在动植物占领边界外的地区后，那片区域的具体情况还未被人类准确掌握。部分科学家认为，那些生物受到大屠杀时的病菌影响，可能已经发生了前所未有的变异。"

"凶手是人。"志韩打断了 J 的话。

"您为什么这么认为？"

"因为我从前也曾杀过很多人。"

J 和志韩的目光交汇。两人都挂着从容的微笑，直视着彼此的眼睛。

"呵呵。"J 回应着志韩锋利的眼神，显得兴趣盎然，他说，"您的回答可真有意思。但如果是人，阿戈斯和因陀罗网不可能会漏掉。"

虽然 J 的话听起来似乎对阿戈斯和因陀罗网的能力深信不疑，但其实他是在试探志韩。

"正如你所说，如果受害者已经咽气，而因陀罗网却丝毫没有感知到杀人者的大脑活动，那在我看来理由十分简单。"志韩顿了顿，眼神似乎要将 J 看穿，"因为犯人是无罔者。"

4

身处保安部的黎惧安正在工作中，一则速报伴着提示音从频道中抵达，她暂停了下来。消息称曾发布死亡宣言的行政官改变心意，决定进入新天堂。但这一决定不会改变现状，行政官计划在任期结束前退任，继任者间的竞争将达到白热化。

"嗯？不对。"黎惧安摇头晃脑，仔细揣摩着这一系列事件间的关系。"天哪，行政官可真是花了大力气！"黎惧安感到事情正变得越发有趣，她放声笑道。

看来行政官分明是想把 J 推上下任行政官的位置。在任期结束前退任，时间移民局局长作为有力候选人，肯定已经阵脚大乱。J 因此赢得了时间，占据了有利条件。

光从支持率来看，善于迎合他人的时间移民局局长更占优势。但安卓市民在选举后期对选票有着很大的影响力，而 J 在安卓市民中的支持率处于绝对领先地位。

黎惧安突然想到时间移民局局长以及全力支持他的原住民共同体议会议长。当下，为争夺行政官的位子，局长应该正在苦思冥想吧。她不由得咯咯地笑个不停。

"队长，有什么有趣的事吗？"

"整个保安部被杀人事件搅得人心惶惶，哪有什么有趣的事？"黎惧安调皮地噘了噘嘴。

杀人事件本已十分让人震惊，更加让人意想不到的是，受害者竟是原住民共同体中单独管理的 VIP。

VIP 名单作为机密文件，只有极少数的原住民以及特定的安卓职员知晓。即使在新天堂中，知道 VIP 存在的人也屈指可数。从这个角度来看，让时间移民者黎惧安负责 VIP 名单的管理及保护，这一破例着实让人感到可疑。

"案发前阿戈斯上记录到的特异事件已经全部掌握了吗？"黎惧安问站在她面前的职员。

"记录到的特异事件我已经全部浏览过了。大部分都是些微不足道的小事，皆由脱离日常路径引起。倒也有几个奇怪的记录，特别是这则。"

阿戈斯的画面出现在黎惧安的水晶体显示器上。画面中，一个身材颀长的男子走在路上，乍一看没有任何异常。职员还未来得及说明，黎惧安便察觉到不同寻常之处。

"那个男子是从边界外来的。麻烦倒回去给我看一下，停。我的天哪！他是穿越边界进来的。难道是绿青园的职员吗？"

"目前正在了解中。由于边界外的电波干扰十分强烈，还一直没有联系上绿青园。"职员显得有些惶恐。

黎惧安先是诧异地看了看职员，然后莞尔一笑，"是觉得有什么不对劲吗？"

"那是……"职员一边看着黎惧安的脸色，一边挠着头，"事情实在有些荒唐，也不知该不该说……"

"怎么了？"

职员稍稍迟疑了一会儿，终于开了口："不管怎么看，那个男子都像是安卓OM。"

黎惧安脸上的笑意瞬间消失，"什么？你这是什么意思？他是安卓OM吗？"

旧型号的安卓——OM，在大屠杀后全部被废弃。那些破例留下的模型要不展示在博物馆，要不都被改造过了。但很早以前便有传闻，称在边界外的区域还留存着部分安卓OM。目击者主要是居住在边界外的绿青园职员以及生活在边界地区的市民。保安部职员在对部分地区进行实地探查时，也曾发现过几台安卓OM，并将其销毁。这一类记录也是真实可信的。

向普通人公布的信息一般到此为止。但黎惧安却知道更多的秘密。实际上，在边界外的地区存在着为数不少的安卓OM。虽然不清楚准确数量是多少，但明显多于普通人估计的数量。对安卓OM进行维修的工厂依旧存在，甚至有报告称工厂数量其实是有所增加的。没了主人的安卓藏身于边界外，活在他们自己的世界里。

但保安部一直都在宣传，大屠杀后安卓OM从未越界威胁过中心城市。他们漫无目的地游荡在荒凉的边界外，其存在如同幽灵一般。但他们与安卓市民不同，有可能会伤害人类。从这一点来看，安卓 OM 随时可能威胁到人类的发展。安卓 OM 为何偏偏在这样的时间点越过边界，大摇大摆地阔步于市中心？这并不是什么好兆头。

"啊，刚刚和绿青园联系上了。"黎惧安还沉浸于不安之中，职员急切地说道，"男子的身份已经确定。确实是改造后的安卓 OM，属于绿青园。"

"帮我查一下他在阿戈斯上留下的行踪。虽然他被改造过了，但安卓 OM 本身就是一件凶器，说不定他和这次的事件有什么牵连。"

"在杀人事件发生的十五天前，他曾越过边界，但随后回到了边界外。这次的事件应该与他无关。"

职员的话音刚落，便响起柔和的提示音，有人正在请求进行频道连接。频道一开启，便传来局长的声音。

"黎惧安队长，我想和你谈谈 VIP 遇害一事，请到我的办公室来一趟。"局长郑重的语气中带着命令的语调。

黎惧安从座位上起身，局长隐隐约约显露出的优越感使她十分不快。局长喜欢将职员叫到办公室，以此来炫耀他的权威。如果遇到要紧事，这种做法无可厚非；但通过因陀罗网便能轻松解决的事，局长非得将人呼来唤去，他的这种行事风格在时间移民局的职员之间颇受非议。

黎惧安站在局长办公室门前，心里揣测着今天局长叫她的理由，不外乎又是为了耀武扬威，展现优越感吧。但她进去之后才发现，办公室里早已坐着其他要员——议长和首席事务官J。

"案件调查进展得怎么样了？"原住民共同体议会议长用浑厚的嗓音说。

黎惧安瞟了一眼议长。他刚在不久前更换了人工身体，温和的脸上有岁月的痕迹。皱纹恰到好处地使人体会到时间的厚重，深邃的眼神也充满魅力。可以看出他在这张脸上下了不少功夫。

但从前那有些秃顶、看起来无比狡猾的外表，反而更适合他。他只是贪婪地一味追求好看，却不明白什么样的脸才是适合自己的。要说有品位的人还是J，他的人工身体的面部既显得温和，又夹杂着一丝寒意。定做的温和表情，配上他本人散发出的冰冷，演绎出一种奇妙的个性。也对，他不管在哪方面都要做到无懈可击，对于自己使用的人工身体，订货时肯定是百般挑剔。

"案件发生前后阿戈斯上记录到的所有异常事件，我们都在进行追踪。但这些异常事件的数量可不是一般地多。各位都知道吧？习惯于每天靠左行走的人忽然出现在右边的路上，这也会被记录为异常事件。这些全部要一一进行确认，简直生不如死。"黎惧安轻轻地摇晃着脑袋，夸夸其谈地大倒苦水。

局长和议长看到她夸张的表情，都没忍住笑了出来。

"我们都清楚队长你的辛苦，但还是希望可以尽快了结此案。此次案件事关VIP，因此要格外慎重。"议长的表情十分沉重。

"这次的案子和李秀香有关吗？"局长铿锵有力地问道。

黎惧安在回答前斜眼看了看J。J只是静静地坐着，表情和平时没有两样。

"您为何会认为此事和李秀香有关呢？"黎惧安一脸茫然地反问。

"她手里不是拿着VIP名单吗？"局长自以为是地说。

连自己都不知道的消息，局长却知晓，这让黎惧安十分惊讶。操控阿戈斯的保安部分队有数十个，虽然一队对阿戈斯记录事件的分析范围最广，但也有限。即使其他分队率先获取重要机密也不奇怪。但这让黎惧安感到有一些受伤。

"这么重要的情报，就局长您自己知道，真是太过分了！"黎惧安撇着嘴，翻了一个白眼。

"我想着黎惧安队长和首席事务官关系好，还以为他已经告诉你了。"

局长颇有深意地望着J。黎惧安一下子便品出了局长话中蕴含的讥讽意味。他摆明了是在牵制J。

"没有您的指示，我们绝不会随意泄露机密。"J斜眼望着局长说道。

"总之，得先搞清杀人者使用的手法，他是如何避开阿戈斯和因陀罗网的。别一不小心让这种方法扩散出去，事情就不好控制了。本来这些移住民就不好管理，我可不想看到他们四处违法乱纪、不守规矩的样子。"

杀人者的手法。

黎惧安微微皱紧了眉头。犯罪者到底是人还是其他生命体还尚不清楚。由于犯罪现场紧邻边界地区，变数实在太多。对于边界外的未知区域，人类甚至都不清楚那里到底有什么，如果是越境而来的某种生命体犯下罪行，那么它一旦逃走，人类也将别无他法。并且，如果仅考虑能避开阿戈斯和因陀罗网这点，杀人事件也极有可能是OM干的。遇害者曾为日军，那些对他们心怀怨恨的移住民也摆脱不了嫌疑，但那些愚蠢的移住民容易感情用事，不可能把事情做得如此周密。

"犯人为了避开阿戈斯的监控，刻意选择了静谧的时间和隐秘的场所，从受害者身后扑上去，拧断了他们的脖子，使阿戈斯无法记录到犯人的脸。我们为搞清杀人者的身材体格，也对声音进行了分析，但因罪犯发生时的怪异声响，这一信息也遭到破坏。再加上罪犯杀人前的大脑异常并未被因陀罗网观测到……"

"肯定是保安部漏掉了什么。黎惧安队长，这次的案件里死了两名时间移民者，事情非同小可。被杀掉的人可是VIP，你们一定要将犯人绳之以法。"

局长挺直了腰，语气不容他人置疑。局长的这种态度让黎惧安十分反感。但他的话并没有错，于是她默默地点了点头。

"将能够避开因陀罗网和阿戈斯监察的一切作案手法纳入调查范围，与被害者相关的人员也给我仔细地查，找出能让VIP们信服的杀人动机。如果这一动机对其他VIP也构成威胁，保安部就得加强警卫了。"局长威胁般地指示道。

局长这过度的干劲儿让议长微微皱起了眉头，"就算是VIP，那也是移住民。如果只加强对VIP移住民的个人警卫，事情也做得太打眼了。"

"但是……"

局长想要反驳，但被议长打断了。

"我们还是先把这次的案子交给黎惧安队长吧。此事凶险，我建议临时赋予黎惧安队长现场审判的权限，诸位意下如何？"

议长向J使了个眼色。J点头表示同意。

"那就这么办，如果议长的提议在原住民共同体议会中获得批准，请马上通知黎惧安队长。我再给黎惧安队长加派两个用得上的人手。"

"好主意。"

从议长的表情来看，J的一番话十分符合他的心意。但是议长对J的态度让局长十分不满。在局长看来，J既没有干劲又算不上忠心耿耿，让他参与这么重要的案件，简直多此一举。虽然内心这么想着，但局长还是没有表现出来，只是微笑着。

"事也说完了，那我告辞了。今天是我太太定期检查的日子，得出发了。"J从座位上站了起来，准备要走。

议长饶有兴致地望着他。"只要一提到老婆，感觉就像变了个人似的。你是不是也太尽心了？"议长用调侃的口吻说。

"我来来回回找遍了无数地方，好不容易才遇到她。尽这点心也是应该的。"J向三个人告别后，离开了办公室。

5

乾接到指示，移民局要他协助保安部调查杀人事件。他正在位于市中心外围的超高速真空列车中央站等着黎惧安，陪同她前往隔离疗养院进行调查。这次的目的不同于上次，上次的目的是调查李秀香的行踪，而此次则是调查杀人事件。

两位受害者除了都曾为日军效力这一共同点外，他们的家属也都产生过对人认知紊乱的症状，这种症状是人体插槽产生的副作用。虽然目前看来，由于移住民对日军怀恨在心，所以犯案的嫌疑最大，但为了搞清每一种可能，也有必要对出现过认知紊乱症状的家属进行相关调查。

乾一边等着黎惧安，一边无聊地望着前方。志韩坐在旁边，因还未择业，他整日就像个大少爷般，过着游手好闲的生活。但他一听说是要去调查这个案子，立马便跟了来。乾感觉就像带了个大拖油瓶，一边叹气一边确认着时间。虽说离约定时间还有十分钟，但守信的黎惧安极有可能提前到达。

"那位小姐漂亮不？"志韩轻描淡写地问他。

乾斜眼望向他，示意他就此打住，"您如果用这种二十世纪的方式来和黎惧安队长相处，那会相当难堪的。"

"不管是二十世纪还是现在，男人都喜欢漂亮女人。"

"这个时代可完全不同。漂亮女人多了去了。"对于志韩的话，乾嗤之以鼻，"想必您是逃了太多适应项目的课程，所以不太清楚。在这个时代，根据个人需求，脸可以轻易地进行更改，类似于化妆。虽然也曾一度流行将整张脸换掉，但时下大家一般会根据自己的个性来选择。如果过分漂亮反而会被人认为太土。"

"那结论就是黎惧安队长长得丑喽？"

"很可爱。"

"总之就是说她不漂亮。"志韩扑哧一下笑了。

乾内心祈求着，希望志韩可别在黎惧安面前失礼。虽然她表面看起来开朗大方，但也绝不会对无礼之徒手下留情。

"黎惧安队长虽然外表看起来很可爱，但也十分严厉，请不要做出什么失礼的事。"

"如果她长得漂亮，还想着谈个恋爱什么的，又不漂亮还凶，那还是算了。"志韩咯咯地笑着。

乾在心中深深地叹了一口气。一想到尚未适应社会的志韩得随时随地像累赘一般跟着自己，他感到未来一片黑暗。他将头转了过去，只见黎惧安从远处走来，乾从座位上站起。

身材娇小的黎惧安穿着一条耀眼夺目的连衣裙，外面披着一件浅粉红的开衫。也许是因为来得匆忙，微微泛红的小脸更显得她有些稚气可爱。光凭着这副外表，很难猜出她竟是保安部阿戈斯一队的队长。看着她，志韩的表情就像是丢了魂似的。这让乾不由得笑出了声。

"好不容易才赶上了。这位就是姜志韩先生？"黎惧安微笑着伸出手。

志韩目不转睛地盯着她，这时才反应过来，也伸出手同她握手。

"这不活脱脱一个大美人吗？"志韩看见黎惧安的形象和乾

刚刚说的不一样，对他翻了个白眼。

"那又如何？您还真打算谈个恋爱？"乾阴阳怪气地讽刺志韩。

"真的吗？如果是像志韩先生这么潇洒的人，我随时欢迎。"黎惧安开朗地说笑道。

"快走吧，再这么下去得误车了。"

与电动扶梯相连的站台上，一辆小型的超高速真空列车正在等候。宽广的车站里来往的人不多，环境并不嘈杂。

上车后，黎惧安故意坐到志韩的正对面。志韩在追寻李秀香的行踪时，黎惧安曾对他进行监视，在阿戈斯上见过几回，但真人还是第一次见。黎惧安用眼角余光暗中打量着他。

黎惧安之前一直都在关注志韩不断失败的时间移送过程，J哪怕朝自己的头开枪，也一定要将他带回。她试图找出J对志韩如此执着的理由，但并没发现他有什么特别之处。消瘦却精干的身材，被晒得黝黑的脸庞，处处都是一个下层劳动者的样子。非要说志韩有什么特别之处的话，唯有他眼中闪烁着的凶光让人印象深刻。

"你头上绑的白布是什么？"看了一会儿其他地方，志韩忽然转过头问黎惧安。

黎惧安猛地一下与志韩四目相接，不由得有些诧异，但她并没有表现出来。此刻她才明白，自己在观察志韩的同时，他也通过黑色列车车窗上的投影，一直在观察着自己。

"为了哀悼去世的家人。"

"家人去世了吗？怎么回事？"志韩的眼神变得锋利起来。

黎惧安此刻才醒悟过来，眼前的男子并非等闲之辈。那锐利而冰冷的眼神在诉说着这个男人背后的故事。

"您也知道，我们曾生活的时代非常混乱。"黎惧安并没有说缘由，只是对着志韩微笑。

"很混乱？"

"每个人都有不愿提起的过去。您何必非得打破砂锅问到底？"乾看不下去，插话道。

听到乾的挖苦后，志韩不再追问黎惧安。黎惧安这才松了一口气，微笑着向乾表示感谢。

"隔离疗养院里的受害者家属也都得调查吗？那些人整天被关在疗养院里监视着，不可能脱身前往市中心作案。"乾皱了皱眉。

"我们并不是去抓犯人的，而是去调查与受害者相关的情况。"没想到连这一点也得对乾说明，黎惧安叹了一口气。

"两名受害者正是为了探视家人，在频繁出入隔离疗养院的过程中亲近起来的。在进出隔离疗养院的人当中，说不定有人得知他们过去曾是日本军人。"

"所以你们认为那个人就是犯人？"乾觉得这简直是无稽之谈。

但黎惧安对他的反应并不在意，只是微微地点着头，"也可能是此人将两人的信息告诉了犯人。"

"再怎么说，因为过去的事杀人，难道不奇怪吗？现在又不是野蛮时代了。"乾觉得黎惧安的观点十分不合理，忍不住嘀嘀咕咕。

"虽然现在不再是野蛮时代，但来自野蛮时代的时间移民者随处可见。十九世纪到二十世纪期间，战争和杀戮笼罩世界，而这些时间移民者大多来自这一时段。他们当中的某些人，因一些微小的事便有可能轻而易举地犯下杀人罪行。"

黎惧安感觉列车正慢慢地启动，她斜眼望向志韩。

6

如果对设计者设定的生活感到不满，新天堂的意识体可以随时将其中断，从此前的生活中解放出来。在等待下一生活周期开始的间隙，意识体们往往徘徊于因陀罗网或者与其他意识体一起度过。但在现任行政官看来，在没有许可的情况下，意识体随意连接因陀罗网十分不合适。她最终设法通过法案，规定意识体只能在指定的日期内和严格的管制下连接因陀罗网。因此，如果现在想要与意识体会面，必须前往新天堂服务器所在的天馆。

J抵达天馆后，停下脚步看了看这栋建筑。这一高耸入云的建筑以它雄壮而威严的外表著称，闪烁着厚重黑光的外墙也显得十分庄严肃穆。J注视着入口处的安卓警卫，缓缓地迈开脚步。

新天堂所在的天馆在整个市区的建筑中，戒备最为森严。在保安部里，单独设有专门负责天馆警卫的部门，并且为了加强远程监控，有数百名安卓警卫轮流上岗。天馆是原住民度过生命最后阶段的地方，因此才会被当作圣地般保护起来。

J在经过安卓警卫兵的检查后进入建筑内部，他来到紧闭的电梯门前，在号码板上输入了预约号。警备系统在扫描确认他的身份后，将接待室的号码告知他，此次J约见的是金檀。

垂直上升的电梯在八楼短暂停留，又沿着水平方向运行了好一阵儿才开了门。电梯门口，八十四号接待室的号码牌赫然在目。正面的墙上悬挂着一面巨大的显示器，下面是号码盘，号码盘的形状如同一块扁平的木板。

"与意识体的会面正在准备中。来客请落座。"

伴随着柔和的提示音，一把椅子升了起来。J坐在宽敞舒适的椅子上，等待着下一步的提示。

"意识体希望可以在新天堂的大气空间内会面。如果您愿意连接新天堂，请将手放到号码盘上。"

"我选择视频会见。"J踌躇了一会儿后回答。

"意识体接受了您的视频会见请求。会见即将开启。祝您度过一段愉快的时光。"

提示音随即消失，巨大的显示器上出现了一名陌生男子的身影，男子穿着一套讲究的燕尾服，像极了一名音乐家。他望着J摊开双手，"这是多久没见了！差不多三十年了吧？"

"好久不见。您看起来可有些眼生。"J用手指着脸说道。

檀动作滑稽地在自己的脸上摸索着，不一会儿便变成了一个胖胖的中年男子。

"非得让我以这个样子和你见面吗？这副模样是在进入新天堂前，也就是说是九十年前的样子了。早就过时了，现在在新天堂里我已经不再使用。"

"我还是觉得这个样子最熟悉，让我感到放松。"

"是吗？也对，比起现在，我也觉得第一回见到你时的样子更好，更习惯。下次更换人工身体的时候，不如换成那时的样子？"

"用那副模样来制作人工身体，已经是太过时的设计了。"J嗤笑着答道。

檀耸了耸肩，又撇了撇嘴，再次爽朗地笑了起来。

"过不了多久又要再次开启新生活了，准备得还顺利吗？"

"有什么可准备的。到时还不是走一步看一步，生活无非就是不停地打发乏味的时间而已，早就是这样了。而且，就算生活被设计得天马行空，那股新鲜劲儿也是稍纵即逝。生活中第一次感受到的新鲜感和刺激感，我虽然也想再体验一把，但在这儿应该不可能吧。"

檀说话的时候显得有些低落。当生活不再只能选择一次，而是能够以几个完全不同的身份，过着几种完全不同的生活，那会是一种什么样的感受，J无法体会。他饶有兴趣地听着檀说的话，在檀停下的间隙插话："檀，我这次来找你虽然也是想见见你……"

檀的脸如同泄气的皮球，他摆动着双手，皱起了眉头。"我早就知道你此行的目的。时隔三十年再次相聚，也不听人把话说完就直入主题，所以你才会那么不招人喜欢。"檀用食指指着J讥笑道。

"我早就听说现任行政官要辞职的消息了。时间移民局局长可以说大有希望坐上下届行政官的位置，那你们还不得为此拼上一场。一直也没什么你的消息，我还以为你对这个位置不感兴趣。但今天你找到这儿来，看来是我错了。"

"您有信心助我一臂之力吗？"

"在这新天堂之中，关系好到足够帮你，又同时兼具影响力的人，除了我还有其他人吗？"

檀故意盛气凌人地做着夸张的动作。虽然他的动作看来着实幼稚可笑，但他却是新天堂最具影响力的集团中的一员。说得更准确一点，不仅在新天堂，在整个原住民共同体中，他都拥有着举足轻重的地位。

檀本名为金檀，他依然在使用姓氏，出身于一个显赫家族。被称为"别族"的他们，在基因清洗时代到来前，曾斥巨资一代接一代地不断对基因进行整形，这一举措使得他们家族早期人才辈出，因此一跃成为原住民共同体中颇具影响力的集团。在人工身体的使用成为可能后，该家族的人数虽有所减少，但他们所具有的强大凝聚力，使得他们的影响力依旧不容忽视。

"J，你也知道我欣赏你，当然想帮你，也一定会帮你。但在新天堂中，比起时间移民局局长，你的知名度实在太低。"

"这样吗？"J就好像不明白一样应声道。

"真是狡猾，明知故问。局长在新天堂可是花费了不少心血，在这里当然人气高。再怎么说，如果要我帮你，也得需要一个提高你知名度的契机。如果想要大火燎原，也得先有星星之火。"

"你能这么说，我就感激不尽了。但我想谈的并不是行政官继任者的问题。"

"嗯？"檀露出意外的表情，皱起了眉头。

"外头有怪事正在发生。最近有两名VIP被杀。"

恐惧和震惊在檀的脸上逐渐蔓延开来，"犯人抓到了吗？"

"一直还在调查中。时间移民局局长把人气看得很重，说不定会隐瞒这次的事，所以今天我才来这里。因为这次的案子新天堂也一定得知道。"

檀读懂了J那忽闪的眼睛里蕴含的意图。J从不表露自己的内心，但这回他出手竟如此积极，檀完全没有预料到。与刚刚所说的不同，檀支持的其实是时间移民局局长，此时他的内心却真的产生了动摇。

局长就像个傻子，整天沉迷于特权和优越感无法自拔，所以檀才会选择他。那些有明确欲望的人，利用起来总是更加容易一些。但像J，别说欲望，连他的真实想法也看不透。这样的人一般都比较阴险，如果你有什么地方不如他们的意了，他们往往会从背后捅你一刀。而且J过于聪明。但当下，比起在局长和J之间做选择，更重要的是外面发生的杀人事件。

"VIP被杀害。真没料到会发生这种事。谢谢你来告诉我，我将告知新天堂全体成员。但这无法成为提高你知名度的契机，你如果想翻盘，得有让人印象深刻的事。还有，如果想得到我们的支持，关于 VIP……"

"我会管好自己的嘴的。"J 用理所当然的语气说道，然后从座位上起身，"祝您下一次的人生称心如意。那我就先走了。"

"你费心了，我会记着你的事的。期待下次再见。"

檀道别后，画面关闭。J 站在那里，看了已变黑的显示器好一阵。在显示器的另一边，有着仅存于此的假想空间。你可以成为任何你想成为的人，也可以做任何你想做的事，那会是怎样的一种生活，目前为止都让 J 难以想象。但身为原住民的 J，也总会在将来的某一天，在依靠电力运转的天国以及真正的死亡之间做出选择。

J 再次坐上电梯下到大厅，这时正好有两人走了进来，他停下了脚步。时间移民局局长和议长最近关系好得像穿一条裤子，他们在看到 J 后也停了下来，露出惊讶的表情。

"没想到还能在这儿碰到你。"议长瞟了一眼后方的电梯后说道。

对于 J 来这儿的目的，从表情可以看出他十分好奇。但他一向不喜欢问得太直接，可局长就不同了。

"这是来见谁啊？"

"有个好朋友就快到闰日 ① 了，我来看看他。"J冷淡地回答。

局长估摸着J是在敷衍他。J并不是一个会单纯因为想念朋友就来拜访他的人。就算真是来见朋友的，他也肯定有什么别的目的。无论如何，J最终的目标都直指行政官的位置。

局长不由得心头一紧。在行政官表示提前退休的意愿前，J丝毫没有显露过对这个位置的兴趣。但忽然之间，一些模糊的迹象表明，他和自己已成为竞争关系。

"考虑长远些，希望你别做得太过头了。"局长的话明显隐含着威胁的意味。

虽然J对此一清二楚，但还是装糊涂。

"听说为了助案件调查一臂之力，你为黎惧安队长派去的人叫刘乾。还听说姜志韩整天就像个跟班儿似的跟在他屁股后面，他们两个人为了找到李秀香正四处打探，这样会不会太危险了？"

"往往越是危险的人，越应该放在身边监视着。反正有黎惧安队长在，你们不必担心。"

"是出于这种目的吗？还是你高明。"在局长身旁的议长笑出了声。

"你做事一向滴水不漏，对此我可是相当认可。等我当上行

① 小说设定，指原住民们转换为意识体的日子。

政官后，希望你的工作还能这么仔细周到，那我就没什么可担心的了。"局长拍了拍 J 的肩膀，将他留在原地，同议长一道走向电梯的方向。

7

黎惧安在抵达隔离疗养院后，向院长提出申请，要求与被害者家属进行面谈。乾决定在她面谈期间，翻翻以前的到访者名单以及面谈记录，于是和志韩留在了记录室。志韩漫不经心地翻阅着资料，无聊地连连打着哈欠，最后竟像个无关人士似的坐在那里。乾实在看不惯他这副样子，于是把他赶了出去，打发他出去透透气再回来。

志韩来到户外，在疗养院四周闲逛起来。在疗养院每栋建筑物的前方，都有精心打理过的草坪和树木，组成一道靓丽的风景线。再往前几步，斜坡上方有一个小小的带喷泉的池塘，池塘里几只鸭子悠闲地游着。志韩见有人正绕过池塘而来，他掉转方向迎了上去。

是上次见过的少年。赫俊一下便认出了志韩，恭敬地鞠了个躬。虽然他的表情不像第一次见面时那么紧张，但看起来依然阴沉。

"您是来见我的吗？"

"不是，有别的事。"

"李秀香先生联系上了吗？"赫俊的眼神中充满期待。

志韩凝视着池塘中漂浮的鸭子，猛然意识到，虽然自己一刻也不曾忘记秀香，但两人真的已经太久没有见过了。

"看来还是没消息。"赫俊的肩膀顿时没了力气，耷拉下去。

志韩凝望着赫俊那无精打采的脸，这段时间他消瘦了不少，"瘦了不少啊。"

赫俊努力在他那阴沉的脸上摆出一个微笑，"我的怪病越来越严重。耳朵里老是听见奇怪的声音，偶尔又觉得眼花。晚上睡不着，一睡着就做噩梦。感觉死之前都好不了了。"

"别着急，咬咬牙说不定就过去了。"志韩用没什么大不了的语气说道。

但赫俊却沉重地摇着头，"叔叔您什么都不知道正在发生些什么事。"

"那你说说，正在发生什么事？"志韩目不转睛地盯着赫俊。

赫俊并没有马上回答，他一脸恐惧，身子不停地颤抖着。

"您能不能留在疗养院陪我？虽然您不是李秀香先生说的那位了不起的朋友，但也是先生的朋友之一啊！"赫俊用哀求的语气说道。

还没等他说完，一则消息通过频道抵达，说是有客来访，要他立即回房。

"我得先走了。"赫俊转身道别。

会来这儿看他的访客，只有老邻居贞惠阿姨。贞惠来自与他差不多的时代，和赫俊父母的关系也不错，她没有别的亲人，所以将赫俊看作亲生儿子一般，与他十分亲近。许久未见贞惠的赫俊心情大好，朝着疗养院的方向跑了起来。在拐角处，一个女人站在那里，与他碰了个正着。

"你好。"女人生得小巧精致，她正笑靥如花地向赫俊打招呼。

对于这突然出现的陌生人，赫俊显得高度防备，小心翼翼地往后退。

"天哪，不用这么害怕。我只是打个招呼而已。"

"你是谁？"赫俊声音嘶哑。

黎惧安莞尔一笑，示意他不要紧张，"我是姜志韩先生的朋友。"

黎惧安迈着轻盈的步子来到赫俊面前。眼前这个笑眯眯的女人到底是谁，赫俊毫无头绪。但她面带笑意，语气和蔼，不像坏人。赫俊渐渐放下防备。黎惧安一脸怜爱地望着他。可是下一刻从她嘴里冒出的话，却完全出乎赫俊的预料。

"刚刚听见你和姜志韩先生在说话，看来你们关系不错呀？"

虽然她的语气亲切随和，但赫俊却感受得到她话语里蕴藏的寒意，僵在原地。为了躲开渐渐逼近的黎惧安，他不自觉地往后退。

"你……你是谁？难道，是来杀我的吗？"赫俊咽了咽口水，随后问道。

黎惧安忽然大笑起来。"哎哟，笑死我了。天哪，你这话可真有意思。"黎惧安好不容易才忍住笑，然后望着赫俊，"是李秀香先生说的吗？说有人会来杀你？因为怕有人来害你，所以你每天晚上紧锁房门，觉也不睡吗？希望你别再这样了。你刚来的时候多健康啊，但是现在……"黎惧安的脸上充满了同情，一边摇头一边咋舌，"看来得马上跟院长说道说道了，请他准备点你喜欢吃的东西。你喜欢吃什么？不，不好，干脆联系医疗部，让他们送点适合你的营养剂。我拜托他们一下，送些吃了能让你好好睡觉的东西。"

"没这个必要。"

"不，听姐姐的话，现在得先恢复健康！别再整天胡思乱想，这对精神健康真的非常不好。还有，不要随便跟别人乱说话，明白了吗？"

黎惧安伸出手，亲昵地抚摸赫俊的刘海。赫俊用手臂轻轻地将她推开。黎惧安把手收回后，与赫俊四目相对。

"姐姐可是保安部的人，通过阿戈斯可以看到各个地方。想什么时候来玩吗？阿戈斯上既可以看到有趣的风景，又能听到有趣的故事。从那边看这里的风景，听这里的声音，感觉会很不一样的。用阿戈斯来观察的话，不管是姜志韩先生，还是今天来看你的贞惠阿姨，都会和他们实际的样子不一样。有趣吧？有时候，声音听起来也会有点不同，可搞笑了。"

赫俊脸色惨白，不断地退后。刚刚这个女人的话是对他的警告。暗暗警告他这里的一切她都可以看到、听到，都在她的监视之中。

赫俊将颤抖的手放到嘴边，咬着指甲。但黎惧安依旧维持着她天真烂漫的笑容，用手指了指疗养院的方向，"贞惠阿姨应该在等你，你得快点过去吧？"

赫俊听完黎惧安的话后，头也不回地朝疗养院跑去。虽然累得气都快喘不上来了，但赫俊觉得刚刚见过的女子如同在他身后追赶一般，让他不敢停下来。他感到自己就快要断气了，这才停下脚步，回头确认后方，身后什么也没有。

贞惠大惊失色地站了起来。赫俊气喘吁吁，满脸都是汗，脸色苍白得就像即将要晕倒。

贞惠从储物柜里拿出手帕，为赫俊擦去额头上的汗，赫俊只是呆呆地看着她。第一次见到贞惠阿姨时，她就已有些许白发，看来这段时间又添了不少。在领养赫俊前，赫俊的养父母与贞惠阿姨一直就是邻居。赫俊回想起初次见到贞惠阿姨时的情景。

"阿姨和你来自同一个时代，但那时我们都没遇上什么好事。关于从前，我们以后都别提，也别问了吧。"

贞惠阿姨微笑着说出这番话后，赫俊便十分喜欢她。和其他的时间移民者不同，她从不追问赫俊从前的遭遇以及死因。小时候每当父母不在家，赫俊都会去阿姨家打发时间。阿姨懂得多，也会讲有趣的故事，最重要的是，她绝不会因为赫俊年纪小便轻视他。

"怎么瘦成这个样了？"阿姨的话里满是痛惜。

赫俊十分好奇，将自己温暖拥入怀中的阿姨是否也会把他视为怪物。

在将父母杀害后，赫俊满身是血地朝隔壁阿姨家走去。阿姨开门之后，没有尖叫，也没有采取任何行动。在看到自己后，阿姨脸上显露出的惊惧，赫俊记忆犹新。但阿姨并没有赶走他，也没有躲避。

"不，不是，妈……妈妈和爸爸是……都是……都是鬼！

我……我看得清清楚楚，我……我听到他们说的话了！"

面对瑟瑟发抖的赫俊，阿姨一把将他拥入怀中。一边抚摸着他的背，一边念叨着，说她都懂，都明白了。在保安部的安卓抵达前，阿姨就一直这样念叨着，抚摸着赫俊。并且，在赫俊被送到疗养院后，她也会像今天这样，每个月来探望他一次。赫俊不愿再让阿姨担心，对于自己正在经历着的那些可怕的幻听、幻视以及噩梦，他都绝口不提。

"要是有什么我能为你做的就好了。"贞惠抚摸着赫俊的脸，惋惜地说。

赫俊努力露出坚毅的微笑，"我现在也不是小孩子了，没关系的。哇，这是阿姨买来的吗？"赫俊一边故作开朗，一边将贞惠带来的箱子打开。里面装满了赫俊爱吃的面包和零食。赫俊心满意足地笑着，将自己最喜欢的零食开封。这时，满脸愁容的贞惠才勉强露出微笑。但直到贞惠起身离开，一丝阴霾始终萦绕在她的脸上，久久不散。

贞惠笑着跟赫俊道别，在走出房门后，她的表情瞬间阴沉了下来。刚刚面对赫俊时还充溢着的温柔和蔼不见了，只剩忧愁。她再次回头看了一眼赫俊的房门，眼睛里满是深情和不忍。这时她听见有脚步声正朝赫俊的房间走来，于是赶紧掉头。

在将乾和黎惧安送走后，志韩再次来赫俊这里看他。他看到房门前站着的贞惠，于是停下脚步。在四目交汇的瞬间，两人一时呆住，沉默地站在那里。虽然志韩并不了解贞惠的身份，但贞惠却认出了志韩。秀香一直日夜思念的人有两个，一个是她最爱的男人，另一个便是眼前的这个人。也许是因为长期从事艰辛的体力劳动，他浑身散发着一种朴素而炽烈的力量感。一张晒得黝黑的脸上线条分明，即使算不上俊俏的美男子，但也着实是一位潇洒男儿。

贞惠出神地看着他少了一根手指的右手，开了口："是姜志韩先生吗？"

志韩的脸上霎时闪过一丝惊讶。他静静地将面前这位中年女子端详一番后，确信自己与她从未谋面，"请问你是？"

"我叫金贞惠。是秀香的朋友。"

这突如其来的消息让志韩僵在原地。志韩外表强韧，贞惠却看穿了他内心的弱点。

"我凭什么相信你的话？"志韩表情一转，笑着问。

"我从秀香那儿听过许多关于您的事。她的恋人利律和您都与她情同手足，秀香说您一直都如同一位稳重的大哥哥般可靠。在去到上海，知道真相后，她也曾对您产生过怀疑。尽管如此，她还是像思念利律先生一般思念您。她将你们三人的合照摆放在客厅，常常望着照片叹气。您还记得那张照片吗？在照片里，您没有看正面，而是望着秀香，表情温柔，如同深陷在一段隐秘的恋情中。那时我才明白为什么您的代号是'白山茶'……"

"好了。不用再往下说了。"志韩将贞惠打断。"难道你也在找秀香吗？"志韩看了看赫俊的房门问道。

贞惠摇头，"我是来看赫俊的。我是赫俊的邻居，那孩子在闯下大祸后，最先找到了我，我一直将他视为己出。我不明白赫俊为什么会干出这种事，我就拜托秀香调查。"

"秀香在调查过程中失踪了，这你也知道吧？"志韩眼露凶光，直勾勾地盯着贞惠。

志韩的眼神让贞惠感到窒息，一股杀气紧紧地勒住她的脖子。她大口呼着气，勉强地笑了笑，"您知道吧？正在发生着一些怪事。"

"这是什么意思？"志韩的眼里依旧闪着光。

但贞惠还没来得及回答，她就感到自己的感知器官已全部被阿戈斯掌控。

"赫俊有我的联系方式。"贞惠如同耳语般留下这句话后，便匆忙离开了。贞惠的背影渐渐远去，身后的空气里留下微妙的余韵。志韩朝她看了一会儿，转过身去。

第四章  新天堂的秘密

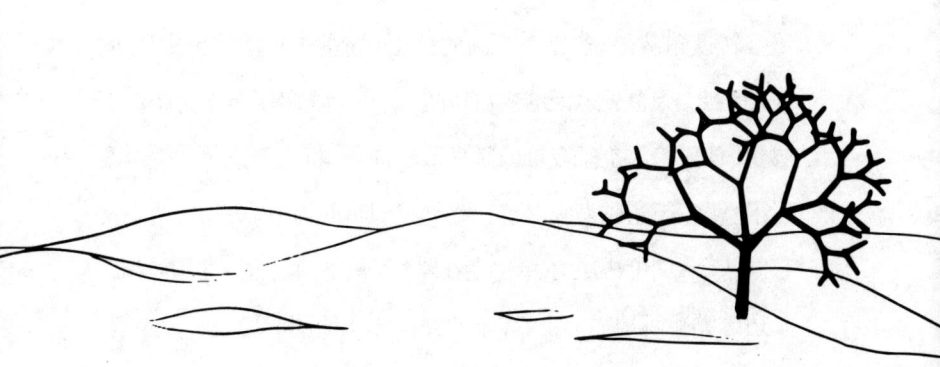

1

一定是梦。

看着李秀香先生从身旁跑过，望着她的背影，乾这样想着。先生腿脚有些不便，不可能如此轻盈。乾喘着粗气想要追上去，先生却消失在拐角处。

转过角落，一条完全不同的路出现在眼前。灿烂的阳光照射在路上，天色先是渐渐变得昏暗，之后完全暗了下来。乾停下脚步，仰望着天空。夜幕像是乌云般涌来，将天空遮盖。乾再次看了看路，街道越发寂静了。路灯将阴暗的街道点亮，一个小女孩同一个更小的男孩手牵手走在路灯下。两个孩子一边唱着歌，一边蹦蹦跳跳地往前走着，不时回头露出明朗的微笑。看脸型，他们不像是亚洲地区的孩子。正看得出神，他忽然听见后方有人在呼唤一个陌生的名字。这陌生的名字却熟悉得如同自己的名字一般。

于是他回头望去。一位异国面容的美丽少女微笑着站在那里，一双大眼睛十分和善。乾听到自己的声音在呼唤她的名字——名字是第一次听到，声音也十分陌生——女人来到自己的面前，用手挽着自己的胳膊，温柔地将头靠在乾的肩膀上。发丝之间散发着洗发水的香味，似有若无，却给人清新之感。乾的胳膊和肩膀感受着她柔软的肌肤以及体温，一切都是那么生动而真实。

这就是真的。

乾猛然意识到。他的频道肯定与阿戈斯处于连接状态。但却不清楚这件事到底是谁干的。黎惧安？还是 J？乾的脑海中浮现起两人的脸。但他们没有理由要趁着自己熟睡时入侵大脑，做出这种事。并且就算阿戈斯借用了这名男子的听觉和视觉，自己也不可能如此完整地感受到他的身体知觉。到底会是谁干的呢？

乾正百思不得其解，眼前突然忽明忽暗。路灯闪烁着，光线十分微弱。他忽然联想起上次的杀人事件。

人迹罕至的道路。

深夜。

路灯闪烁。

眼前的光景与脑海中重现的场面惊人地相似。乾有一种不祥的预感，他试图与阿戈斯分离，但他的努力却没有起到丝毫作用。他所有的感觉都被封锁着，身体没有任何知觉，那些真切的触感皆来自通过频道相连的陌生男子。唯有头脑中游移的想法真正属于自己。

在听到异响后，他停下了脚步。那个男子的妻子，也就是刚刚的那个女人，也停下脚步回头张望。跑在前面的孩子们也感受到这诡异的气氛，一齐回过头来。就在这时，灯光忽然熄灭，周围变得一片漆黑。咯吱咯吱的声响从身后逼近，十分诡异。他搞不清发出这声响的，到底是怎样的恶魔。男子的视线死死地盯着黑暗中声音的来处，他的恐惧和紧张，乾完全能够感同身受。

不一会儿，声音停了下来。风也停了。如针扎般的痛感从颈脖处传遍全身。

糟了，我要死了。

心脏如同即将炸裂般地跳动着。温热的液体从脖子里喷涌而出。男子濒死的知觉向乾袭来，他不停地挣扎着，想要从阿戈斯中分离出来。

砰，砰。

黑暗之中传来物体重重倒地的声音。频道瞬间分离开来。重新恢复知觉的乾大声惨叫着。

与此同时，J 也喊叫着，从睡梦中惊醒，他听到一阵玻璃碎裂的尖锐响声。他喘着粗气转过头来，只见妻子正惊慌失措地冲过来。在她的身后，玻璃杯摔得粉碎，碎片满地都是。一定是因为自己的喊叫声惊着她了，她才失手打碎的。

"没事吧？"

雪端详着 J 的脸，小心翼翼地为他拭去额头上的汗珠。J 缓慢地环顾四周。他坐在沙发上，客厅同他入睡前一样安静，一样冷清。他喘着气，闭上了眼睛。

"是做噩梦了吗？"

J 轻轻地摇头，用手揉了揉额头，"有人控制了我的频道。"

雪一脸惊愕。J 是原住民，同时担任着首席事务官的职位。他的频道处于安保程序的全方位保护下，并且由保安部实时进行查验。居然有人能突破这一系列防线强制入侵 J 的频道，还能不被任何人发现，简直令人难以置信。

"你是在开玩笑吧？"

"是真的。"

"我的天哪！"雪自言自语道，她完全无法相信这是真的。

"就是说啊。"J看着雪笑道，耸了耸肩。

"稍等一下，我给你倒杯茶来。"

雪匆忙起身，打算去厨房。

J一把抓住她的胳膊，"我连接你的频道，你帮我分析一下刚才我看到的内容吧。"

"分析花不了多长时间。你还是先喝杯热茶吧。"雪像安抚小孩子般说道。

但J却不愿放开她的胳膊。"实时连接前，我看过钟，差六分钟到午夜十二点。"J望着雪，表情像是在问她懂了没有。

雪沉默了一会儿，然后温柔地将J的手从她的胳膊上拨开，"我去倒茶来。"

雪起身，从厨房里端回温热的茶水。J不情愿地将茶杯接下，随即将自己看到的情景连接到雪的频道。死去男子的知觉被完整地保存了下来，但就算是在J发出惨叫的濒死瞬间，雪也丝毫不为所动。

"这个案件与之前让你大伤脑筋的那个案子类似。"雪在结束分析后，平静地说。

"发生的地点在哪里？"

"先把茶都喝了。之后我再告诉你。"雪指了指J握在手中的茶杯。

乾一醒来便前往时间移民局保安部。对阿戈斯上目睹的情景进行分析后，他立即赶往案发地点。接到乾的报案后，保安部陷入一片混乱。安卓警察在察觉到案件发生后，也已出动。

乾乘坐出租车抵达现场后，发现 J 已经在那里了，这让他十分惊讶。虽然案件骇人听闻，但首席事务官作为高级官员竟亲临现场，实属罕见。

乾刚想过去打个招呼，才迈出没几步便停了下来。呈现在他眼前的景象，惨烈程度超乎寻常。与此次相比，上次拧断受害者脖子的案子可以说十分文雅了。四位受害者的鲜血将案发现场染成一片血海。

乾把视线投向倒在地上的遇害者。刚刚见过的一对小不点兄妹已然殒命，脑袋歪向一边，双眼圆睁。曾几何时还温柔多情的女子也已横尸一旁，一张布满惊惧的脸望向天空。与自己的频道短暂相连的男子趴在地上，脸朝着孩子们的方向。乾回忆起倒地的瞬间，不禁打了个寒战，血腥味也让他一阵恶心。反胃的感觉不断涌来，让他难以招架，最终他不断干呕着，朝着离现场不远的小树林飞奔而去。这时 J 走了过来。

"在时间移民局移送中心见了无数血腥的画面，你这是唱的哪一出？"

"从没闻过这种血腥味。见鬼。你完全没事吗？"

"我可是探查官，主要来往于战乱时代。调查过的战争和屠杀无数，闻过各种血腥味。相比起来，这里的味道简直就是香水般淡雅。"

"那你可真算得上这方面的高手了。"乾一边呼吸着新鲜空气，一边挖苦道。

"这都凌晨了，你怎么会来这儿？只是让你协助调查，并不会单独通知你啊？"J一脸疑问地望着乾。

乾犹豫了一阵子，最终决定据实以告："通过阿戈斯，我曾一度和死去男子的频道相连。说得更明确一点，并不是我主动——而是被谁强制连接上的。我完整体验了他死前的全部感受。见鬼！竟然连接着受害人的频道经历了死亡的瞬间，真的吓死我了。"

乾被气得浑身颤抖。乾颤抖的动作十分明显，但J却毫无反应，只是安静地站着，表情严肃地看着乾。

"在频道连接前，你看钟了吗？"

"钟？怎么回事？难道你也被实时连接上了吗？"

J摇了摇头，"因为曾经有人在看过钟后被强制连接上了，所以也问问你。"

"什么？什么时候？谁？"

"已经过去很久了，香蕉城事件的时候。"

"香蕉城事件是黑客通过攻击控制人体，来操纵人体进行实时战争游戏的杀人事件！它与强制连接并无多大关联。那其实是一群疯子对人类进行的屠杀！在那之后，针对人体的黑客攻击便被完全封锁起来了！"乾不自觉地发起火来。这样的事居然重演，光想想都让人毛骨悚然。

"我只是随便问一问，别激动。"J微微皱起眉头。

乾也意识到自己表现得有些过头，于是干咳了几声。但想到自己还有可能遭遇更坏的事，这让他十分不痛快，久久不能释怀。

"在进入实时连接状态前，我曾见到李秀香先生。到底是哪个家伙这么下三烂，竟然想到利用先生！要同黎惧安说说，我们非得抓住这个犯人不可。"

正在现场视察的黎惧安朝两人走来。她脸颊通红，却没有丝毫慌乱，十分从容。

"现场完全是一片血海，没事吧？"乾担心地向黎惧安问道。

虽然位居保安部队长，但黎惧安才二十四岁。并不像J那般身经百战，看遍无数凄惨残酷的场景。与J相比，黎惧安在这方面还显得经验不足。但对于乾的这种担忧，黎惧安觉得好笑。

"每个月都得看一回，有什么新鲜的。"

"那和这个可不一样。"

"哎哟，我是小孩子吗？我可是保安部阿戈斯队的，而且还是一队队长。"黎惧安拍了拍乾的肩膀，用可别小看我的语气说道。

"他刚刚吐了。"J指着乾平静地说。

黎惧安随即摆出一副无可救药的表情，打趣似的望着他。

"我没有！"乾一下子冒火了，瞪眼看着J大喊道。

J一脸你能奈我何的表情，耸了耸肩。

"我在此赋予他特权，准许身体虚弱的乾不参与此次的现场检验报告。我们走吧，首席事务官。"黎惧安调皮地微笑着，手指向现场。

J也在一旁偷笑，随后他与黎惧安一道朝现场走去。两人身后传来乾的脚步声，但随着现场越来越近，也许是因为血腥味太过浓烈，乾没有再跟上来。

"正如大家所知，这次的案子和上次的案子手法类似。阿戈斯和因陀罗网上没有任何记录。遇害者全家都来自二十一世纪初的中东，在海上漂流时，因船只倾覆而丧命。据了解，他们都是难民，因时间移民者之间的私人恩怨而被害的可能性相当小，且犯人至少应该是两人以上，最重要的是……"黎惧安停下脚步,小心翼翼地环顾四周,确认是否有其他人在场,"四人全都是VIP。看样子,VIP正在受到有组织地袭击。作案的很可能并不是个人,而是一个团体。"

"会做出这种事的团体有几个呢?"J不慌不忙地问道。

黎惧安掰了一会儿手指头,然后摇头道:"不下十个吧,而且不排除他们之间联手的可能。李秀香先生所属的'时权协'也有很大嫌疑。"滔滔不绝的黎惧安叹气道,"不能再有受害者出现了。如果杀人事件再次发生,人们将不再信任阿戈斯。那样一来,外面那些来自野蛮时代的移民者们将蠢蠢欲动,曾经的犯罪和杀戮将又一次上演。"

黎惧安迈开步子,将地面上长得笔直的草踩在脚下,草皮发出窸窸窣窣的声响。

2

乾和黎惧安在结束调查后随即返回,志韩留在了疗养院。对于受到惊吓的赫俊,他十分挂心。于是向乾编了个理由,说要留在这儿欣赏欣赏风景。乾立刻便答应了,像是终于摆脱了志韩这个拖油瓶一般,露出轻松的表情。

在疗养院期间，比起室内，志韩更喜欢待在户外。为此，院长曾多次劝说他回房间去睡。他常常在外面生一团火，望着夜空里的星星，然后进入梦乡。看着那些熟悉的星座，他会想起自己曾经生活的时代，感觉自己仿佛置身于满洲宽阔的原野中央，心里也跟着舒坦起来。

他睡觉的地方刚好可以从赫俊的房间俯瞰到。赫俊依然坚信会有人来杀害自己，因此整夜不熄灯。

"杀手要来了。"每当天色转暗夜幕即将降临时，赫俊就会凄凉地这样说，然后缩成一团。因为害怕睡着之后杀手会来，他总是睁着眼睛熬过一夜。志韩虽几次询问赫俊杀手的身份，但他总是满脸惊惧地环顾四周，避开这个话题。

对于这一不明身份的杀手，志韩找不到任何应对的方法，只能在一旁守着赫俊。赫俊有时蜷缩着身体刚睡着一会儿，又会在凌晨醒来。这时志韩常会与微微将头探出窗外的赫俊四目相接。他朝赫俊挥手，但赫俊总是什么话也不说，嗖的一下转身，再次将自己隐藏在房间里。

熹微的晨光将天照得微微亮时，志韩慵懒地起身，大大地伸了个懒腰。他沿着疗养院的围墙绕了一个大圈。说是围墙，其实只是些被修剪得齐腰高的灌木篱笆而已。这篱笆既是疗养院的外墙，同时也是边境。如果翻越篱笆，便来到了边界外的区域。

志韩每天清晨都会站在篱笆前凝望对面。每天这个时候，疗养院都会被重重的雾气笼罩。但志韩却从未见到过赫俊提到的，那来往于远处迷雾之中、似人非人的物体。疗养院院长说赫俊是看花了眼，他看到的不过是生活于边界外的走兽。其他的职员也一致认为赫俊看到的只是幻影。但赫俊却坚信他看到的是人。

这天清晨的雾比以往都要浓一些，志韩站在那里死死地盯着雾中的世界，但他什么也看不见。

雾给世界披上了一层白幕，身在其中的物体都失去了自身的轮廓，变得模糊起来。

一阵风起，稍稍将雾吹散了一些。志韩隐约看到一个模糊的身影伫立在那里。看不清他是谁，在这朦胧的雾中，他可以是任何人。

志韩觉得自己像在做梦一般，他向着人影的方向伸出手。手刚刚碰到，雾便散开来，他想起了那个女子，她也如这雾气，在他面前消逝了。他想呼唤她的名字，但对她的真实姓名，他至今一无所知。不经意间，时代已发展到今天，而她却如一粒尘埃，消失得无迹无踪。那些无名的逝者对于某些人来讲是无比珍贵的，如同她之于他……

志韩魔怔了一般，他试图抛开那些无谓的念想，使劲地摇了摇头。雾气渐浓，将周围的景物逐一吞噬。志韩再次望向雾中的身影，定睛一看，那身影竟像极了秀香。

“秀香？”

许久未曾呼唤过的名字回荡在这清晨的雾气中。在志韩叫出名字的瞬间，雾中的人影转身，渐行渐远。刹那间，志韩确定这就是秀香。

“秀香，等等我！”

他一边大声呼喊着，一边越过了篱笆。秀香的身影在雾气之间若隐若现，志韩紧跟其后。十分奇怪的是，志韩已使出九牛二虎之力全力奔跑，秀香也始终以稳健的步伐在前方踱步，两人之间的距离却并没有缩短。志韩停下了脚步，望着秀香匀速远去。就在这时，从雾中某处传来了怪异的声响。

嗒，嗒，嗒。

这一不明声响穿透雾气，从远处以微弱的音量传来。志韩屏住呼吸，侧耳细听。在这白茫茫的大雾之中，此刻正在发生着什么呢？志韩高度紧张，忍不住咽了口口水。怪异的声响从四面传来，越来越近，如同即将把他包围。

哐，哐，哐。

微小的声响渐渐变大，仿佛它已经就在身旁，让人不禁感到一种压迫感。志韩跪在地上，将耳朵贴近地面。不明物体正渐渐逼近，震动着地面发出巨大的声响。

到底是何方神圣？

志韩从地上起身，屏气凝神。地面纷乱的响动现在通过脚掌也可以感知到了。虽然不知道是什么东西，但肯定不止一个，而是一伙。志韩猜测会不会是一群动物发出的声响，但动物移动的声音明显不同于此。

这时，声响戛然而止，估计不明物体已将他包围。狩猎开始前的宁静使现场陷入一触即发的紧张中。

志韩吞了一口口水，握紧拳头。他这时才感到后悔，身上竟没带任何可当作武器的物体。赤手空拳能干掉几个家伙呢？退路又在何方？

他看了看身后，绝望地闭上了眼。雾气依旧铺天盖地，想要找到退路显然不太实际。这么一来，只能最大限度拖延时间，然后再想办法逃走了。他握紧拳头，摆好进攻的姿势，双眼凝视迷蒙的雾气。必须在看清对方的瞬间就马上出击，不能错过这一最佳时机。

此时一阵微风拂过，暂时将眼前的雾气吹开，霎时显露出不可思议的光景。志韩迈出一只脚，刚想发起进攻，接着便僵在了原地。黑压压的人群正面对着他，人数难以估计，一直延伸到地平线的尽头。

到底有多少呢？几百？还是几千？志韩看着成群结队、无边无际的人群，如果他们一窝蜂涌上来，自己只能束手就擒。能干掉几个人呢……志韩瞪着那一张张面孔，等他们动手。

但他们只望着志韩，既不靠近也不说话。他们一动不动地站在原地，如同石像一般，眼神冷漠。志韩与他们对视时，那没有任何情感的眼神让他感到不寒而栗，他忽然醒悟到面前的不是人，他们不过是披着人的皮囊罢了。

双方就这样沉默地对峙着。风停了，雾气再次涌了上来，如同翻滚的白幕。那些短暂清晰过的身影渐渐地消失在这迷雾之中。

"呼。"刚刚因为紧张连大气都不敢出，脚步声远去以后，志韩才长舒一口气。

他凝视着那奇异的"人群"伫立过的地方。刚刚看到的到底是什么，他脑海中没有丝毫头绪。乾曾说过在边界外没有任何人居住。不对，准确地说应该是不知道有什么生活在那里。在自己生活过的时代，那片土地也曾一度被人类占据。悠长的岁月中，在人类被逐出后，占据着这块土地的，无论它是什么，终归不可能对人类抱有好感。

"见鬼！"志韩看着四周的白雾，低声骂道。照这么下去，连疗养院也回不去了。被秀香的幻影迷惑，竟使自己陷入这般境地，志韩回想起来，简直觉得可笑。但那种情形下，自己又怎能做到对秀香的幻影无动于衷呢？

　　志韩一屁股坐到地上，决定先等雾散去。这时，他听到有脚步声由远及近地传来。会是谁？或者会是什么呢？有不明生物正朝他走来！

　　如果是刚刚退却的那些家伙再次回来，那他们的目的只会有一个，想必是下定决心要来除掉他。志韩拾起身旁的石块，站了起来，紧盯着声音传来的方向。他越来越紧张，心脏也开始激烈地跳动起来。如果能在看清轮廓的瞬间准确击中他，还是有时间逃走的。

　　志韩睁大眼睛望着雾气，不一会儿，一个模糊的身影出现。志韩为了扔出石块，高高地将手臂举起。

　　"您好。"

　　石头即将脱手之际，雾气中传来问候声。志韩好不容易才停下了动作。从雾中出现的男子足足比志韩高出一个头，志韩用可疑的目光打量着这个手脚修长、面容白净的男子。

　　"你是从哪儿来的？"

　　"我叫禹，在绿青园工作。今天是往疗养院送茶的日子，我正要过去。如果您在那边工作，应该知道我的。先生您呢？"男子望着志韩，对他的身份也十分好奇。

　　"我不在这儿上班，是访客。"

"疗养院的访客吗？居然敢越过边界到了这儿，胆子可真大。"

"别说了，我差点被吓个半死。刚刚来的路上你没看见什么可疑的家伙吗？"

禹不明所以地看了看身后。虽然雾气散了些，但身后依旧被浓雾笼罩，即使是咫尺的距离也无法分辨。

"来的时候一般都是走这条路，我谁也没看见啊。如果在边界外遇到谁的话，多半是我们绿青园的工作人员，今天从绿青园出来的人只有我。是不是因为这雾看花眼了啊？像这种大雾天，我偶尔也会看见一些幻影。"

"并不是一个人……算了。"志韩本想解释，但又打住了，只是摆了摆手。"请在前方带路。"志韩指着白茫茫的雾气说。

禹望着志韩，一脸茫然。

志韩摆出一副毋庸置疑的表情，再次指向雾气，"你并非一般人类，当然应该知道去疗养院的路。"

"您怎么知道我是安卓？"

"这里的路并非人工开凿的，周围也没有什么提示位置的标志，相当于是在茫茫原野的中央。就算没有雾都很难找到方向，而你竟然能在这浓雾中前行？这不是明摆着你不是人类吗？如果是在别的时代，你一定会被人当成妖怪的。"

"妖怪吗?"禹走在前面,笑了好一阵子,"您来疗养院是来探望家人吗?"

"不是家人。"志韩挠了挠脑袋。

"那是朋友?"

"你还真喜欢刨根问底。也不算朋友,就当是来看一个朋友认识的小孩儿吧。"

"您是说赫俊吗?"

志韩停下脚步,盯着禹的后脑勺。

禹感觉到志韩并没有跟上来,于是回头看了一眼,然后耸了耸肩,"年纪能够被称作小孩儿的患者就只有赫俊了。"

"看来你对疗养院的情况很清楚嘛。"志韩一边迈开步子,一边语气生硬地说。

"往疗养院运送绿青园出产的茶叶,这个工作我已经做了十多年,该知道的都知道了。赫俊怎么样了?还是坚称有人要来杀他吗?"

"是的。"志韩皱紧了眉头,"好像是说人体遭到黑客攻击什么的?虽然也不怎么明白,但仔细听他的意思,应该类似于被鬼附身。从前,每个村子应该都有过这种事。有的姑娘或者小伙子被鬼附身以后,把衣服脱得精光,然后在村子里四处晃荡。本来好端端的人,完全变了一个样。"

"那时候有什么方法治疗吗？"

"有些灵验的巫婆子能治。"

"如果这种方法也能用在黑客对人体的攻击上，香蕉城事件应该还有挽回的余地，真可惜啊。"

"香蕉城事件是什么？"眼看着雾气渐渐消散，志韩问道。可以看到疗养院的建筑就在前方了，再往前走一走就是疗养院的入口。

"黑客通过攻击人体而犯下的惊天大案，事件发生在时间移民时代初期。当时在香蕉城，时间移民者与原住民之间可谓势不两立。但在某一天，所有的市民都遭到黑客攻击，成了任由黑客摆布的玩偶。市民被分成时间移民者和原住民两大阵营，相互残杀，最终全部丧命。"

"那些被称作黑客的人最后怎么样了？"

"这一点十分有趣。"抵达疗养院入口后，禹停下脚步，向着志韩微微一笑，"全部自杀了。"

"这话可不适合笑着讲出来。"志韩跟在禹身后走进疗养院，对着他的背影说。

禹停下脚步转过身来，脸上依旧保持着笑容。

"这可不对，当然应该笑着讲。香蕉城事件后，所有可能与时间移民者产生矛盾的政策，都被原住民共同体废除。时间移民者们也将妥协而非对立摆在了第一位。在血雨腥风过境后，人们终于嗅到了和平的气息。"禹摊开双手耸了耸肩，像在询问志韩听过这番话后的感受，然后静静地望向疗养院，"虽然有趣的故事还不少，但今天只能就此打住。您现在可不应该就这样站在这里。"

志韩瞬间察觉到禹注视的方向正是赫俊的房间，一种不祥的预感贯穿他的脊背。志韩一把抓住禹的衣领，但现在可没工夫和他掰扯。志韩随即松开禹，开始狂奔。

赫俊房间所在的建筑前有一片草坪，志韩横穿而过，也没时间等电梯了，他一鼓作气冲进楼梯间，开始往上爬。他第一次觉得这一小段走廊如此漫长。志韩喘着粗气，急不可待地一把推开赫俊的房门。但房间与往日并没有什么不同，赫俊坐在床上，一脸诧异地望着志韩。

志韩一边喘着粗气，一边查看房间。房间内没有任何改变，也没有任何异常之处。那安卓的形迹十分可疑，说不定自己是被他耍了。

但不知为何，志韩的心情却久久不能平静。虽然房间同以往并无二致，但也许是心情在作怪，房间里总有一种微妙的违和感。不，不可能是因为心情，这微妙的违和感一定事出有因！

"还好吗？"志韩又检查了一遍房间的角角落落，然后走到赫俊身边问道。

赫俊笑着点头。在那一瞬间，志韩的视线停在了赫俊穿着的衣服上。他终于发现房间内违和感的源头。

将养父母杀害那天，赫俊在脱下被鲜血染红的衣服后，坚决不肯再穿红色的衣服，因为这会让他回想起那天。即使是遇见穿红衣服的人，他也会避开。但赫俊现在却穿着一件红色的T恤。

赫俊惊讶地看着志韩。志韩在与他眼神交汇的瞬间意识到赫俊的眼神、表情、习惯都与之前不同了。眼前的赫俊熟悉而又陌生，就像在看一个长相酷似赫俊的同卵双胞胎一般。

"你是谁?!"志韩死死地盯着赫俊，眼里闪烁着凶光。

一瞬间，赫俊脸上的笑容消失了，但不久笑容又再次绽放。"叔叔，您这是怎么了？我是赫俊啊！"赫俊玩笑似的回答。

但赫俊身上从未有过的从容和老练，都让志韩更加确信心中的猜测。志韩伸出自己粗大的手，一把掐住赫俊的脖子。随着双手逐渐用力，赫俊的脸涨得通红。

"不老实交代，你这家伙就得死。"志韩的眼中没有一丝温度，冷酷至极。

"我……我死了，赫……赫俊也活不了。"赫俊想要挣脱出来，一边不停地挣扎，一边咳嗽着。

赫俊也活不了？那这家伙到底是谁？

志韩一时间不知如何是好，渐渐松开了手。赫俊挣脱出来后，退得远远的，不停地抚摸着脖子，同时怒视着志韩。

"你到底是谁？"

志韩朝赫俊的方向迈了一步。赫俊什么话也不说，只是眼神犀利地瞪着他。之前从未见他有过这种眼神。曾经，他只是一个受到惊吓的小孩，他的双眼中满是害怕与恐惧，如今却充斥着杀气和欲望。如果赫俊身体中这虚无缥缈的魂魄有他本来的肉体，那他一定是一副老态龙钟、满是野心、阴险狡诈的模样。志韩再次往前迈了一步。忽然，赫俊开始尖叫。这时，只听见外面有人正在往这儿赶来。

"救命！"赫俊望着志韩身后的房门喊道。他的身体颤抖着，眼神后面是那如同恶魔的老东西，外表却是少年的模样。

迷惑人的，往往并不是事物的本质，而是那一副皮囊。

"请退下！"所长向志韩喊话，他的身后挤满了安卓警卫员，他们都是负责疗养院保卫工作的。"请按我说的做，不然我们只能武力逮捕你了！"

院长的呼喊回响在志韩耳边，而志韩只是直勾勾地盯着赫俊。他脑海中浮现起很久以前目睹过的场景：身着五彩韩服的巫婆，一边摇着铃铛发出聒噪的声音，一边踩在铡刀上。巫婆的职责便是对付鬼神，但对于那些被鬼附身的人，她也束手无策。

就算下手，殒命的也是生者。

"退下！再说一遍，请退下！"对着志韩的背影，院长用威胁的口吻喊道。

志韩瞪着赫俊，不对，应该说是瞪着那看起来像赫俊的恶魔，过了好一阵儿他才缓缓地退了回来。

3

被疗养院的警卫逮捕后，志韩被移交到拘留所关了起来。该拘留所由时间移民局保安部单独管理。J从黎惧安那儿接到报告后，前往拘留所，办理了释放志韩的手续。

"首席事务官，为了促成姜志韩的时间移民，您克服了无数困难，肯定对他有特殊感情，这我十分理解。但也得把事情调查清楚我们才能放人。"

黎惧安在拘留所遇到J。简单问候之后，她随即表达了抗议。志韩试图杀害赫俊的行为事实明摆在那里，在还没调查清楚的情况下，不能就这么放他走。

"险些丧命的可是VIP，差点就酿成第三起VIP遇害案了。事务官，您有在听我说吗？"

J在前面飞快地走着，身后的黎惧安为了赶上他的步伐，一边小跑着，一边抱怨道。此时的J如此不分前因后果，只一味求快，与平时那个冷酷而理性的J简直判若两人。

"既然话说到这儿了，我问你，VIP状态怎么样了？"

"除了受到点惊吓外，没有其他异常。几天内就可以从疗养院出院了。"

"那还有必要抓着姜志韩先生不放吗？"J问道，眼神中透着寒意。

黎惧安只得叹气，"当时，阿戈斯正在借用赫俊的知觉。姜志韩一边威胁他，一边勒住了他的脖子，这些都被记录了下来。"

"这样的记录，就算公开也无妨吗？"J冷冰冰地问道，"如果想对他进行裁决，就得公开记录。你应该详细查看过了吧，那里面的内容是否会暴露VIP的身份。"

再次分析记录后，黎惧安皱起了眉头。

我死了，赫俊也活不了。

这话太容易让人怀疑了。

"看来是公开不了了。"

"如果不公开记录，就没办法进行裁决。不裁决就没有理由不放人。我和姜志韩先生先聊一会儿，希望你能在这段时间内办好放人的手续。"在进入志韩的房间前，J停下脚步说。黎惧安摆出一副认输的表情,点头之后转过身去。J望着黎惧安远去的背影好一会儿,然后走进了房间。

"这可怎么好,真是没脸见我这了不起的晚辈啊。"志韩对着立在玻璃隔断前的J扑哧笑道。

"第一次见面时我就跟您说过,要适应当下的时代。无论出于何种目的,伤人性命的事都是无法容忍的。"

"那可不是人,是恶魔。"

"在这个时代,说这种话就是不合时宜。什么恶魔?都是些迷信……"

"那应该叫作黑客攻击吗?"

"呵!"J笑着说,显得有些吃惊,"这么难的词都学会了。您的意思是说赫俊遭到了黑客攻击吗?有证据吗?"

"凭我的直觉?"志韩咧嘴笑道。

J摆出一副无可救药的表情,"仅仅凭直觉,就想要取人的性命?"

"什么叫仅凭直觉?"志韩直摆手,示意J可别小看自己,"就是凭这直觉,过去我才能无数次死里逃生。你是不知道才这么说,我的直觉可不是一般的准。跟着利律搞抗日斗争的那段日子,我识破了多少特务,你要是不信,等见到秀香,问她便知。"

"是吗?如果先生您鉴别特务的实力这么高超,金利律大概就不会被抓了吧。"

刹那间，志韩的表情僵硬起来。他静静地看着 J，J 的脸上保持着冷漠的微笑。从初次见面到今天，志韩始终摸不清这家伙的心思。

"也对，您当时应该清楚的，那个人就是特务。他平时对利律忠心耿耿，您大概只是没将真相告诉金利律。就算说了，照金利律先生的性格，也不会相信。就这么瞻前顾后间，金利律先生最终下狱，遭严刑拷打而离世。金利律先生最后也不清楚告密的到底是谁，这样可能他的心里会好受些吧。"

"你了解我多少？听说时间移民是秀香为我申请的，但出力的人是你。你将我带来这里是出于什么目的？"

志韩的眼神变得锋利起来，但 J 的表情没有一丝慌乱。

"是啊，可能因为我对您一见钟情吧。" J 的脸上带着笑意。

志韩笑了起来，"在上海见了那么几次就爱上我，你也太随便了。"

"其实，在上海见到您之前，我们已经见过面了。"

"不可能吧？如果是那样，第一次见面我不会认不出你。"

"当时，我还不是现在这个样子。" J 看着志韩。心想如果有人通过阿戈斯听到这番对话，那就足以让他相信，这就是自己不惜做出一些莽撞的事也要将志韩带来的原因。探查官在探查历史的过程中，被遇见的某个无名之人吸引，深陷其中的状况十分常见。也有不少的探查官会去尽力促成此人的时间移民。关于自己与志韩的关系，J希望这不会引起他人无谓的猜疑。

"总之，居然有小辈说对我一见钟情，我真是感到荣幸之至。要是早点知道，世界都会美好许多。好了，既然你那么为我着想，是不是该先把我从这儿弄出去？"

"我就是为这个来的。您很快就能出去了，但是绝对不能再见赫俊。"

"听这意思，我还非得见见不可了。"志韩装模作样地说。

"先生，我不是在跟您开玩笑。"J表情严肃地注视着志韩。

直到志韩无可奈何地点头应允后，他凝重的表情才缓和下来。但志韩丝毫没有照做的念头。他听赫俊说，秀香也曾出现过与他相同的症状。如果这话可信，发生在赫俊身上的事也可能发生在秀香身上。

乾接到呼叫，要他前往时间移民局本馆的首席事务官办公室。他隔着一张桌子与J面对面坐着。J没有私下联系他，而是正式的呼叫，看样子肯定是公事。他暗暗地看了看坐在对面的J，J一脸僵硬，虽然平时也算不上和蔼，但今天显得尤为冷淡。

"你为什么自己回来，却把姜志韩先生独自留在了疗养院？"J强硬地追问。

"你这是什么语气？端的什么架子……"

"看来这段时间你是忘得一干二净了。我可是你的上司，职位比你高不少，现在是以上司的身份在问你。为什么自己回来，却把姜志韩先生留在了疗养院？"

"他说想在那里待几天，好好看看周边的风景再回来，所以我就答应了。又不是我们的职员，我没有义务一定要带他回来。"乾对着咄咄逼人的J回答道。

"没有带回来的义务？你可是姜志韩先生的负责人。"J的音调多少有些高昂，一点也不像往常的他。

"姜志韩先生是闯什么祸了吗？"乾问道。

J没有回答，只是冷漠地望着他。

"他到底干了什么？让你像是要吃了我一样。难道他是去骚扰疗养院的女职员了？但那是因为先生还没有适应这个时代，所以……"

"你太小看姜志韩先生了！报告上将他归类为极度危险的人物，你一点儿也没当回事吧？"J打断乾的话。

一开始乾以为可能并不是什么大事，这时他才发现其实J正在强忍着巨大的怒火。

"事情很清楚，你这是玩忽职守。能仅仅以'杀人未遂'了结此事，你就谢天谢地吧！那小孩儿要是就那么被他杀了，他也会当场被处决掉的。"J的表情和语气同样刻薄。

"想要杀死小孩儿？谁？"乾不自觉地直起身子。姜志韩先生竟要杀人，而且还是杀小孩子。乾的大脑一片空白。为了强打精神，他用力晃动脑袋。疗养院里的小孩除了赫俊再无他人，那么，姜志韩先生想要杀的人是赫俊？"理由是什么？为什么姜志韩先生想杀赫俊？"乾急不可待地问道。

"连这些我也得一五一十地向员工汇报吗？该说的都说了，你回去吧。如果再有此类事件发生，就不只训话这么简单了。"J表情冷漠地指了指门。

虽然乾对他这种态度十分不满，但也只能乖乖地退了出去。

离开疗养院的时候，志韩分明还十分担心赫俊，现在居然想杀他？杀人动机难道与李秀香先生的事有关？

乾背对着J走出房门，在心中推测着志韩要杀赫俊的理由，但他依然一头雾水。

志韩从拘留所释放出来后，决定先回家。虽然按照内心的想法，他恨不得马上回疗养院去见赫俊。赫俊身体里的那个家伙到底是谁，他非得弄清楚不可。如果这儿是二十世纪的上海，人们一定会认定赫俊是被鬼附身了，但在眼下这光怪陆离的时代，人的身体尚且可以随意更换，更不要说意识了。如果考虑到这种可能……

黑客攻击。

志韩脑海中回想起第一次见到赫俊，在谈起去世的父母时，他口中提到的词汇。他曾说过那种感觉与被鬼附身差不多，这话志韩记得一清二楚。还说很快就会轮到自己了，赫俊一直担心的事情最终还是发生了。

"哼。"

志韩阴郁地盯着虚空。那家伙如鬼一般钻进了赫俊的身体，志韩有好多问题想找他问个清楚。

志韩回到家后，换上一件有帽子的衣服，又走向抽屉。抽屉里都是他从收集品补给店以及"夏威夷"得来的物品，满满当当地堆了一层又一层。他从最上面的抽屉中取出假发、假胡子以及几件不同的T恤。那被称作阿戈斯的家伙借助人类的双眼，将一切置于自己的监视下，但如果无法识别监视对象，最终也只是徒劳。在志韩曾生活的时代，监视也是通过人类的双眼来完成的，因此阿戈斯使用的技术对他来讲并不新鲜。

志韩打开第三层抽屉，抽屉里放满了他之前认为可能会用到而收集来的物品。在接受适应项目培训时，从其他无罔者那儿偷来的两张个人识别卡也在其中，当时他还不知道要用在哪里。过去他常常需要伪装自己的身份，因此只要看到有用的物品，志韩都会不自觉地弄到手。

志韩将帽子压低，来到街上，坐上了前往中央站的出租车。因为身上携带的个人识别卡，乘坐出租车就会被记录为无恙者。他以同样的方法通过列车检票口，在中央站坐上了前往疗养院的列车。刚到站时，天还依稀有些亮光；当坐上飞驰的出租车后，外面的景色渐渐暗了下来。

夜幕的降临让志韩感到庆幸，他在疗养院前下了车。如果赶紧找到赫俊，把要做的事做完，他应该还能搭上最后一班列车回去。如果中途发生什么意外错过列车，志韩就还得找个不显眼的地方藏身。

志韩思索着回程计划。他并没有从入口进入疗养院，而是沿着篱笆一直往前，然后在离疗养院最近的地方翻了进去。他身子贴着建筑，安静地沿着墙往前移动。万幸的是今天疗养院四周十分昏暗，警卫用的灯光也都关着。

他对周围保持着高度警惕，慢慢地走向疗养院的一角。只要经过那个拐角就是入口了。志韩还没来得及走近，从那里忽地窜出来一个男人。刹那间，男子挥舞着凶器向志韩扑来。志韩条件反射般后退，惊险地避开了男子伸出的刀锋。在男子再次发起攻击前，志韩窥探着时机，想要将他手里的凶器夺过来。

借着微弱的光亮，志韩发现男子的面孔并不陌生。为了看清他的脸，志韩故意往前迈了一大步。男子则往后退了一步跟志韩保持适当的距离。

志韩瞬间认出了男子。曾经的同志就站在志韩的面前，两人已许久未曾谋面，也一度认为不会再碰面，而此时男子正将刀锋对准自己。

金昌民。

在志韩无法忘却的众多名字中，他回想起其中一个男人的名字。因志韩逃往上海而失败的战斗中，昌民牺牲了。志韩分明是这么听说的，但昌民现在竟然就在眼前，用刀对着自己的脖子。志韩有些乱了阵脚，他心中暗自笑道：也许对于其他的某个人来讲，自己也已经不在世上了。

昌民也认出了志韩。这意料之外的状况，让他也有些慌张，但他很快便冷静了下来。刀尖依旧朝着志韩的脖子。

志韩没有一丝踌躇，他凝视着那对准自己的锋利刀尖。两人都沉默着，精神高度紧张。

过了一会儿昌民终于打破了沉默："你也是无罔者？"他的眼神中隐约带着期待。

"那又怎样？"

昌民听到这话后，毫不犹豫地放下了刀。志韩刚想开口，昌民便用手示意他打住。"如果不想卷入麻烦,就赶紧走。"昌民在留下这句忠告后,穿过草坪,翻越篱笆,消失在边界之外了。被留下的志韩探头看了看对面的转角,前方的疗养院笼罩在一片黑暗之中,那里本应被照得灯火通明。在那一片黑暗中,刚刚逃走的昌民一定是犯了什么事。

志韩赶紧转身离开。出了疗养院又走了好一阵儿,他才坐上出租车。今天与赫俊无缘了,只能改天再来。志韩望着黑漆漆的窗外,脑海中浮现起刚刚昌民那张僵硬的面庞。

4

赫俊的尸体一经发现,消息便被上报到了保安部,随即通过共享频道传达给了每一位保安部职员。夜深还未入眠的乾在接到赫俊被杀害的消息后,随即联系了志韩,志韩却没有接电话。

志韩曾试图掐死赫俊,因安卓警卫的阻止才作罢。他很有可能会为了除掉赫俊而再次回到疗养院。乾愈发慌张起来,他将联系不上志韩的情况报告给 J,随即又去到志韩的家中。

紧闭的大门都快被敲破了,志韩也没有出来。乾绕着房子走了几圈,想确认他是不是睡着了。可不管怎么看,他应该都不在家。乾一边祈祷着——祈求志韩是在家里的某个角落，一边用万能钥匙开了门。

"姜志韩先生！"开门之后，乾边喊边往里走，但家中一片寂静。他推开每扇房门进去查看，但哪里都没人。乾不安地在客厅走来走去，不耐烦地用拳头捶打墙壁。

"见鬼！"

志韩将所有的联络工具都留在了家中，因此乾不可能找得到他。如果仔细翻找阿戈斯的记录，说不定能将他找出来，但这不在乾的权限范围内。现在乾能做的唯有等 J 的消息。

乾跌坐在沙发上，张望着外面，外面依旧一片黑暗。他直勾勾地盯着外面灰暗的天色，乞求着杀人案不是志韩干的。在他心里的某个角落，萦绕着挥之不去的绝望。从目前的状况来看，志韩杀死赫俊的可能性很大，直觉也这样告诉他。

乾就这样一直呆坐在那里，直到天慢慢地亮了起来。

"你是怎么进来的？"

突然冒出的声音吓了乾一大跳，他从沙发上站起来。也不知道什么时候，志韩已经进到屋里了。

"这是我该问的！您到底在哪儿一直待到现在？！"乾不由自主地发起火来，对着志韩大喊大叫。

"你这整得就像是老娘儿们抓搞外遇的丈夫一样。总之，我明白你这是在担心我，所以，也感谢你。但是到底什么事值得你那么担心？怕我出去四处晃荡把谁杀了？”

“是的，担心的就是这个！您说得对！”乾依旧在气头上，用手指指着志韩嚷嚷，“您是从赫俊那儿回来的吗？”

“这倒霉的时代，压根儿藏不住秘密。”

“是去过了吗？”

乾感到脑中一阵眩晕。他居然杀掉了赫俊，接下来这事可怎么办才好？此前被忽略掉的、压在心底的怀疑又全都浮现了出来。像志韩这样的无冈者，完全可以如今天这般避开阿戈斯和因陀罗网，那么被他杀掉的人只有赫俊吗？

“您到底去那里做了什么？”乾绝望地嘀咕着，一屁股瘫坐在沙发上。

“还能去干什么，那家伙可是关系着秀香。据说秀香出现过和那小子类似的症状，人体黑客攻击还是什么的，那稀奇古怪的事我亲眼所见，它也可能发生在秀香身上。我得搞清楚那小子到底是怎么了。”

“那他不肯说吗？所以您把他杀了？”乾逐渐冷静下来，他睁大双眼问道。

志韩一时间无话可说。

“赫俊死了？”

"不是您干的吗？"

"不是。"

志韩回想起在疗养院拐角遇到的昌民。当时见他表情僵硬，志韩就猜到此事应该非同小可，可没想到他竟然会去杀害一个十五六岁的小孩子。可真不像他，那血雨腥风年代里的他，曾那么看重世间的道义。

"我觉得我可能见过犯人了。"志韩望着乾说。

"这又是什么意思？"

"我偷偷进入疗养院时，刚好撞见一个拿刀的人。"

"就算这么说，您也会被当成最大的嫌疑人。因为您是无罔者，就算您说看到了其他人，也不会有任何记录来佐证您的说辞。"

"如果需要，我可以说出那个人的长相。"

"您的观察力有多优秀，我也十分清楚，但仍然比不上阿戈斯直接记录下的材料。"

"不是这个意思，我是说那个人我认识。"

"什么？"这一回答出乎乾的意料，他使劲眨巴着眼睛。

志韩一脸疑惑地皱起了眉头。"他是我的同志，与我一起参与过最后一次战斗，和秀香也很熟，但他并不是会伤害小孩子的人。"志韩摇着头说，"疗养院里到底发生了什么？为什么赫俊……"

"现在为止，还没发现任何可疑之处。受害者之间的共同点也渐渐变得模糊。看样子是真的出现了一个连环杀人魔，所有的作案都没有任何理由。"

"我得知道在那儿到底发生了什么。"志韩注视着乾，表情毅然决然，"要能找到一个人就好了。"

"谁？"

"有一个来探视过赫俊的女人，叫金贞惠。"

"金贞惠女士吗？"

乾说起这个名字时的亲切语气让志韩十分意外。

"你认识吗？"

"当然，她是李秀香先生的好朋友。"乾愣愣地回答。

志韩也同样觉得发蒙。赫俊、昌民、这个叫金贞惠的女子以及自己，都与秀香有关。他感到这一原本以为十分简单的杀人事件，正朝着不可预测的方向变得愈加复杂。

5

J接到黎惧安的消息时正在喝茶。黎惧安说志韩和乾正在前往金贞惠家，刚刚已经出发。

J思考了一会儿，将还没喝上几口的茶放到桌上，站了起来。坐在对面的雪一脸惋惜，出神地看着茶杯。

"还有几天就是金檀先生的闰日了。"雪平静地搭话，"他会愿意帮您吗？"

"如果有利可图的话，应该会吧。"J的语气也十分平静。

雪从餐桌旁起身，帮J穿上外套，"您这是要去哪儿？"

"你直接使用频道连接不就能知道吗？我的频道对你是全部开放的。"

"没有您的允许，我不想这么做。"雪的语气很温和，却也坚定。

"乾和姜志韩先生去见金贞惠了。黎惧安正在全观作业中，现在才接到报告。我也得去看看。"

"金贞惠？李秀香的那个朋友？"

J点头。雪随即进入房间，取出外套。

"一起去吧。您一个人去的话，看起来应该会有些奇怪……就说我们夫妇去吃晚饭的路上，偶然碰到黎惧安队长，然后选择了同行。这点小谎，黎惧安队长也会愿意帮忙的。"

"真拿你没办法。"J耸了耸肩。

"被强制连接那天，您看过末日时钟。我没法让您自己去。"

雪围上围巾，挽着 J 的胳膊说。

出门的同时，J 将妻子也一起去的消息告知黎惧安。黎惧安并未表现出任何不情愿，在约好的地方接到了他们。

"VIP 被杀的案子有线索了。"简单问候之后，他们一起踱步前往金贞惠家，黎惧安说道，"那天夜里刚好有一名安卓警卫在远处巡逻，他记录的影像被我们找到。姜志韩并没有说谎。影像很暗，识别起来有些困难，但姜志韩在案发现场撞见的男子，身份已经查出来了。"黎惧安莞尔一笑，显得愉快极了。

"黎惧安队长的实力可真是不容小觑。真了不起！"雪感叹道。

黎惧安一脸满足地耸了耸肩，观察着 J 的表情，"事务官，姜志韩和那个男子原本就认识，您知道吗？"

"两人认识吗？"对此，比起 J，反而是雪显得更感兴趣。

"时间移民前，两人曾一同投身抗日运动。虽算不上莫逆之交，但在数次作战中，也曾一同出生入死。他们应该当时就认出彼此了，姜志韩却对我隐瞒了这个事实。他应该是在怀疑杀人事件可能与李秀香有关。如果是会让李秀香陷入困境的事，姜志韩绝对不愿做。天哪，这……"在一旁嘀嘀咕咕的黎惧安忽然停下脚步。她一直暗中与金贞惠的频道保持着连接，就在刚刚，她忽然感知到这个频道消失了。并不是中断，而是频道直接消失了。原因应该只有一个——金贞惠刚刚关闭了人体插槽的控制中心，从而脱离了因陀罗网。

"看来这个大妈今天是下定决心要顽抗到底了。"黎惧安笑着看看 J，又看了看雪，"金贞惠脱离了因陀罗网。她都这么出招了，看来我也不能坐视不管。两位还是不去为好，既然都出来了，那就好好约个会吧。"

"可以共享你的频道吗？"

"当然可以，能让您看到我对付这个大妈时的英勇画面，是我的荣幸。"黎惧安微微一笑。

贞惠在关闭控制中心后，要乾也这么做。乾有些犹豫，但在贞惠的再三催促下，不得不也关闭了控制中心。贞惠在确认乾已经脱离因陀罗网后，才急忙开口。如果自己已经引起保安部的注意，那么脱离因陀罗网的事情可能立刻就会被他们知晓。为了不受妨碍，需要赶紧说完。

"没时间了，听好。目前，有一些可怕的事正在发生，竟然连小孩子也不放过，他们最终还是越过了底线。"贞惠飞快地说着，且不时查看着门的方向，显得局促不安。

"他们？ 杀害赫俊的男子为'时权协'所属会员，难道杀人案的幕后有'时权协'在插手？ 秀香也和这事有关吗？"贞惠还没来得及回答，志韩便一句接一句地问道。

贞惠渐渐地感到胸口发紧，她紧咬着嘴唇摇头。就在两人问着这些无关紧要的问题时，时间一刻不停地流逝着。

"是的，如果我的推测正确，在秀香着手调查人体插槽的副作用后，杀人事件便发生了。'时权协'也许和这也有关。但是比起秀香和'时权协'，更为重要的是，死掉的人其实都不是他们自己。"

"您是说人体被黑客控制了吗？这件事保安部正在调查中。"乾接过贞惠的话头说道。

贞惠愈发焦急了。如果要让他们二人完全理解事情的原委，时间显然不够。

"也就是说，他们……"

就在贞惠即将开口的刹那，伴随一声巨响，玄关的门被打开了。三人一齐转头望去，不知不觉间，玄关门上已经破了一个大洞，门锁的部分完全不见了踪影。

黎惧安踹门而入。她小心翼翼地把枪放了回去，玄关门上的大窟窿正是这把枪的杰作。

"你这是在干什么？市区内没有许可是不能用枪的！"乾一脸惊愕地说。

"如遇紧急情况，那就另当别论了。"黎惧安一边耸肩，一边微笑道。

"紧急情况？这是什么意思？我们三个人正在好好地说话。"

"现在看来，是这样没错；但在确认前，我怎么知道。我看到贞惠女士和你在因陀罗网上消失，还以为出什么大事了，所以赶了过来。"

黎惧安的这番回答让乾无话可说。时间移民局职员或是重要人物的频道如果从因陀罗网上消失，保安部会即刻发布警报，以此确认频道所有者的安危。两个人的频道在同一地点从因陀罗网上消失，保安部人员急忙赶来也并不奇怪。可是阿戈斯队长主要负责监视任务，她亲自赶来就不合常理了。

"没事吗？"黎惧安满脸笑意，她轮番看着贞惠和乾问道。

乾耷拉着脑袋，避开了她的视线。

"看来二位都没事。关闭控制中心可能会有一些后遗症，我看乾你还是回去休息一下为好。"

黎惧安的话听起来像是关心，却隐隐透着命令的语气。黎惧安明显是想将贞惠与乾二人分开，虽然不知道她有什么理由这么做。乾确信贞惠一定知道什么不能对外公布的案件实情。从黎惧安的行动来看，她也十分清楚这一点。如果是能破解案件的重要线索，黎惧安也不敢隐藏太久。

乾先是看了看贞惠，又看看黎惧安，然后用眼神示意志韩离开。黎惧安的笑容背后隐藏着威胁。志韩望着她站了起来。

"下次再见。"志韩向站在黎惧安身后的贞惠道别。

贞惠的嘴唇小幅度地嚅动着，志韩读出了她想表达的意思："请你之后再过来。"

志韩微微点头，转过身去。但黎惧安的提问完全出乎他的预料，让他僵在原地。

"姜志韩先生，您不觉得杀害赫俊的凶手很眼熟吗？"

志韩缓缓地转过身来，他读出了黎惧安眼中的疑惑和不解。也许对于这疑惑和不解，她早已知道答案。

"说的是啊，有点眼熟，是我认识的人吗？"

"应该是吧。"黎惧安微笑道。

"也许你是对的。可是男人的脸我一般都不怎么记得住，光记那些标致女人的脸都很吃力，记那些大老爷们儿黑乎乎的脸来做什么？"志韩扑哧一笑，然后转过身去。

乾有些不满，与黎惧安道别后，也跟在志韩身后出了门。等两人完全离开后，黎惧安才转过身去，面对着贞惠。

"先别连接因陀罗网。我们也有些不便告人的事要谈，不是吗？"

黎惧安笑意盈盈。对黎惧安这俏皮的笑容，贞惠感到十分厌恶。与表面看到的不同，这笑容背后隐藏着险恶用心。

"居然敢脱离因陀罗网，你是怎么想的？"

对于黎惧安的提问，贞惠只是紧闭双唇。

"我不期望你回答，反正我都知道了。但我真的很好奇，你打算告诉他们多少？"

"全部。"

"全部？"黎惧安微微竖起眉毛，放声大笑，"可真会说笑！如果全告诉他们，VIP 都逃不掉。你忘了自己的身份也是 VIP 了吗？"

"新天堂已经越过了底线。"贞惠毫不畏惧地注视着黎惧安。

黎惧安微微一笑，一脸同情，"天哪，现在才这么觉得吗？我的天！新天堂从一开始就不存在底线。时隔太久，可能你记不清了，好好回想回想。本来身为原住民的你，以意识体的身份，如幽灵般存在于新天堂中时，曾多么渴望肉体的知觉。在将这具肉体据为己有后，你又是多么喜悦，那遗忘已久的、细微而鲜活的感觉带给你的快乐，一度使你疯狂。那时的你每次见到我，总是亢奋地、一遍又一遍地和我诉说。但为了能让你拥有这具肉体而殒命的金贞惠，你从未提起过。感到抱歉？负罪感？当时你的身上可看不出丝毫这样的感情，现在却敢站出来指责新天堂没了底线？"

贞惠，不对，应该是将贞惠的人格杀害后，占据其肉身的金林，低着头沉默不语。黎惧安的字字句句都十分在理。新天堂里的生活总让人难以区分眼前的到底是现实还是幻象，她也曾和其他的意识体一样，无比渴望能再次体验"人生"。在更换为人工身体之前，一切事物和风景都能通过身体那敏感的知觉被真正感知到。可惜，天然的肉体如同美好青春一般再也无法重来。后来原住民们才发现，如果想要再次过上那生动的、令人目眩神迷的生活，也不是没有办法。

方法很简单。如同剪去新衣上的标牌一般，将时间移民者的人格抹去，将其记忆和肉体占据便可。并且，即使肉体老去，也没必要再次使用迟钝的人工身体。只需要像扔掉旧衣服一般，将老去的肉体抛弃，窃取另一个时间移民者的身体和记忆便可。

窃取时间移民者的身体和记忆属于杀人行为，但他们却没有任何负罪感。在他们眼中，时间移民者本就是原住民打着拯救人类的名号从过去带来的亡者，如果这个时代需要，可以被用作任何用途。

但不知从何时起，金林开始受到良心的谴责。也许是寄居于金贞惠肉体之中，在作为金贞惠生活的期间，她的心态发生了改变；抑或是真心疼爱的赫俊被新天堂夺去肉体，最终惨遭杀害，使她萌生了之前从未有过的想法；再不然，从赫俊将父母杀害，吓得满脸惨白地钻进她的怀里不停颤抖着的那个夜晚开始，她就有了这样的想法。

"李秀香开始调查人体插槽的副作用时，你也曾向她透露了一些 VIP 的事吧？当时我就在想，你该不会是想背叛新天堂吧？"黎惧安站在金林面前，"本以为那次是你不小心说错话，但这次看来你是真的越界了。"黎惧安再次掏出枪，像玩具一样摆弄着。"这次的事，我就帮你遮掩过去，最好不要有下次。"虽然说着威胁的话，但黎惧安的脸上却挂着微笑。

"帮我遮掩应该有代价吧。"金林用眼神示意黎惧安实话实说。

黎惧安轻轻地摸了摸脑袋，大笑起来，"天哪！都说别族拥有非凡的直觉，看来此话不假啊！但我和局长都从没想过要您回报什么。您在别族中的影响力非同一般，能够助您一臂之力，是我的无上荣光。请您别忘了我曾帮过您就好。"

黎惧安微微一笑后转过身去，推开坏掉的玄关门离开了。

金林在空荡荡的客厅里静静地坐了一会儿。她回想起自己最初的人生。在漫长的人生中，记忆虽层层叠加，但在最初的人生中获取的记忆却那般生动而清晰。在意识体们看来，那种感觉绝对无法靠人工技术获得，唯有天然的肉体所具有的缜密知觉才可能实现。因此，他们不仅夺走时间移民者的身体，连同他们的生活也一并窃取。

他们早已忘却最初的生活，但现在的生活却与那时十分类似。她会因为一些微不足道的事而受到惊吓，因为一些小事而情绪波动，也会对一些无意义的事付出真心。金林幡然醒悟，正是在模仿这些行为的过程中，自己一点一点发生着改变。

新天堂渐渐变得越来越没有底线。为了获得更加年轻且健康的肉体，他们向原住民共同体要求增加十岁以下的儿童时间移民。原住民在某一天都会成为意识体，新天堂的现在也就是原住民共同体的未来。时间移民局处于原住民共同体的影响力之下，因此幼儿时间移民者的数量一直在增长。

设立时间移民局到如今已毫无意义。时间移民者及其后代——移住民的数量正稳步增长。时间移民局存在的理由——延续人类，也早已失去意义了。这一机构之所以还能够存在，是因为它是新天堂获取健康肉体唯一渠道。

呆坐在客厅里的金林从沉思中回过神来。为了打破这一逐渐失衡的现状，自己能做的居然只有将真相告知外界而已，并且能否成功都还是个未知数。

金林内心祈祷着，希望志韩能不被任何人发现，顺利找到这儿。但眼下比起担心这个，得先将破了个大洞的门修好。

金林站在门前，打算呼叫安卓修理工，这时她才意识到自己还没连接因陀罗网, 不由得笑出了声。她居然将自己关闭控制中心的事忘得一干二净。为再次启动控制中心, 她将预热功能开启。就在即将进入启动阶段时, 她忽然感觉到有人正站在门外。透过黎惧安用枪凿出的门洞, 能看到后面有人。

"姜志韩先生?"

她想会不会是志韩再次找来, 于是试着叫他的名字。门外的人听到她的声音后并没有回答, 只是开门走了进来。

是一个从未见过的女人。一头齐耳短发看起来十分干练; 脸十分秀气, 五官棱角分明。她大概比金林高出一个头, 身材苗条, 穿着最近流行的薄大衣。

"请问您是?" 金林带着惊异的语气问。

6

在感应到门损坏的情况后, 上门查看的安卓警卫发现了金林的尸体。晚到一步的志韩为等待黎惧安和乾, 只是怔怔地站在一边俯瞰着窗外。黎惧安带领调查队与乾一起抵达, 她朝志韩走去, 志韩头也没回。

"吓坏了吧?" 黎惧安对着志韩的背影搭话道。

"你指什么？"

"当然是尸体啊。"

"在这个时代，可能尸体不常见，但在我曾经生活的时代遍地都是。要说被吓坏，那也是因为其他事。"

"其他事？"

"会是什么呢？"志韩的眼里闪着光，脸上隐隐约约露出一抹微笑。

"这个，我也不太清楚呢。"黎惧安微笑着回答，对于志韩到底在试探什么，她也十分好奇。

志韩指了指贞惠的尸体，"要将脖子以那种方式拧断，一般人可办不到。"

"那是在您以前生活的时代。"黎惧安边察看尸体边说。

"在我以前生活的时代，有两种人是不存在的——使用人工身体的原住民和安卓。这么看来，犯人肯定是其中之一吧。"

"真的就一定是这样吗？"黎惧安面露微笑地说，"安卓杀不了人。原住民与移住民不同，他们的基因经过筛选，都是一群拥有优秀基因的精英，具有高尚的道德情操。这一阶层的人并不会做出这种可怕的事……"黎惧安轻轻地摇晃着脑袋，"能干出这种事的，一定是在尸横遍野的时代生活过，十分熟悉杀人手法，且腕力异于常人的时间移民者。"

"难道，你是在怀疑我吗？"

"怎么会！我指的是像前不久刚逮捕的金昌民那样的人。对了，您应该不知道那是谁吧？他就是杀害赫俊的凶手，是和您来自同一时代的时间移民者。如果有机会与您见面，你们应该会聊得来，可惜他已经被现场审判处决掉了。"黎惧安一脸遗憾，她关注着志韩的表情变化。

志韩只是微笑，并没有其他反应。如同其他与他同时代的人一样，志韩也并不好对付。

黎惧安回头瞟了一眼尸体，"我得去看看调查队工作进行得怎么样了。"

此时，调查队正在一边忙碌着。黎惧安向志韩告辞后，朝调查队的方向走去。

"她说什么了？"乾在一旁观望了两人好一会儿，他走到志韩身边问道。

"都是些没用的。"志韩先是直愣愣地看着远处的黎惧安，随后转过头来，"听说了吗？昌民死了。"

"昌民？金昌民？杀害赫俊的嫌疑人？死了？"

志韩默默地点头。

乾觉得这事也说得通，于是点头回应说："既然杀了人，理当接受现场审判。老实说，这个犯人把我也吓一跳。凶手居然是无罔者，完全没想到。如果不是疗养院安卓发现，凶手绝对不可能被找到。"

"秀香失踪会和昌民有关吗？"

"金昌民是'时权协'的会员，李秀香先生曾在那儿工作，但也仅此而已。'时权协'声称金昌民早就退出该组织，虽然听起来像是为了与杀人案撇清关系，但实际上金昌民退出'时权协'也已经有一年多了。"

"可表面上看到的并非全部。"

"确实如此。"乾严肃地答道。乾并不喜欢将事情想得太复杂，这种回答一点也不像他。

"什么意思？"

"什么？"

"我不是说了吗？现在看到的可能并不是全部。"

"嗯。"乾抓了抓脑袋，"您听说过香蕉城事件吧？人体遭黑客攻击而引发的事件……"

"听说了。"志韩打断乾回答道。他想起在疗养院边界外遇见的绿青园安卓职员——禹。从禹那里听来的香蕉城事件始末，竟然从乾这里再次听到，如果称之为巧合也太草率了。

"虽然还没对黎惧安队长讲，但我觉得这次的案子应该和黑客攻击有关。杀人案同时在多个地方发生，且受害者皆为时间移民者，相似点实在太多。而且听您说起赫俊最后的表现，也和遭受黑客攻击的表现颇为相似。"

"那你是认为原住民利用黑客攻击了金贞惠的身体吗？"

"只是有这种可能。过去黑客攻击发生时，此类事件层出不穷，黑客们如同游戏一般，将人玩弄于股掌之上。回顾当时判断某人是否遭到黑客攻击所遵循的方针，甚至需要确认房间内的装潢是否改变。饮食习惯、性格、人际关系有无显著变化，也是判断人体是否遭到黑客攻击的重要依据。您怎么看？"

被问到的志韩缓缓环顾室内。"这地方也有点古怪。房子的主人是时间移民者，但老物件儿太少。从陈列的装饰品和物品来看，其品位反而更接近原住民。也可能是出于对原住民身份的向往，可这种程度未免太过了。"

志韩微微皱眉。从目前的状况来看，乾的话十分有道理。但要借此来解释正在发生的事情，仍是管中窥豹。

"我觉得还是应该先找到秀香再说。"志韩回过头望着乾说。

7

原住民议会议长从新天堂服务器所在的天馆回来后，开了一瓶红酒，等待着 J。他焦急地将酒倒入杯中，早已抵达的时间移民局局长只是在一旁看着他。看来议长多半是从新天堂意识体那里听到什么不愉快的消息。也对，一个身为 VIP 的新天堂别族死了，他们当然不会说什么好话。

"一切进展得还真顺利。"议长将红酒杯递给局长，声音里憋着一股火。"新天堂别族，拥有巨大影响力，竟然被杀了，可真让人开心得不得了。"议长将杯子高高举起，嘲讽道。

局长并没有举起手里的杯子，而是低下了头。局长的这种态度让议长十分不满意。

"新天堂这回是真发火了，尤其不信任你。VIP 在外面被杀，你到底是干什么吃的?! 接连发生的这几起 VIP 的案子，要是你解决不了，他们甚至说将不再支持你成为下届行政官。"

"他们应该是太激动了才这么说。"局长从容地喝了一口杯里的红酒。议长的话早已使他心乱如麻。如果新天堂撤回对他的支持，也将不可避免地对一般原住民产生影响。局长一直将行政官的位置视作囊中之物，此时他却感到这个位置正渐渐离他远去。

"激动? 你看见过意识体激动吗? 他们无比冷静而透彻。换句话说，他们正在通过这次事件考验你的能力。这件事的主动权在你手里，如果解决不了案子，下届行政官的位置也等于是泡汤了。"

议长态度冷静地说着，就在这时，J 推门而入。

"气氛这么沉重，看来是在谈什么要紧事吧。"

"你觉得我们能谈什么？"议长摊开双手，耸了耸肩。

J 斜眼看了看表情不太好的局长，"因为别族金林的死受到新天堂的责问了？"

"是的，我和局长都快完蛋了。你是直接负责人，没什么要说的吗？"

"对于金林的死，我只能说很遗憾。但是如果能由此查出'时权协'这个幕后指使，金林也算死得其所。正如您知道的那样，她本就深爱着新天堂和她的族人。"

"你这话听起来怎么像是调侃？据我所知，你和金林交情不浅，亲近她仅仅是出于政治目的吗？虽然早有耳闻，但你这人还真可怕。如果新天堂知道你是这种人，他们会有什么反应呢？意识体们，特别是别族，他们可是极其傲慢的一群人。要是知道被你利用，他们绝不会善罢甘休。"局长的话里透着威胁。

"新天堂现在可没工夫因我这样的人伤自尊。无足轻重的时间移民者竟然袭击了 VIP，并将其杀害。意识体们一般都比较理性，比起报仇，他们应该更希望今后不再发生此类事件。已获得肉体成为 VIP 的意识体依旧不少，并且今后还有大批想要成为

VIP 的意识体。"

议长一脸赞许地望着 J。J 作为时间移民局事务官已工作多年，对于他出色的工作能力，议长早已了然于胸。作为现任行政官的助理，J 凭借其缜密而细致的执行力以及策划能力，使得民众对他的评价甚至高于行政官本人。但他从未表露过对政治的欲望和野心，所以人们一直将他视作一名默默无闻的功臣。

从近来的举动看，他也不完全是一个无欲无求的人。这家伙将自己的心思深深地隐藏在刚正的面孔背后，他的真心到底是什么样的呢？这让议长十分好奇。未来 J 和局长二人之中谁会对自己更有利呢？他慢慢盘算了起来。

从议长看 J 的眼神里，局长读懂了他的心思。他为了自身的利益，可以不顾一切。此刻，他一定是在自己和 J 之间做着权衡。到现在为止，议长一直都尽职尽责地做着他的左膀右臂，但这一功劳已经在局长眼中渐渐褪色。他气愤地握紧了杯子。

"那名'时权协'的男子的现场审判报告我看了。遇害 VIP 的名单他从哪里搞到的，又被他知道了多少，这些都调查清楚了吧？"议长问 J。

但局长却插了进来，替 J 回答："金昌民并没有死，只是报告上这么写而已。因为他是无冈者，现在关于他的信息没有任何形式的记录。信息都在他脑子里，可他始终不愿开口，得想办法让他招啊。"

"分析无罔者大脑中记录的信息？技术也不成熟，而且要耗费相当长的时间。"

"我压根儿就没考虑过这种方法。想要弄到信息，人却不愿意开口的话，不是还有一种非常古老且切实有效的方法吗？"局长喝着红酒，不露声色地微笑道。

"是的，局长说得对。照他说的做，事情就好办了。"议长与局长意味深长地交换眼色后，对J说。

"明白。我会按指示处理的。"

"嘴可得严实点。"

"绝不会走漏半点风声的。"J的语调坚定而可靠。

此刻，议长才从J身上感受到身处同一阵营的归属感。如若双方共同分享着一些不可示人的秘密，那么他们的关系将再紧密不过。在这种关系里，一旦秘密被揭穿，双方将共同走向毁灭。一旦脱离此种关系，将很难找到独自幸存的方法。因此为了守住彼此，往往需要赌上性命。

议长微笑着点头。看到他的这副模样，局长感到十分受伤。他犹豫了半天要不要说，最终还是脱口而出："那……杀害金林的犯人找到了吗？"

"还在调查中。"J斩钉截铁地说。

J的表情让局长十分惊讶。平时不管说什么，从未见他有过丝毫慌乱，但这一刻他却有些动摇了。

"有传言说犯人是你的亲信？"局长像是抓住了J的把柄一般，追问道。

J气势汹汹地与局长对视着。从他的眼中可以明显看出，他正在强忍怒火。

议长诧异地望着正在眼神交锋的二人。平时不紧不慢的局长有此反应虽让人摸不着头脑，但更加搞不懂J——一个单纯询问犯人的问题怎么就会让他火冒三丈？

"有什么我不知道的隐情吗？"议长最终没忍住，介入了二人之间。

反正早晚也是瞒不住的，在局长看来，J不得不自己讲出实情了。他的妻子便是杀害金林的人。

"老实告诉您吧。"与局长预想的一样，J开口了，"是我妻子杀了金林。"

议长被惊得一时没了话说。

"她一回来便跟我说了。其实这么做也情有可原。尽管黎惧安已经警告过金林，要她不要将VIP的事泄露给外部，但金林却听不进去。大概是因为她长时间使用着时间移民者的身体，而且过着金贞惠的人生，将自己原住民的身份忘得干干净净了。

那天，姜志韩因黎惧安的出现而暂时回避，当他再一次前往金林家时，被我妻子察觉到。如果不是我妻子介入，金林无论使用何种方法，都会将新天堂发生的事公之于众的。那样一来，估计我们现在就不能这样从容地坐在这里了。"

"就算这样，非得杀了她不可吗？金林可是别族！"议长不由自主地大喊大叫。

"议长，您先消消气。他应该也清楚自己妻子犯下多大的错误。首席事务官，别像个罪人一样地坐在那儿了，赶紧出去吧。我会跟议长好好说的。"局长摆出一副大发慈悲的姿态，用手示意 J 离开。

J 一言不发，起身走了出去。

议长怒气难消地喘着粗气，怒视着 J 离开的方向。对于议长态度上的转变，局长只觉得好笑，他喝了一口红酒，"虽然知道他对老婆百般呵护，但万万没想到，他竟然会如此感情用事。"

"到底是个什么样的女人？居然能把人的脖子拧断？是时间移民者吗？"议长眉头紧锁地问道。

局长摇头，"首席事务官的妻子是安卓 OM。据说为了找到她，事务官花了几十年的时间，找遍世界各个角落。经过改造重启后被赋予市民权。在成为他妻子之前，事务官可是倾注了无数的时间和精力，所以将她视作珍宝也是肯定的。"

"安卓 OM？那可是杀人的凶器！"议长无比惊讶地大喊。

局长用手示意他冷静，"改造后的安卓 OM 接入了安卓网，也处在阿戈斯的监视下，并不具有危险性。这点您不也是清楚的吗？"

"金林都死在她手上，现如今她还算得上安全吗？"

"金林当时处在脱离因陀罗网的状态下，您也得考虑到这一点。而且安卓 OM 都拥有信念编码，如果其信念编码被设定为对丈夫的爱，那她为了 J 什么都做得出来。安卓 OM 具有非常卓越的信息分析能力和预测能力。杀死金林，从最后的结果来看，应该对首席事务官是有利的，给我们也不会带来什么坏处。"

"对你来说可不是什么好事。"议长斩钉截铁地说，"金林虽身为别族，但实际上是新天堂的背叛者。我什么意思你懂吧？相当于是首席事务官的妻子替新天堂了断了这个叛徒。就算那些从未听说过他的意识体，在这次的事以后，也会关注他的。"

"这点事改变不了大局。"局长扑哧笑道。

"还是多留个心眼好。"议长轻描淡写地对局长说，"他的妻子竟然是安卓，完全没想到。"

"大概因为首席事务官对妻子疼爱有加，当人们得知他妻子是安卓后，反应都和议长您如出一辙。您之前是真的不知道吗？"局长带着玩味的表情问。

8

在时间移民者移送中心的指挥室内，J正在监督时间移民者的移送过程。今天最后要移送的时间移民者并不是单独的个人，而是一个团体。因突发事故而丧命的一群儿童同时成为时间移民者，这样的情况十分少见。

为了将多个人移送至同一时间、同一场所，职员之间的配合尤为重要。在转移过程中一旦出现误差，这些儿童将在瞬间断送性命。无论是直接控制移送的工作人员，还是在移送室等待的医疗队员，都处于高度紧张状态。为了能及时实施抢救，不漏掉任何一个人，所有人都拿出了一百二十分的精神。

"移送儿童真的太让人紧张了，这活儿没法干了。"前方一名职员正注视着显示器，为了缓解紧张情绪，他向J搭话，"一旦不顺，有人死了，就真的太让人心痛了。"

"这些孩子本来就已经死了。"J的语气十分冷漠。

职员觉得他未免太过薄情了一些，但话并没有错，于是不再多说什么。

"目前需要移送的孩子总共有多少名？"

　　"三十名。我们打算按照三天的间隔，每次以相同的人数，不间断地进行移送。听说局长那边昨天已经批准计划，要在短期内增加幼儿时间移民者的数量。我看了看计划书，照此实行的话，三个月以后，幼儿移民者的数量将增加四倍以上。"

　　职员摇了摇头。幼儿时间移民者不论是对时代的适应力，还是生产潜力都更具优势，因此在时间移民局内部一直有人提议，要求增加幼儿时间移民者的数量。问题在于是否具备足够的、条件优良的抚养机构来养育这些幼儿。如果按照昨天通过的计划，大幅增加幼儿时间移民者的数量，眼下能够承担起这些幼儿养育工作的机构完全不够。为避免发展到最坏的情况，也可以考虑设立一些机构，通过投放育儿安卓来同时照顾多名儿童。但这一举措明摆着会招来移住民团体的反对。

　　几年前，原住民共同体议会提出方案，计划设立公共育儿机构。此举引发移住民团体的激烈反对，他们发布联合声明进行争辩。联合声明的内容忽然浮现在这名职员的脑海中："人并不是农场里成群饲养的鸡或者牛，他们具有不同的人格。作为独立的个体，他们拥有在适合自己的环境里成长的权利。"

　　"如果幼儿时间移民者大量增加，可能会引发诸多问题，也不知道局长为什么会全力推动这一计划。事务官您知道原因吗？"职员怔怔地望着 J。

"我怎么会知道。不用想得太复杂。那些难题上头自然会有办法解决,我们按照订好的政策执行就好。"J看着电脑显示器,非常官方地说。

实际上,职员们当下费尽心思带来的这些孩子,身体都将被居住在新天堂里的意识体们占有。在他们大体适应这个时代后,一旦恢复健康,就会生成人体插槽。除开那些被归为无罔者的孩子,他们全部都将进入VIP预备名单。之后意识体们会根据各自的喜好,挑选那些符合自身外貌和性别的孩子,然后将其据为己有。反正这些孩子最终都会被抹掉人格,抚养环境没有任何意义。眼前的这些职员们正殚精竭虑,生怕伤害任何一个生命,J十分好奇,要是他们知道这个秘密后,会有怎样的反应。

J双眼死死地盯着前方,正想得出神,职员忽然向他问话:"想什么那么出神?"

"我正在思考,在毕世路实施人类灭绝计划前,她是怎样的心情呢?"

职员一脸疑惑地直摇头,"您怎么突然想到这个?"

"有时看到一些事情就会觉得,如果出现第二个毕世路也一点不奇怪。"

"怎么可能!"职员表情惊愕地说。

"还真是好奇,如果当时毕世路大屠杀延续的时间再长一些,世界又会变成什么样呢?"

"这么一来,大部分的别族都会命丧黄泉吧。当时别族都藏在地道中,在地道即将遭到袭击前,战争终结了,世界才能像现在这样运转。如果当时作为社会主流的别族全体丧命,世界将会陷入极大的混乱中,社会也不会发展至今天的水平,您不这么看吗?"

就在职员说话时,身后指挥室的门开了。

"首席事务官,有客人来访。说是叫姜志韩。"职员推门而入,说完话后,便站在原地等待。

"您费了那么多心思才把他带回来,快去看看他吧。移送结果我用频道报告给您。"坐在旁边的职员笑着说。

J拍了拍他的肩膀表示感谢,随后便走出了指挥室。

志韩靠在指挥室外走廊的墙上等待着J。一看到J,他便举起手和他打招呼。J微微点头,走了过去。

"有什么事吗?"J的语气显得官方而生硬。

"对待祖宗的态度还真是恭敬,感动得我热泪盈眶。"志韩微微笑着回答。

J只是望着志韩,脸上没有一丝笑意。

志韩一脸厌倦地耸了耸肩,"本想找乾喝一杯,但他太忙了,没时间。于是无牛捉了马耕田,找到你这儿来了。"

"我完全不想成为您的马，而且我现在也很忙。"J冷漠地说完后，转过身去。

志韩一脸无奈，长叹一口气，将双手抱在胸前，"昌民真的死了吗？"

J刚要迈出步子，此刻停了下来，慢慢地转过身，"没听黎惧安说吗？"

"那女人说昌民已经通过现场审判，被处死了。"

"那应该就是死了吧。有必要再来问我吗？"

"因为那女人说的不像是真话，所以我才来找你。"志韩微微一笑，"那家伙是无罔者，没有人体插槽那种东西，应该不会有任何通过他的知觉记录下的信息。从结果来看，很明显他就是杀死赫俊的犯人。如果想要搞清这次的事和之前的杀人案是否有关，或者想要获取相关信息，你们就得让他开口。我曾问过乾，现在是否有技术可以探知无罔者大脑中的信息，他说几乎没有。那么你们就得逼昌民招供，而不会轻易将他杀死。以前我与他一起参加过战斗，他可不是个会轻易开口的家伙。昌民现在在哪儿？我有话要问他。"志韩眼中闪烁着冰冷而凶悍的光芒。

J没有丝毫惧怕地回应："已经死了。"J一板一眼清楚明了地说，"乾应该弄错了，并不是没有那种技术。如果您不相信我，可以回去再和乾一起确认看看。还有，请不要把心思放在这种危险的事上，李秀香先生也一定是这么希望的。"

"我一定要找到秀香。"

J斩钉截铁地说完后，正准备转身，志韩的话让他再次停了下来。志韩犀利的眼神似乎要穿透J的胸口，贯穿他的全身。

"目前为止发生的所有事都与秀香有关，当事者却行踪不明。在这个怪异的世上，人和人都连接在一起，没有什么是看不到、听不到的，如果不是谁将她藏了起来，她不可能像现在这样没有一点踪迹。"

"您现在是在怀疑我吗？"

"怎么会，我这么说了吗？"志韩像是有意要气J，反问道。

"我也一直都在找李秀香先生。忽然很好奇，您找到李秀香先生之后，是想怎么样呢？"

"想怎么样？当然是想看看她活着的样子！那之后的事到时再做打算。"

"您对李秀香先生还真是一片痴心。非常遗憾没什么能帮得上您。我就先告辞了。"

J将志韩抛在身后，穿过走廊消失在了拐角处。掌控志韩正变得越来越困难，这也都在他的预料之中。如果按照最初的计划，他们想要利用的正是志韩这种不受管控、为达目的一往直前的性格。但是随着秀香情况的变化，一切都变了。不按套路出牌的志韩不断插手各种案件，如果放任不管，事情一定会失控。

刚走出志韩视线范围，J便马上开启频道，尝试与绿青园进行连接。

同往常一样，与绿青园的连接并不顺畅。由于绿青园位于边界外，因陀罗网的信号并不稳定。有时因边界外的不明因素影响，监视卫星也常常成为无用之物。即使如此，因为那里并非人类的主要居住地，保安部也并未采取任何措施进行干预。在边界外的区域中，只有绿青园职员生活在那里，人数还不到五十人。

"连接成功。请问您是哪位？"在尝试几次后，绿青园的官方频道终于开启。

"我是时间移民局首席事务官。我想从你们那儿订一些茶叶。麻烦转告禹，让他联系我一下。"

"马上为您转达。"

对话结束后，频道关闭。J使用不在监视范围内的其他频道等待着禹。为了连接绿青园，J费尽九牛二虎之力，都还失败了好几次。但让J意外的是，禹在接到消息后，即刻便成功进入频道中。

"我收到消息了。"

"禹，看来时候到了。"

听 J 这么说，禹沉默了片刻。

"那从明天开始吧。"

禹在留下这句话后，就从频道中离开了。

第五章

红色山茶花

1

这日，志韩早早地起床出了门，他走在清晨的街道上，感到寒气逼人。在这日夜更迭的混沌分界点，路上的风景明暗交织。他一边呼吸着寒冷的空气，一边将衣襟扣好。刚到这儿时，还是秋老虎尚未褪去的夏末，不知不觉间秋天已悄然而至。他忽然意识到，自己带着秀香逃往上海时，也是这样的时节。

在路上逛了一圈回到家中，乾正一脸严肃地站在门前。

"李秀香先生已经找到了。"

"在哪儿？"志韩连忙问他。

为这个消息，他早已望穿秋水。在跌跌撞撞度过如此漫长的岁月后，他终于可以再次见到秀香。但乾犹豫着，表情黯然而沉重，并没有马上回答。

志韩脑海中浮现起无数曾以这种表情站在他面前的人。他们出现时都同样神色凝重，踌躇着，像是口中噙着一个巨大的秘密。他们的表情那样恳切，祈求对方能在自己开口之前读懂一切。这个表情的含义十分明了。

"死了吗？"志韩曾无数次这样确认同志的死讯，这次他也与往常一样冷静沉着。

"在疗养院附近的边界外发现的。现在我正要去那边，您要一起去吗？"乾问志韩，声音里听得出他的感情十分复杂。

志韩只是默默地点头。

搭上前往疗养院的列车时，志韩一句话也没说。

乾也不问他什么，只是凝视着列车车窗。李秀香居然死了，实在令人震惊，让人难以接受。虽然之前长时间联系不上李秀香先生时，他也有些不放心，但实在没有想到李秀香先生再次出现时，居然已变成一具冰冷的尸体。乾侧着头看了看志韩。他等了那么久，就想见她一面，现在她却死了，他的心里肯定不好受。可单从外表看，他与往常并没有什么不同。

乾转头望向紧闭的窗户。为了减轻乘客的烦闷，人造的风景在车窗上滚动播放着。乾死死地盯着风景看了好一阵，然后长叹一口气。

乾听说秀香的尸体被丢弃在边界外的荒地里。发现者是绿青园的职员，他经常来往于那一带。在发现尸体后他立即报了案，安卓警察随即出动，确认尸体身份为李秀香。乾通过因陀罗网已提前确认过尸体及案发现场的周边情况。他十分担心，志韩要怎么面对这可怕的场景。

乾和志韩下了列车后，又坐上前往疗养院的出租车。在经过疗养院越过边界后，只能徒步前往。边界外的交通工具只有驴和马，只有绿青园才有。

越过边界后，因陀罗网的信号开始变得不稳定。电子地图在乾的视野中时有时无，徒步二十分钟后，地图竟完全消失了。在这荒地中，要找准方向可不是易事。现在电子地图也没了，只能慢慢摸索。此时乾才后悔莫及，应该带一名安卓职员一起来的。他们走得太匆忙，竟忘记了案发现场位于边界外。

"你那边不是北，北应该在右边。"

乾根据电子地图上最后显示的路线，来来回回地琢磨着。志韩在他身后说道。乾一脸怨气地看了看灼热的太阳，转过头来望着志韩。

"您怎么知道？"乾的话里充满了怀疑。

志韩默默地将手里握着的纸质地图和指南针举起。

"这老掉牙的物件看来也有用得上的时候啊。"

乾转向右边，跟在志韩身后，但他依然对志韩的判断持怀疑态度。曾有一次，乾在边界外迷失方向，当时乾也携带着纸质地图和指南针，但他依旧徘徊了相当长时间。那天因陀罗网的连接十分顺畅，乾独自离开边界走了好长一段，没有丝毫防备。在因陀罗网连接断掉后，他已经身在茫茫荒原的中心。即使有纸质地图和指南针，也派不上任何用场。

在脱离因陀罗网四个小时后，他的失踪才被因陀罗网识别并报告给保安部。就这样，乾一直在没有任何遮蔽的烈日下，强忍酷热和干渴，等待救援队的到来。这一残酷经历，他再也不想有第二次。

"确定我们的方向是对的吧？没看到有路啊？"

志韩没有一丝迟疑地走在前方带路，乾则一步不停地紧跟在他身后。

"没路我们走走就有了。"志韩一副没什么大不了的语气。

"听您这意思，像是说我们迷路了。"

"方向没有错。只是路看不清而已。"

志韩只顾一刻不停地往前赶，身后的乾渐渐没了力气，低头看着地面，慢腾腾地迈着步子。过了好一阵志韩才停下脚步，乾一头撞到他的背上。

"我们最终还是迷路了吗？"乾抬起头问。

但事实并非如此。可以看见有三四个人正在不远处走动，是黎惧安和保安部的职员，他们一大早就出发了。乾一边向黎惧安招手，一边朝现场走去。

"你怎么来了？"黎惧安睁着一双圆圆的大眼睛，俏皮地眨巴着。

"李秀香先生呢？"乾表情复杂地问道。

黎惧安没说话，只是用下巴指向一边。一具尸体被白布遮挡了起来，形状依稀可见。乾长叹一口气，同时瞥了一眼志韩。

志韩面无表情地站在原地，望着遮盖秀香的白布发呆。忽然，他脑海中浮现起在上海时秀香伫立在江风中的模样，如同一朵白色山茶花。斗争即是她的生活方式，最终也成了她生活的全部，当时的她似乎完全忘却了这一点，笑得那么灿烂，就像个小孩子。那时的秀香多么盼望自己可以将过去的人生全部遗忘。志韩不想再失去秀香了。不管是抗日也好，独立也罢，他希望秀香可以抛开这些光鲜亮丽的名头，追寻其他梦想，但秀香最终还是选择了通向死亡的道路。

这样的人生一次就够了。在新的时代里就该过不同的生活，做其他的梦。将过去纠缠不清的孽缘通通斩断，享受灿烂的青春、幸福的生活。即使选择了与利律完全不同的男子结为夫妇，并诞下女儿，但最终还是如同命中注定一般，她再次踏上了斗争的道路，就像从上海回到满洲时一样。

"要看看吗？"黎惧安轮番看了看乾和志韩，"她的尸体是在被杀之后丢弃的。乾已经通过因陀罗网确认过尸体。姜志韩先生最好还是别看了，腐烂已经相当严重，看到可能会吃不消的。"

"我就不看了。"志韩死死地盯着遮盖秀香的白布说。

"没事吧？"乾多少有些担心。

"对我来讲，秀香已经是老早以前就死掉的人了，我没事才正常吧。"志韩苦笑道。

"要是李秀香先生听见，该难过了。"

身后传来陌生人的声音，志韩回头去看，一下认出了站在背后的男子。是禹，那个雾气缭绕的清晨，在边界外碰见的可疑男子。

"你来这儿干什么？"

"这位就是发现者。要是没有他，李秀香先生说不定永远都无法被发现。"

黎惧安不经意地说完这句话后，便匆匆朝着正在收拾尸体的安卓职员走去。志韩短暂地观察了她一会儿，将头转向了禹。

"你认识秀香吗？"志韩的眼里闪着犀利的光芒。这个男子外表看起来很普通，但老是和他在一些奇妙的场合相遇，似乎并不是偶然。

"去首席事务官家里送茶时见过几回，也同她聊过天。"

"首席事务官是指 J 吗？看来你们很熟啊。"

"是的。我和他的夫人是双胞胎。"

"双胞胎？"

"虽然外表看起来不同，但内部是一样的。"

禹自上往下地摸了摸自己的胸膛。志韩早就看出 J 的妻子雪是安卓，对此他一点也不惊讶。

"秀香有提过我的事吗？"志韩沉默了一会儿后问。

"是的，经常。"

"这就奇怪了……她很少向我提起的。"乾插话道。

"她说非常想念您。在为您申请时间移民后，更是如此。简直是望穿秋水。"

秀香来这儿过上了全新的生活。但居然会期待见到我，志韩十分好奇她等待自己的理由。

"她十分确信，要是您知道她在等您，一定会马上赶来。"

是的。秀香的视线总在其他地方，而志韩为了不弄丢她，总是紧紧地跟在她身后。但他最终却还是失去了她。

"没有记忆匣子？"

黎惧安的声音从远处传来，声音中透着慌乱。乾原本在安静地听禹说话,闻声也将头转向了那边。只见黎惧安双颊通红,安卓职员们正手忙脚乱地工作着,乾观察了他们一会儿,朝现场走去。

乾走远后,禹再次开口说:"李秀香先生一直都在担心,怕见不到您。她把想跟您说的话都告诉了首席事务官,要我替事务官转达给您吗?"

志韩沉默地点头。

"她说希望这次可以一起迎来春天。"禹安静地笑道。

志韩转过头去,看着职员们整理秀香的遗体。脑海中浮现起那场以失败告终的、名为"故乡之春"的战斗。

"没有其他话了吗?"

禹摇头。

志韩想象着自己失去的右手食指正来回摆动。秀香从前总是望着他手指断掉的地方,然后愁眉不展地说:"这样也好,不用再杀人增添孽债。"现在看来,这么说也只是为了让他宽心。

"先生,我们得回去了。"乾从远处走来,"黎惧安队长说要带着队员乘直升机走,直升机还有空位,让我们一起回去。"

"也好。"

志韩微妙地笑着,将禹留在原地,与乾一起朝黎惧安一行人移动的方向走去。

"看来杀害李秀香先生的犯人暂时是找不到了！"乾叹气道，"听说首席事务官比黎惧安队长更早抵达现场，他已经将李秀香先生的记忆匣子收走了。队长联系了一下，首席事务官说是因为事情紧急，已经送到分析室。因受损严重，现在还不清楚能不能复原。在被杀害后，先生的频道依然处于开启状态。当时的情况肯定都记录下来了，我就担心复原不了啊。"

乾忧心忡忡地说完后，瞟了一眼志韩。也不知道是不是因秀香的死受到巨大打击，志韩看起来魂不守舍。

"先生，您听见我说的话了吗？"

"听到了。"志韩木讷地回答，然后猛地低头看着自己少了一根指头的右手，"你说过手指可以复原吧？"

"如果您想的话，是可以的。"

乾感到诧异且十分不解，志韩为何会突然提起手的事。

志韩并没有接着往下说，只是迈着步子，默默注视着前方。"故乡之春"战斗失败后，到现在已经过了漫长的岁月，但似乎什么都不曾改变。有人死去，有人换了对象继续抗争。而敌人则如同永不灭亡的生命体般，只是改头换面，便再次复活过来。

志韩扣紧衣襟，注视前方。风狂乱地刮了起来，将荒地上的沙子卷起。

2

在秀香的遗体抵达时间移民局医疗部前，她的死讯已通过因陀罗网流传开来。将消息公之于众的是秀香所属的"时权协"。为了移住民的生存权益，秀香长期以来一直与原住民共同体处于对立和妥协的复杂关系中，因此她的死引发的反响比想象中要大得多。

因陀罗网上有人为秀香设立了灵堂，灵堂里安装有感情共享程序，只要将频道接入，人们便能实时感受到哀悼秀香的心情。共享他人的感情会丧失个体的感情主体性，这类程序因此备受指责，但通过频道而来的访客却依旧络绎不绝。

在"时权协"公布移住民的遇害名单后，已持续几天的哀悼情绪可谓达到高潮。移住民接连被杀，这一前所未有的案件竟被隐瞒至今，移住民社会对此十分愤怒，他们强烈要求将真相调查清楚。

人们指责时间移民局局长隐瞒了此案，他因此饱受移住民社会的责难。局长承诺将会慎重处理，但却没拿出什么切实可行的对策。不对，应该是还没能拿出对策。

"李秀香，这个女人还真走运。"局长来找黎惧安，感慨道，

"在她出生的时代,她可一文不值。只是一个微不足道的女人,没有任何人会记得她。而现在四处都在高喊着她的名字,在这第二次的人生里,她可是风光够了。"

"情况不太妙。"黎惧安微微皱了皱眉头,"本来站在您这边的移住民社会团体大都撤回了支持。安卓市民干脆……"

黎惧安在看到局长的表情后,不再接着往下说。安卓市民一向被认为是最具影响力、最为公正客观的。但在下任行政官选举中,安卓市民支持局长的比例还不到 15%。这一数值在秀香的死讯传开后,下跌了一半以上。支持首席事务官 J 的比例为 35%,虽然多少也有些下降,但与此前基本持平。在下任行政官候选人中,副局长的支持率与此前相差无几,如果除去他,J 便是最强劲的竞争者。局长曾是下任行政官最有力的人选,J 虽从未显露过政治上的欲望和野心,却已经成为足以与他一较高下的人物。

"分明是首席事务官故意将李秀香的尸体丢弃在边界外的。他做事一向缜密,不会毫无理由地那么做。他故意让尸体被发现,再通过李秀香的死来撼动移住民社会,以达到拉低我支持率的目的。"局长的手放在沙发扶手上,紧握成两个拳头。

"怎么可能……"黎惧安撇着嘴,摇着头说,"首席事务官不像您,他与别族并不那么亲密,但却十分忠诚。一旦李秀香的尸体被发现，别族寄居于人体中的秘密便会变得岌岌可危，他应该不是有意的。应该是有什么迫不得已的情况，才将尸体弃于边界外。"

"不得已的情况？黎惧安队长，你现在还没搞清楚状况。"

"哈！我没搞清楚状况吗？"黎惧安的声音铿锵有力，脸上却挂着微笑，整个人显得十分不协调，"没搞清楚状况的应该是局长您吧。首席事务官将李秀香的尸体丢弃前，已将她的记忆匣子收走并损坏，这您是知道的吧？如若不然，李秀香被其丈夫和女儿杀害的场景，大概已经作为记录资料公之于众了。这么一来，寄居于她丈夫和女儿身体里的两名别族会怎么样呢？况且，首席事务官的妻子还除掉了金林，她本来也是铁了心要将别族寄居人体的事捅出去的。"

"所以你现在是要支持首席事务官吗？"局长冷笑着。

黎惧安呆呆地望着他，扑哧笑着说："当然是这样。"

听过黎惧安的回答后，局长的表情慢慢变得僵硬起来。

"看您的表情，是被我的话吓到了吧？"黎惧安依然笑靥如花，"在这个身体里，以这个身份生活太久，偶尔连我都忘了自己是谁了。在这时间移民局里，还有局长您知道我的身份，没有忘记我，真是万幸。现在我以别族元老的身份和你说几句。现任行政官给我们设下的这些限制，必须由你来解开，你要确保能为新天堂提供更多年幼的身体。在你当上行政官之后，你要做的便是为我们松绑，取消连接因陀罗网的时间限制。局长你如果像个傻子似的横冲直撞，或是因为对首席事务官的那些不着边际的嫉妒将事情搞砸，你也绝对不会平安无事。新天堂需要的行政官应该是一位聪明的合作者。明白了吗？所以，不要恣意妄为！"黎惧安恶狠狠地讲完这番话后，将手抱在胸前，又恢复了往日的模样，"好的，唠叨到此为止。现在我以黎惧安队长的身份，听听您找我所为何事？"

黎惧安定睛看着局长。局长与面带温柔笑容的黎惧安四目相对，在这温柔的笑容背后，黎惧安将真实的自己隐藏了起来。从外貌上看，她不过是一个二十岁出头的女孩子，但她的眼神中却透着一股狡猾和冷酷，只有身经百战的人才可能练就这样的眼神。局长此时才明白，为什么人们会感到黎惧安身上有一种违和感。别族特有的冷酷眼神与年轻的肉体搭配起来，确实十分不协调。

"移住民社会的舆论得平息一下。"局长开口说。

"这一点，我们彼此都清楚。"

"如果我们公布连环杀人犯的身份，相信舆论会暂时消停一些的。当然犯人必须由时间移民局保安部抓获。关于犯人被捉拿归案以及案件终结的信息，到时由我来发布。"

"但犯人的身份依旧不明朗。"

局长暗暗笑道:"准备一个犯人来公布就好了。不是刚好有合适的人选吗?"

"是我想到的那个人吗?"

局长微微点头。

"天哪,真是越来越有趣了。"黎惧安天真烂漫地微笑着,"如果是那个人,不适合直接送出去啊,面上会不大好看。不如由保安部先做一个他招供的视频吧。"

"制作视频? 有信得过的人吗?"

"当然有。我在保安部工作,为的不就是应对这种情况。"黎惧安眼里闪着光,显得兴趣盎然,"您就放心吧。快喝茶,好不容易才弄来的,都冷掉了。"黎惧安一脸惋惜地指着局长面前的茶杯。

3

在前往收集品补给店的路上,志韩发现来往行人的举止都有了些微妙变化。有人暂时放慢步伐,有人直接就停了下来,还有人脸上露出复杂的表情。志韩一边观察着人们的变化,一边确认时间。果不其然，整点新闻的时间到了。虽然还不清楚新闻的具体内容是什么，但正在播报的内容应该足以引起大家的兴趣。作为无罔者，志韩无法连接因陀罗网，他没有任何途径弄清新闻的内容。

"欢迎光临。"由于常常光顾，收集品补给店店主一下便认出了志韩，愉快地招呼他。在时间移民之前，店主曾是开旧货铺的，单纯因为喜欢收集和分类各种物品，就干上了这一行。

"看来是又发生什么趣闻了。"志韩用下巴指着外面说。

"无罔者的生活应该憋得慌吧。"店主一边咋舌，一边将墙上的视频打开。这一视频装置是专为仅有的几名无罔者客人准备的。

"这么周到，太感谢你了，但我想看的新闻应该已经结束了。"

店主听后，抓了抓脑袋。

"是吗？刚刚的新闻说，时间移民者连环杀人案已经告破。"

"犯人抓到了吗？"

"新闻里说犯人是一个脑子有问题的无罔者。在时间移民者选定过程中，移民局竟没能将这些神经病筛查出来，现在市民都炸了锅了。但犯人被抓到了，也算万幸，不是吗？时间移民局局长确实了不起。下令调查才几天，就将犯人缉拿归案。"

"犯人是谁？"

"之前在疗养院不是发生过一起小孩被杀的案件吗？说是当时抓获的那个家伙。出生于二十世纪初，应该是习惯了杀人如麻的生活，到现在都改不了。唉，今后怕是信仰不同、宗教不同也会被杀，那些被视为社会蛀虫的团体应该也难逃一劫，还有什么是不可能发生的呢？"

"你还记得犯人的名字吗？"店主滔滔不绝地讲着，志韩打断他问道。

"当然记得。叫金昌民。"

"他还活着？你看清楚了吗？"

"当然看到了。他本人招供的视频都播出了。"

志韩脑海中浮现出 J 的样子，自己曾向他求证过昌民是不是还活着，他矢口否认。现在新闻中居然出现了昌民本人的招供画面，J 之前分明在说谎。不对，这种逻辑过于落伍了。在这个时代，就算看见死去的人依然健在，还能活动，也不是什么稀罕事。

"接下来移民局会怎么处理金昌民呢？"

"新闻里没说。他杀了好几个人了，光是剥夺其移民者身份都轻了。"

"你知道他关押在哪里吗？"

"你这个人，这我怎么可能知道。别说这些没用的了，快告诉我，你这次来是打算申请什么物品？"店主用干巴巴的语气说。

"我有一件十分珍爱的物件儿，希望你能帮我取回来。"

志韩将在记录查询站里打印的照片摆在店主面前。照片里是一把老旧的枪。

"武器属于禁运物品。"主人皱紧眉头，摇头道。

"不是要拿来用……"

"我当然知道你不会拿来用。但是对人具有杀伤性的物品，比如像枪、刀剑、炸弹、生化武器等，不管是申请还是运入，都是不允许的。虽然时间移民局的探查官们偶尔也会私自夹带一些物品回来，但在这一点上他们也绝不会越线。"

"还真替人着想。"

"啊，这个嘛……规定就是规定。"主人摆手，似乎是在示意志韩不必再说。

这时身后的店门被推开，一个人走了进来。

"姜志韩先生？"

志韩听到有人在叫自己，于是转过身去。一位头发花白，上了年纪的男子正站在门前。他看着志韩，一脸喜悦的表情，志韩却认不出他来。

"您是姜志韩先生吧？听说您常来这边，我有好几次都在这附近等您，直到今天才得以相见。"男子一脸懊恼地走了过来。

"您是哪位？"志韩往后退了一步，保持着高度警惕。

"哎呀，我的样子变了这么多，我居然忘了。是我啊，尹敏浩！我是敏浩，先生。"

"尹敏浩？"

志韩细细打量老者的脸庞。满是皱纹的脸上，找不出那个十三岁少年的任何痕迹。那时，由于老被吩咐做一些杂事而不能手握刀枪，敏浩的眼神总是愤慨不已，现在这一切全没了踪影。老者说自己就是那个倔强而固执的少年，然而他却是一副温柔和顺的形象，更像一位有钱人家的老爷。

"尹敏浩先生？就是那位有名的音乐家吗？弹钢琴的。"店主突然插话。

"对，是的。我就是钢琴演奏家尹敏浩。"老人对着店主静静笑着。

"您应该是搞错了吧？我虽然认识一个叫尹敏浩的孩子，但那小子完全和音乐扯不上关系。他歌唱得不赖，但如果说是有名的音乐家就对不上了。"

老人忽然放声大笑起来。"您说话的语气还是一点儿没变！不对，您刚从那个时代来，还没多久，没变也理所当然。我就是先生您认识的那个尹敏浩。从前因为常常带我进出妓院，您可受了金利律先生和李秀香先生不少骂。大家都喜欢听我唱歌，只有先生您总十分嫌弃，当时这点曾让我非常难过。先生，我可真是想念您啊！"老人热泪盈眶。

"那个乳臭未干的小毛孩竟变成了一个老人家，还真是可笑。既然您都这么说了，我就暂且相信吧。您来这儿找我干什么呢？"

"不用对我说敬语，先生。"

"不管从前我们关系如何，但在白发苍苍的老者面前，怎能出言不逊？我可不想成为那样失礼的人。您还是先回答我吧。"

"在'故乡之春'战斗中，我中枪死掉了。因为年纪小，所以很快便成了时间移民者。因此，本来最年轻的我反而年纪增长得最多。"

"唉……"志韩轻轻地叹气。

"我从没怨恨过您。反正那次战斗最终也会失败的。我现在知道了，当时因为特务泄密，计划早就被敌人察觉。小时候我也常常思考先生为什么要偷偷逃走，也曾埋怨过您，但您和李秀香先生都能幸存下来，也是万幸。"

"可是秀香……"

"我知道。我都知道。"敏浩摆手，示意志韩不必多言，"我们别站在这儿了，一起出去吧。不然我请您吃饭吧。"

敏浩斜眼看了看店主，他正留心听着二人的对话。于是敏浩向志韩指了指门的方向。分明除了问候之外，他还有其他话想说。

"那段时间我因为演奏会，长期不在东亚地区。后来才知道，李秀香先生已经失踪好一段时间了。还是回家以后，听金昌民先生说起的。才听说没多久，就看到了李秀香先生的尸体在边界外被发现的新闻。"敏浩一边走出店门一边说。

"您平时和秀香联系吗？"

敏浩摇头，"只见过几次。反而是常常和金昌民先生见面，他为我做过很长一段时间的演出企划。"

志韩想起黑暗之中狭路相逢的昌民。手里握着刀、将刀刃对着志韩脖子时，他的样子和志韩记忆里没有丝毫不同。昌民最大的优点便是果断，无论身处怎样难以掌控的巨大混乱中，他都可以做到丝毫不被影响，只向着新秩序一往无前。他竟然做着企划的工作，为歌手、演员和演奏家搭台子表演，和他还真是不搭调。

"新闻里说杀害时间移民者的凶手是昌民，你看到了吗？"

"那话您信吗？"敏浩一边朝公园走，一边问道。

"我认识的昌民确实做得出来。如果有需要这么做的理由，哪怕再多的人他也会把他们除掉。而且，有个我认识的小孩就死在他的手下，这一点我非常确定。"

"那您不好奇他为什么会这样吗？金昌民先生确实曾经非常激进，但他从未伤害过小孩子，反而十分喜欢孩子。所以，以前除了您之外，就数他最疼我了。"

"我对老人家您……不对，我从不记得以前疼过你。"

"好好，就当作是这样吧！"敏浩笑出了声。

志韩听到他的笑声后，才终于收起对他身份的怀疑。那颇具特色的笑声便是尹敏浩的特征之一。

"坦率地说，金昌民先生也可能是犯人。但就像您说的，如果没有什么理由，他绝对不会这么做。我最后一次与他联系的时候，他话里话外也都是在担心李秀香先生。他们两位同为'时权协'会员，共同开展各项活动，关系可以用亲密来形容。听金昌民先生说，也不知道是什么原因，李秀香先生十分惧怕家人，所以为您申请了时间移民。"

"秀香给我留了话……"

在志韩即将开口的刹那，敏浩急忙伸手制止了他，"如果这话不是非说不可，就请不要再往下说。和我们曾经生活的时代一样，这里也有很多人在盯着我们。说不定我到访这里，也会被阿戈斯记录为脱离日常模式的反常事件。"

"那么你来找我是为了什么？应该不单单是来问候我吧？"

志韩停下脚步，与敏浩对视。

已老去的敏浩比志韩高出半个头，他低头看着志韩，显得十分忧虑。"听说金昌民先生被保安部带走后，我去了一趟'时权协'。他们的活动范围遍布全球，信息网发达，也十分有实力。在那边我听到了一个可怕的消息，说是原住民共同体找来了三名时间移民者，他们都曾是日军，且十分擅长严刑逼供。"敏浩紧闭双眼，过了一会儿再次睁开，"在战斗失败后，金昌民先生被活捉，最终因拷打而死。为了抹去这段心理阴影，他曾三次删除记忆，但都没有任何效果。不管他们的目的是什么，如果再对先生进行拷问，这对他来说都是生不如死的。"

"昌民都招供了，拷问应该已经结束了。"

"看来您还没看过先生招供的视频。影像里的人是假的，那并不是金昌民先生。"

"你凭什么这么断定？"

"如果您看了视频，肯定会清楚的。"敏浩语气坚决。

志韩一时沉默了，只是怔怔地看着敏浩，"你小的时候亲眼看见过，应该很清楚，我擅长的是取人性命。要我去救人，这不合我的秉性。"

"听说为了您的时间移民，时间移民局首席事务官出了很大的力。甚至冒着回不来的风险，朝自己脑袋开枪。您的话，他说不定会听的。"

　　志韩听着敏浩的恳求,一种似曾相识的感觉油然而生。在已经终结的旧时代,也曾经几次有人这么求过他。志韩猛地回忆起来,在以金山一郎的身份活动期间,曾有许多人来找过他,或是为了救出同志的性命,或是要求毫无痛苦地将其了结。

　　"到底我们生活在哪个时代呢?"志韩脱口而出,"这该死的'春天'!无数人高喊着它,甚至不惜献出生命,到头换来的就是这么个世界。"

　　"我们曾高喊的'春天'最终来临了,不过现在它已经逝去。先生,本来一个季节就不会停留太久的。"敏浩苦涩地回答。

<h1 style="text-align:center">4</h1>

　　志韩深夜造访乾家,将客厅霸占,乾偷偷地瞟着他。志韩一来便不由分说地要乾为他播放金昌民的招供视频,他已经反复看了三遍了。

　　"您是在找什么吗?"

　　乾向他问话,但他依旧只是死死地盯着视频。

　　"真是的,将别人的家霸占还不够,现在竟然将主人当成空气了。"乾自言自语一阵后，再次浏览起时间移民者连环杀人案的资料。保安部以金昌民的招供为依据，打算就此终结此案，可无论怎么看，这个案件的可疑之处都太多了。

首先，犯罪动机不明确。在受害人中，和他有关联的只有李秀香探视过的赫俊。而且，赫俊也是通过李秀香与他间接发生联系的，他们并未直接碰面。其他遇害者与他之间更是一丝一毫的关联都找不出。

其次，犯罪手法不明确。连环杀人案在杀人手法上往往呈现出相似特征，但这些案件中的杀人手法却都不同。有用刀直接杀害的，有拧断脖子的，还有使被害者溺水身亡的，毒杀的情况也是有的。

"不管怎么看，犯人都不是一个人。"乾紧锁眉头对志韩说。

"那家伙的话是对的。"志韩好像在听乾说话，又好像完全没听。他双眼紧盯视频，自言自语地念叨着。

"什么？谁对了？"

"视频里的人不是昌民。比起当年，他老了不少，但他发元音时的口音十分特别，和视频中的这个人不一样。而且他紧张时脸上的表情习惯也与这人完全不同。"

"这话有道理。"乾双手抱在胸前，点头说，"我也刚刚得出结论，犯人不止一个。因为这个案子，局长在移住民社会的支持率一落千丈，他为了在选举中获得支持，先将案子伪装成已经解决的样子，也不是不可能。反正当上行政官后，再对案子重新进行调查也可以。就算今后爆出招供系伪造，要重新进行调查，谁又能说什么呢。"

"行政官的位置就这么了不起吗？"

"因为它是权力的顶点，行政官手中握着大政方针的最终决定权。虽然并不是行政官赞同的政策都可以实行，但如果行政官反对，便绝对无法实施。现任行政官推行的政策之一便是限制新天堂意识体连接因陀罗网，因为意识体们曾将因陀罗网搅得乌烟瘴气。在此之前，原住民可以随心所欲地决定自己的闰日，但如今，他们不得不等待因陀罗网与新天堂连接那天才能实现。也就是说，意识体不能再像从前那样在因陀罗网上胡作非为，随意进出了。行政官可以限制新天堂的自由，这权力当然了不得。嗯？呃……"

乾喋喋不休时，脑子里忽然闪过一个奇怪的想法。目前为止，受害者的共同点一直都是：他们曾出现过对人认知紊乱的症状。受害者由于遭受黑客攻击，出现了与此前不同的思维和行为方式，一直以来移民局也都是这么推测的。但如果并非是受害者遭到黑客攻击，而是他们的整个人格被替换了呢？

黑客攻击实现的操纵，在黑客频道关闭的瞬间便随之结束。

这么一来，随着此前的人格被找回，被攻击的人便会找回其本来的思维和行为方式。但出现对人认知紊乱症状的患者却长时间怀疑其家人变成了他人，那么这些家属是否被复制了他人的人格信息，这一点也值得怀疑。实际上，意识体随心所欲游荡在因陀罗网的过程中，也曾发生过意识体试图掌控人体的案例，但被阿戈斯发现后，这些意识体即刻便被消灭了。这一案件也成为现任行政官限制新天堂自由的契机。

"我得走了。看来得去一趟首席事务官家。"乾发着呆，深陷沉思之中，志韩站起来对他说道。

"啊，好的。"乾漫不经心地回答志韩后，再次陷入沉思中。

将某个人大脑中的信息全部更换，使他变成另外一个人，有谁会干出这种事呢？

不管乾怎么想，都找不到恰当的理由来支撑这一推测。

"对了，什么？您说要去哪儿来着？为什么要去首席事务官家？"乾猛地回过神来，后知后觉地对志韩的话反应道，但志韩早已离开，乾茫然地看着房门。为了找寻足以验证自己想法的资料，他连接上时间移民局的时间移民者数据银行，开始了搜索。

电热水壶里的水沸腾着，发出咕噜咕噜的响声。一旁的雪闻着干茶叶散发出的香气，为了将茶壶和茶杯暖一暖，雪正将水壶里滚烫的开水倒出，动作温柔而优雅。乍一看，她似乎完全沉浸在沏茶的过程中，其实她正与 J 共享频道，对频道入侵者保持着高度警戒，与此同时，她还通过阿戈斯，严密观察着住宅四周的动静。

"局长通过伪造的招供视频，似乎成功地躲过一劫。曾百般刁难他的移住民们一副什么事也不曾发生的样子，对快速破案的局长表达着支持。"雪一边将滚烫的开水倒入装有茶叶的茶壶中，一边对 J 说道。她将表面的泡沫舀去，扣上盖子，开水随即溢了出来，流入茶盘中，"金昌民的那些朋友都是有眼力见儿的，一看就知道视频是假的。要等到他们提出异议，需要多长时间呢？"

"局长计划要在他们提出异议前成为行政官，然后再在遭到质疑前对案件进行重新调查。"J 面向茶桌，坐在雪的右边回答。

茶壶中泡好的茶水一倒入茶杯便香气四溢。若有似无的花香，闻起来像是水蜜桃的香味，渐渐越发浓烈，幽香四处飘散。

"禹送来的茶可真不错。"

雪一脸满足，她刚想放下茶壶，忽然感知到门前有人出现，一时失手竟将茶壶掉落到茶盘里，发出巨大响声。雪难以置信地看着 J，她僵硬的脸上流露出震惊，那表情甚至近似于恐惧。

"姜志韩先生在门口。"雪用生硬的声音说，"他走到门前我竟然都没察觉到，这不可能！"雪慌乱地喊起来。

J从座位上起身，用手示意她冷静。"肯定不是没看到，而是我们误认为没看到。因为移动的路径反常或是不连贯，有可能阿戈斯没能识别为同一人。将记录下来的视频往后倒五分钟，再次仔细分析的话，大概就能发现他抵达前路线上的怪异之处。"

雪依旧没能被说服，J转身向玄关走去。一开门，便看见志韩笑着站在那里。

"这么晚，打扰了。"志韩暗自看了看屋内，有些不好意思。

"我和妻子刚好在喝茶，快请进。"J在前面招呼着，将志韩领进客厅。

"深夜打扰，真是抱歉。"志韩向站在茶桌前的雪道歉。

雪指着茶桌的右侧，用手示意志韩坐下。J的茶杯已被移到了左边。

"有必要弄得那么复杂吗？不沿着路直接进来，甚至还一度中途返回。"在往茶壶内加满热水后，雪向志韩问道。

"一开始就发现了？还是我站到门口后才发现的？"

"等您到了门前才发现的。"J替雪回答。

"看来不管是人还是机器，想要蒙骗过关，原理都一样。"

"因为您是无罔者，也并非监视对象，才可能做到。您也别太得意了。"J一边端起茶杯，一边平静地说。

"可真是香啊。"志韩也将茶杯举起，一边闻着茶香，一边喃喃自语。

"这是从绿青园送来的最高等级的茶叶，想要订货也得等上好长时间。政府机关才有优先权，一般人很难有机会品尝得到。"

"认识绿青园的禹吗？听说你们是双胞胎？"

"何止认识。我丈夫在找到我和禹之后，我便成了他的妻子，而禹被送去了绿青园。碰到任何情况都能将茶叶安全送达，J在边界外需要一个这样的人。"

志韩觉得雪说的话十分诡异，但暂时也无法深究。

"看来边界外确实是有些异常。在遇见禹那天，我曾在白茫茫的雾里见到过一群人。"

"他们……"

雪刚要开口，J便用眼神示意她打住。

"您看到的应该是绿青园职员。边界外不安全，他们一般都是结伴出行。"

这话志韩一点都不信，但他也并没有接着往下问。就算问了，看样子J也不会告诉他的。

"还是听听您这么晚来的来意吧。"J将茶一饮而尽，放下了茶杯。

"之前你说昌民死了，我看他活得好好的啊。"

"连您这样的无罔者都听说了，看来消息传得还真快啊。"

"嚯，看来还真是活着啊？"

这时 J 才反应过来自己说错话了。

"我得见见昌民。"

"怎么见？"

"你让我见见不就行了。"

"我为什么要这么做？"

"是我拜托你的。"

"我为什么就一定得答应您的拜托呢？"

"因为你喜欢我啊。"志韩微微一笑。

J 刚要将茶水咽下，听完这话呛了个正着。

"这可真是奇怪的逻辑。"J 咳嗽了好一阵儿，清着嗓子说。

"是你没有放弃，最终才把我带到了这儿来。要是我是个女人的话，我现在马上就会让你对我负责到底的。在过去，如果有谁的人生被自己葬送掉，你的祖宗们都会选择负责到底，在他们看来这是美德。"

"话虽如此，但首先您的人生并没有被葬送，现在您不是正过着崭新的人生吗？其次，我不能让您见金昌民，他现在被关押起来，监管他是局长的职权范围。那里的警备和监视系统可不是我们家能比的。再说，出入资格只有通过保安部一队黎惧安队长才能取得。"

"好，那我退一步。你去见见昌民，帮我把这个东西交给他。"志韩将一个用纸包起来的小东西扔到 J 面前，"我碰到一个从前认识的小子。关于昌民，我从他那儿听到许多来这儿前不知道的事。说昌民以前是被严刑拷打给折磨死的，你也知道，利律也是这么死的。我现在才懂，经历拷打后活下来的人是个什么下场，当时利律就那么死了，反而万幸。从刑房里出来的家伙，就算身子还没废，但精神都不正常了。你们最近还在对人用刑吗？"

"这些酷刑已经消失很久了。"

"别骗我了。"志韩低声笑道，"只要人还存在，这种东西就不会消失。"

"如果存在的是坏人，当然可能会这样。"

"听说你活了近两百年，怎么还是这么不谙世事。根据我的经验，坏人一般能活到最后，所以这种东西自然也不会消失。"志韩似乎把该说的都说完了，从座位上站了起来。

"听乾说您打算将手指复原。"

"是有此意。"

志韩用手示意不必送了，独自朝玄关走去。雪却执意跟着志韩站了起来，把他送到了玄关。趁着这个空当，J 将包裹着物品的纸打开，里面是一片薄而锋利的剃须刀片。

5

在局长的指示下，找来的三个日军一刻不停地轮换着对昌民进行拷问。早已尝尽拷问之苦的昌民还不到十个小时便开了口。据他所说，"时权协"已隐秘地将 VIP 的个人信息弄到手。他们一旦确定人体真的被意识体掌控，便会通过无罔者会员将其处决。无罔者会员都是自发参与到处决行动中的，彼此之间也互不知情。支部只负责传达处决对象的名字，并不会有组织地行动。招供时他却隐瞒了一个最重要的信息：究竟是谁将 VIP 名单传达给了"时权协"，最后又怎么到了李秀香手里？这一谜团依旧未解开。

为了获取这一信息，黎惧安下令继续对金昌民进行拷问。但过去了几个小时，她都没有接到金昌民招供的消息。如此残酷的刑讯逼供下他都没招，看来他是真的只知道这么多。总之，黎惧安对这一结果非常满意。如果采用技术手段，他们恐怕无法这么迅速地得到如此多信息。虽然她认为局长的方法过于原始，但也惊讶于这一方法竟能如此高效。

"您现在计划拿'时权协'怎么办？"分析了一会儿记录后，短暂休息中的副队长问道。

"计划？"黎惧安眉毛微微上挑，"能有什么计划？'时权协'的官方会员中不存在无罔者。他们已经全部脱离组织，都不再属于'时权协'。即使我们拼尽全力将犯罪的无罔者抓获，'时权协'也会声称那些人与他们没有任何关系，再说'时权协'可是一个世界性组织。"黎惧安一边耸肩，一边长叹一口气，"如果招惹到东亚支部，一不小心捅了马蜂窝就麻烦了，所以我们得慎重。那么多的团体中，偏偏将名单给了'时权协'，虽然不清楚幕后主使是谁，但那人还真是花了点儿心思。"

"就是啊。"副队长一脸忧虑地回答，"到底为什么要将遇害者除掉呢？真搞不懂那名单到底有什么含义，遇害者不都是些平凡的普通人吗？"

"副队长你现在辛勤工作，不就是为了找出这个答案吗？"黎惧安莞尔一笑。在保安部内部，黎惧安是唯一知道 VIP 的存在及其意义的人，随着调查的深入，她变得越来越小心翼翼，生怕新天堂那不可告人的秘密会败露出去。以别族为中心的意识体们犯下的罪行一旦公开，一定会在全社会引起轩然大波。新天堂等原住民官僚集团将面对超乎想象的责难。

"黎惧安队长，有紧急情况。"

一个急促的声音从频道中传来，将黎惧安的思考打断。

"金昌民自杀了。"

"什么？自杀！"黎惧安不由自主地大喊道。

身旁的副队长一脸惊愕地看着她。黎惧安用手示意副队长连接自己的频道。

"自杀！这是什么意思?！"

"他在厕所里割破动脉。因为发现得晚，已经来不及抢救。"

"割破动脉？他到底用的什么工具？不可能会有外部物品流入！"

"现场发现了剃须刀片，来自他生活的时代。"

拘留所戒备森严，竟能流入这样的物品，简直难以置信。入狱时，保安部已经对他进行过严格搜查，还进行了扫描。

"是有人探视过，但没向我报告吗？"黎惧安双颊涨得通红，她一边尽力让自己冷静下来，一边问道。

"已经确认过了，到目前为止，并没有任何人探视过。"报告的职员声音颤抖着。

黎惧安通过频道掌控着报告的职员全部的感觉器官。不一会儿，她便看到金昌民倒在一片红得发黑的血泊中，越来越浓烈的血腥味通过嗅觉神经传来，让她皱紧了眉头。

"怎么办？"

除了该职员，现场其他职员们慌乱的样子也一目了然。

"给安卓警卫下令，然后撤回。一定要清理现场，不能留下任何审讯痕迹。"黎惧安果断地下达指令后，将频道关闭。

"金昌民竟然死了，搞得人真狼狈。"副队长看着黎惧安的脸色说。

"也不至于狼狈，该到手的信息都已经到手。"黎惧安若无其事地说，通红的脸庞却久久不能恢复正常。

"剃须刀片是怎么到他手上的？我们应该没有漏掉什么啊。"副队长边摇头，边去查看拘留所的监控录像，"金昌民入狱时，身上没有任何物品。也没有任何访客，接触过的人只有安卓警卫和负责审问的日军刑讯官。"

"不对，分明有谁来过了，只是我们看不见而已。"

能从安卓警卫以及阿戈斯严密的监视网中抽身进到里面，然后又不留任何痕迹地离开。能干出这种事，且能做到这种事的只有一种人。

"极有可能是安卓 OM 干的。"副队长如是说。

这与黎惧安的想法不谋而合，她的脑海中浮现起绿青园的那个安卓 OM，他为何偏偏会在这种敏感时期，现身市中心后又消失？她祈求着副队长口中别再说出什么不祥的话。但黎惧安最不愿意去想的事，最终还是从副队长嘴里脱口而出。

"会不会是游荡在边界外的安卓 OM 介入呢？"

"应该与他们无关。"黎惧安微笑着将自己的情绪隐藏起来。

"香蕉城事件发生时，原住民共同体也曾宣称事情与他们无关。您应该清楚吧？"

副队长的话让黎惧安的心像是被揪了一下。

"当时，在黑客的操控下，时间移民者与原住民之间互相残杀。事件刚发生时，就有人向高层发送过视频，对这一事态的严重性发出警告。如果行政官能给予重视，也不至于导致一整个城市灰飞烟灭。"

"光凭几起杀人事件，谁又能料想得到后面发生的灾难？大家都是在事情过去后，才又描述得好像本可以未卜先知一般。"黎惧安不耐烦地回答。

当时，对于之后会发生的事，没有任何人准确预测到。不对，应该是谁都无法预测。香蕉城事件发生时，黎惧安是调查队的一员，她十分清楚香蕉城政府官员以及行政官当时采取的对策。借助黑客对人体的操控，战争、屠杀如同游戏一般铺展开，为了阻止罪犯，他们切断了与城市相连的因陀罗网。这一方法完全没有奏效，也并不是他们的错。

"总有一种不祥的预感。"副队长眉头紧锁。

"你还要接着说这些胡话吗？暂时先打住，也想想其他的可能……"

"其他的可能？"

"你不是怀疑安卓 OM 吗？我们要不要对市区内的安卓 OM 都调查一下？"

"你是指改造后的安卓 OM 吗？"副队长眨了眨眼睛。部分安卓 OM 在经过改造和办理注册手续后，居住在市区里，但这种情况在世界范围内都不多见。据他所知，在东亚地区，改造后的安卓 OM 仅有两台。

"其中一台就在首席事务官家里，你知道吧？首席事务官最近见过什么人，有没有谈到什么值得关注的内容，请马上分析一下。"黎惧安态度坚决地指示道。

如果对象为一般人，可以立即查阅其感觉记录，对此前发生的事件一一进行确认。但首席事务官的感觉记录安保等级是二级，受法律保护。就算是保安部，如果没有原住民共同体议会和行政官的同意，也无法查看其感觉记录。

副队长无计可施，只能通过首席事务官在阿戈斯上留下的记录，对他接触过的人进行搜索和分析。他经常见的人大部分都是出于工作上的联系，对话中使用的词汇种类以及分布情况也与此前的数据一致。这意味着他们的对话都是些一般的内容，与平时并没有什么不同。首席事务官一向生活规律，脱离平时的生活轨迹见过的人也屈指可数。

"没什么异常。姜志韩深夜到访，喝完茶之后便走了，这可以算得上一件小小的异常事件。至于谈了什么，我来找找看。"

副队长在分析结束后，随即进入 J 的妻子的感觉记录中。不管怎么看，黎惧安似乎都对雪抱有很大的怀疑。

"对话被记录下来了吗？"黎惧安问道，她对此不抱任何希望。J 十分谨慎，那些不愿让外界知晓的对话记录，他绝不可能放任不管。果不其然，副队长摇了摇头。

"两人的对话内容确认不到。队长你是在怀疑首席事务官夫人吗？怀疑她偷偷地溜进了拘留所？"副队长一脸诧异地摇着头，"改造后的安卓 OM 无法骗过因陀罗网和阿戈斯，你不也十分清楚吗？"

"听说他的妻子并没有改造过。"黎惧安微笑着，颇有深意地注视着他。

副队长有点搞不懂黎惧安话里的意思，只是不住地眨着眼睛，"这不可能。想要启动安卓 OM，就必须先进行改造。不是还得由保安部来确认吗？"

"如果需要的是未改造过的安卓 OM，不也可以在确认时作假吗？同时间移民者打交道，常常会需要一些暗中的帮助，保安部不也时常有这样的情况。这时，安卓 OM 就可以在很多地方派上用场。"

"你的意思是说首席事务官夫人是假的……"

"这种话被记录下来可不好，我们就此打住吧，副队长。"黎惧安微笑道。

6

乾来时间移民局本馆参加秀香的葬礼，他顺道去了一趟移送中心指挥室。移送中心指挥室的显示器上写着，三十五人的时间移民全部成功，全都是一些十岁以下的小孩子。十岁以下的时间移民者数量不断增长，在过去的两周内就超过百人。不管怎么看，这个数字都像是输入有误。

"这不是首席事务官的朋友吗？请问你如何称呼……"显示器前的人认出了乾，向他搭话道。

乾发现此人竟是时间移民局局长，顿时吓得三魂去了两魂半。局长居然亲自莅临这乱糟糟的移送中心，他在这儿的工作了那么长时间，还是第一次见到局长。

"您好。"乾惊慌失措地问好。

"看来你是来参加李秀香葬礼的。"局长笑道，伸出手想要和他握手。

"是的，还有些时间，于是上来看看。"

"有些时间？不是为了其他的什么原因？"局长狡黠地笑道。

关于幼儿时间移民者异常的数字，乾犹豫着要不要开口。

"看样子是有话想说？"局长望着乾，示意他但说无妨。

"刚刚路过移送中心指挥室，发现了一件奇怪的事。不管怎么看，这几周内移送的时间移民者数据似乎都弄错了。"

"是出了什么错？"

"未满十岁的时间移民者在过去两周的时间里超过了一百名，难道不是负责人弄错了吗？"

"没有弄错。"

"是吗？"乾有些惊慌。

"并没有搞错，这应该就是准确的数字。最近，原住民共同体通过了一项政策，政策要求增加十岁以下时间移民者的数量。因此，时间移民局正是按照此项政策，有计划地在增加幼儿时间移民者的数量。"

"有什么特殊的理由吗？"

"虽然抚养手续有些烦琐，但他们对新时代有更强的适应力；并且因为身体健康，可以生活更长时间，也更有利于繁衍后代，不是吗？"

"目前为止，行政官一直推行的政策不都是在缩减时间移民者数量吗？"

"她现在就快要下台了，也不能一意孤行啊。原住民共同体从很早前开始，就一直在要求扩大幼儿时间移民者的数量。"

"如果您当选的话，会继续扩大幼儿时间移民者的数量吗？"

"这不是理所当然的吗？那些小孩子还没来得及享受人间的生活就离世了，实在是可怜。"局长苦涩地笑了笑，然后走出指挥室。

乾暗暗地下定决心，要在行政官选举中将票投给局长。他出于对那些小孩的同情，竟特意要将他们带来这里，如果是一个如此有人情味儿的人，应该不会像 J 那样残忍地将示威队全体消灭。

乾从指挥室出来，坐上电梯，前往灵堂所在的楼层。灵堂高高的天花板下，宽阔大厅内只放着一条长椅。一个黑色的金属物体几乎将正面的墙全部占据，上面镶嵌着时间移民局的象征——毕达哥拉斯的《树》。这也是最终要将棺材推入的地方。

棺材已经被密封得严严实实，上方的全息图里，秀香的形象栩栩如生。她坐在棺材上，脸庞时而年轻，时而苍老，做出各种丰富的表情，那般明朗，那般光彩照人。由于对秀香早已十分熟悉，全息图并未引起乾多大的兴趣，但刚进入灵堂的志韩可就不同了。乾举起手想和他打招呼，在看到志韩的表情后，僵在了原地。

志韩一动不动地站在那里，望向秀香，如同石化了一般。在看到遮盖秀香遗体的白布时，志韩都不曾真切地感受到她的离去。直到在这里看到她这鲜活的形象后，方才有了体会。

"本来想去家里接您过来，但见您不在家，以为您早就到了，可您来得有些迟啊？"

在听到乾的话后，志韩的脸上才有了表情，"我去了趟'夏威夷'。"

"去那儿做什么？"乾环顾四周，降低了音量。

"因为有意思啊！从那边的朋友那儿能听到各种各样的消息，如果想神不知鬼不觉地脱离因陀罗网几个小时，你知道怎么才能做到吗？"

"正经的人不需要知道这些。"

"神奇的药也不少。因为常常碰面，你都不知道他们多喜欢我，还说要帮我免费调制药品……"

乾不由自主地将手伸到志韩的嘴边，将他的嘴堵住。"别再说了，也不要再去那种地方。这次我就当没听见，如果还有下次，作为您的负责人，我不得不把这些消息汇报给首席事务官。您也知道首席事务官是个什么样的人，如果他知道您去了'夏威夷'……"乾用手做了一个抹脖子的动作。

"是谁要来杀谁吗？"黎惧安微笑着走过来，搭话道。她过来时不声不响，乾吓了一大跳。

"呃？来这儿有事吗？"乾生怕她听到自己刚刚与志韩的对话，慌张地问道。

"天哪，看你这么惊慌失措，是有什么我不能听的话吗？看来我得调查一下了。"

"调查什么啊！"乾夸张地大声笑道。

"也难说，刚刚看你的动作，万一要是真把谁的脖子抹了怎么办，得调查调查才行。"黎惧安望着志韩说。

"难道是在说我？"志韩暗暗笑道。

"被我说中了吗？"

"完全没有。我原本就不喜欢抹脖子的方式，流血太多，到处弄得脏兮兮的。而且听说现在这个时代技术先进，就算把脖子抹了，也能马上有工具给他缝起来。想要通过抹脖子来取人性命，得藏得非常隐蔽。现在这个世道，杀个人都这么难。"

"对姜志韩先生来说可能是这样，但我可不这么觉得。"黎惧安面带微笑，与志韩对视着，"花了那么大工夫才通过时间移民来到这儿，您就别再做那些无益的危险之事，希望您能生活得愉快。也别再出入像'夏威夷'那样的地方。"

"你听到我们刚刚的谈话了吗？"乾一脸狼狈。

黎惧安没有回答，只是意味深长地微笑着，之后便朝秀香的丈夫和女儿走去。

"因为有'时权协'会员来，黎惧安队长应该是特地过来监视他们的动向的，还真是不辞辛劳。"乾望着远去的黎惧安说，"不用太介意黎惧安队长的话。她因为最近发生的案子比较敏感，估计自己都不清楚自己在胡说些什么。"乾帮黎惧安辩解。

"我有些口渴了，想喝杯水。也给你拿一杯吗？"志韩斜眼看了看灵堂一角摆着的饮料问道。

"不用了。"

志韩点头表示了解，朝放饮料的桌子走去。

随着葬礼时间的临近，人逐渐多了起来，乾环顾着前来吊唁的宾客。开始人不算多，后来宾客们三三两两，成双成对，安静地将灵堂渐渐填满。这些人大部分都是李秀香在从事市民活动期间结识的。

乾在室内四处张望，忽然发现入口处站着一个人，他也正在看自己，他们四目相接。那是绿青园的禹，正是他发现了李秀香的尸体。他先是笑眯眯地望着乾，之后安静地走到他身旁。

"您好。"

"真没想到，还能在葬礼上见到你。"

"我当然得来。"禹安静地笑道。

安卓不过是一台机器,他能否明白死亡的意义,乾对此十分好奇。也对,灵堂中站着的这些原住民宾客,大抵他们也同样无法理解死亡的真正含义。虽同为人类,但原住民的死亡不同于移住民那种传统的死亡方式。原住民由信息组合而成,死亡并不意味着灵魂与肉体的灰飞烟灭,而仅仅是这一信息集合的解体,或者说是删除。

"李秀香先生的记忆匣子分析结束了吗?"乾深陷苦闷的情绪之中,禹向他问道。

"听说匣子损毁非常严重,很难再复原了。"

"损坏了吗?"禹歪着头,一脸疑惑,"记忆匣子是完好的,是我收集起来交给首席事务官的。"

"你说什么?!"这一状况完全出乎乾的预料,让他有些惊慌失措。听说黎惧安也已经确认过了,从李秀香那里收集来的记忆匣子确实遭受了严重损毁,信息修复也希望渺茫。但居然其实压根儿就没损坏?

发现李秀香尸体的那天,乾在得知消息后立即赶往现场,他一点一点回忆那天的经过。在到达现场时,黎惧安已经在那里了。当从职员那儿听说没有记忆匣子时,一开始黎惧安也十分吃惊,直到听说是被 J 拿走后,她才松了一口气。也就是说,如果禹所言属实，黎惧安对此也是不知情的。

可是 J 欺骗的并不是其他人，而是保安部队长黎惧安，这让乾十分不解。要欺瞒保安部队长，需要承担相当大的风险。虽然由于安保等级很高，黎惧安无法随意查看首席事务官的记忆，但只要获得议会和行政官的许可，也是完全可以进行的。冒着被揭穿的风险，J 到底想要隐藏什么信息？乾对此没有丝毫头绪。

难道……

J 与李秀香的死有关？这一可能浮现在乾的脑海中。他使劲儿摇头，试图驱散这一想法。J 无比冷酷，能将路上的示威队一举消灭，但如果说他会伤害李秀香，乾实在不愿相信。

秀香的丈夫和女儿坐在靠棺材最近的位置，乾望着他们，表情复杂。他们一个人的妻子、一个人的母亲被杀害了，但犯人是谁、出于什么原因依旧未能查清。此刻，两人是以怎样的心情坐在那里，乾不得而知。秀香的丈夫和女儿身边，志韩正厚着脸皮试图搭话，乾呆呆地看着这一幕，长叹一口气。

"那个人看来是真心喜欢秀香，看起来简直比二位还要难过。"志韩用下巴指了指站在远处的乾，暗自笑道。

秀香的丈夫和女儿瞟了一眼乾，脸上并无笑意。三个人并排而坐，一段时间内他们都保持着沉默，只望着秀香的全息图在不停地变换着姿势。

沉默让秀香的丈夫和女儿十分别扭，他们拿起志韩端来的饮料，一边看着他的脸色，一边喝着。本希望他安慰几句就离开，但志韩丝毫没有要走的意思。

"红色山茶花的文身还真特别。"秀香丈夫的胳膊上印着一块小巧的文身，志韩指着文身说，"那天您女儿脖子围着围巾，还没看出来，现在再一看，她脖子左边也有相同的文身呢。"

"您的眼睛可真好使。"秀香的女儿一边用手将红色山茶花文身遮住，一边微笑着说。

"在我从前生活的时代，要想活命就得眼睛好使，这不是理所当然的嘛。"志韩厚着脸皮回答，然后盯着秀香的全息图出神，"秀香也文了吗？她可是一直就喜欢红山茶。"

"要让我给妈妈文，我可没那个本事。"秀香的女儿望着母亲的全息图回答，表情里透着对志韩的嘲笑，"不久前全家一起去文身店文的，图案也是妈妈亲自选的。为什么非得选这种土得掉渣的图案，我当时还不明白，原来是妈妈喜欢红山茶啊。"

"在我们生活的年代，谁都会有一两个秘密，有的秘密甚至对家人也不能倾诉。"

"您说的秘密是指喜欢红山茶吗？"秀香的女儿摇晃着脑袋，

一脸不解。看她的表情，她一定以为志韩是在开玩笑。志韩并没有接着往下说，而是起身朝乾走去。

刚好 J 正领着殡仪师从乾的后方走来。J 看到了迎面走来的志韩，微微点了点头，向他表示问候。乾看见志韩满脸笑容，于是跟随他的视线看了看后方，接着便一脸不悦地回过头来。J 在时间移民局大楼前将示威队赶尽杀绝，这件事就如同一个绳结般，拧在乾的心头。J 并没有察觉到乾的这一举动，而是和殡仪师一起朝棺材走去。

"你是与那小子吵架了吗？"志韩用下巴指着 J 问乾。

"就是对他不满。"

"你本来也没怎么满意过他啊，今天突然唱的哪一出？"

"您和家属说什么说了那么久？"

"没说什么。只是看着秀香，回忆回忆了从前。"

"看来您是回想起从前与李秀香先生在一起的时光了。"

"对的，好多事。"志韩微笑着。

随即殡仪师宣布葬礼开始。葬礼意味着第二轮人生的终结。每个人仅有一次时间移民的机会，对秀香来说，今后她将无法再获得新的人生；与此同时，她也不会再有苦难。

"今天，我们聚到一起，向李秀香女士的离世表示哀悼。李秀香女士……"殡仪师紧接着一一列举秀香生前做过的事。秀香的这段人生对志韩来说全然陌生。

"关于犯人的身份，依旧没有一点线索，真是遗憾！"乾长叹一口气，脸色阴沉。

"很快就能水落石出了。"

"您凭什么这么确定？"

"秀香都做好标记了。"

"您这又是什么意思？"乾感到十分荒唐，气鼓鼓地问。

"在我们曾生活的时代，人是最信不过的。所以，我们会用自己人才认识的标记，来告诉彼此谁是危险人物。"

在志韩说话期间，殡仪师的悼词也结束了。位于最前方的秀香的丈夫和女儿起身，朝着刻有毕达哥拉斯《树》的黑色金属物体慢慢地移动。

"认出标记后，您会提防那个人吗？"看着黑色金属物体入口开启，乾问道。

"不会。"

乾愣愣地望着志韩。

"我会把他杀了。"志韩微笑着，注视着棺材缓缓地进入滚烫的热气中。

7

　　黎惧安在监视乾的行踪时，发现他曾阅览过香蕉城事件的记录。在记录服务器中，关于香蕉城事件，除了一些当时的事件经过报告、事件终结后拍摄的影像外，别无其他。在那次事件中，整座城市的居民被全部杀光，相对于事件的规模，记录的数量可谓非常贫乏。黑客们将市民分化为两大阵营，并向他们发起攻击，因陀罗网的运转也被终止。众所周知的内容就是这些。

　　但这些内容却与当时的事实不符。在香蕉城中，遭到黑客攻击的市民们，如同游戏中的士兵一般相互残杀。因陀罗网通过影像清晰地记录下了当时的场面。在行政部下达最后的命令、切断整个城市的因陀罗网前，阿戈斯一直处于运转中，也完整记录下了市民们临死前的大部分知觉。

　　除开目前已公布的资料，原住民共同体议会将其余的记录全部隐藏了起来。只有极少数人才能阅览全部记录，一些小道消息通过口耳相传，最终不可避免地演变成了流言蜚语。

　　黎惧安作为当时香蕉城事件调查队的一员，她有权阅览香蕉城事件的全部记录。在事件调查结束后，她却从未浏览过。要再次直面现场那些惨烈的景象，她对自己没有信心。

在公开的资料中，仅提到在遭受黑客攻击后，市民们开始相互残杀，整个城市遭到毁灭，对于事件发生前后的那些重要史实却只字未提。

在香蕉城事件中，黑客们向市民发起攻击前，阿戈斯曾向政府官员发送过紧急提醒。提醒他们在安卓 OM 大屠杀后，当时第一次有人目击到他们越过边界。而且并不是单纯的越界，而是侵略。

安卓 OM 越过边界，黑压压地涌来，他们将边界地区的卫星城市逐一毁灭，瞬间便攻到了中心城市——香蕉城。在抵达香蕉城前，他们已控制了因陀罗网。如同蓄谋已久一般，黑客们开始对人发起攻击，并将他们玩弄于股掌之间，整个城市的市民都成了他们的傀儡。他们仿佛是想向世人展示，此前在这香蕉城中，因相互仇视而引发的犯罪到底需要付出怎样的代价。

安卓 OM 包围香蕉城后，在市民之间的大屠杀结束前，他们并未采取任何行动，就那样等待着。在杀戮进入尾声时，他们才再次对城市发起攻击。除动物外，他们将人类和人类修建的建筑全部毁灭。

在他们退去后，黎惧安负责现场调查，她亲眼见证了无法用语言描述的残酷场景：被残忍杀害的人的尸体遍布街巷，整个街道上弥漫着火药和血腥的味道。

一具小孩子的尸体至今让黎惧安难以忘记。那孩子看起来三四岁的年纪，脖子被切断，四肢被撕裂，就那样睁着眼横陈在地上。与那双眼睛四目相对时，黎惧安最终没能忍住，吐了出来。她当时并没有感到憎恶，心中只充斥着恐惧。引发这场大屠杀的安卓 OM 依旧生活在边界外，他们拥有人类无法抗衡的力量，高举灭绝人类的大旗，在边界之外对人类虎视眈眈。

黎惧安回想起那天的事，不由自主地颤抖起来。毕世路设定好的程序仍然在运行，他们正等待时机要将人类送上西天。社会内部的不合理、由此而引发的矛盾、因矛盾的发生而可以预见到的冲突、一边倒的实力对比、安卓 OM 带来的变数，各种因素间复杂多样的关系，在事件之后都被提出并进行了详尽的研究。

程序在命令安卓对人类发起攻击时，究竟在何种变数上赋予了多少权重依旧不为人所知。但可以肯定的是，社会中犯罪事件的发生、可以预见到的冲突是最具影响力的变数。因此，为避免群体之间发生大的冲突，原住民共同体才会如履薄冰地拼尽全力。

乾查阅香蕉城事件的公开记录，应该并不是想对隐藏的事件真相一探究竟。很明显，他想弄清的是不久前的时间移民者连环杀人案与黑客攻击之间的关联。香蕉城事件恰好与此次连环杀人案极为类似。

可能是因为一直想要忘却的惨烈景象再次浮现在眼前，黎惧安生出一种强烈的不祥的预感。

李秀香葬礼结束三天后，乾来找她。他坐下犹豫了一阵子，才道出心中的疑惑。

"我听说李秀香先生的记忆匣子并没有损毁，这和 J 说的不一样啊。"从表情来看，乾并不情愿这么说。他不愿相信自己的朋友 J 会和李秀香的死扯上什么关系。

"最早发现尸体的绿青园安卓这么说的？"

安卓从不隐藏任何信息，更别说撒谎了。因此，乾认为一定得弄明白这一点。他的表情十分阴沉，"那天记忆匣子的状态，你没有向安卓确认吗？"

"那天我到的时候，首席事务官已经将记忆匣子收走了。对安卓的讯问已经结束，所以我也就没再继续审问。哎哟，你这是在想些什么呢？"黎惧安故作镇定地笑道。

乾始终表情凝重，"记忆匣子里应该记录着李秀香先生被杀害时的情况。如果非得把它藏起来，那么理由不是只有一个？那小子和李秀香先生的死有关。"

"我的天，你与首席事务官那么要好，还不了解他吗？他可不是会去害谁的那种人。"

"你忘了吗？他曾在时间移民局大楼前将示威队全体处决。"

"那是……" 这话让黎惧安接不下去，只能叹了一口气，"那也是迫不得已的情况。如果首席事务官不那么处理，肯定会有死伤者出现，也可能演变为更大的暴动。对于时间移民局的政策，你不也十分清楚吗？他们绝不会放任时间移民者间的矛盾演变成冲突的。"

"根据这项政策，他能眼睛都不眨一下地处决掉上百人。要杀一个人又有何难？" 乾颇有深意地望着黎惧安，"如果连黎惧安都不清楚，那说不定原住民共同体也牵涉其中。"

"原住民共同体？" 黎惧安微微地皱紧了眉头。

乾踏实且责任心强，并不会有太天马行空的猜想。因此，对于事情的推测，一般不会超出他自己的常识范围。他努力地想要在自己的常识范围内，试着解释李秀香被杀事件。所以，他绝不可能靠近真相。但乾接下来的话却让黎惧安措手不及。

"除了黑客攻击，有其他窃取人体的方法吗？"

"什么？你这话也太离谱了！" 黎惧安瞪着圆圆的眼睛，大声地反驳道。但她的眼神却不由自主地闪烁不定，她内心希望乾不要察觉。

"不管怎么看我都觉得奇怪，于是再次查看了李秀香先生调查对人认知紊乱症状的相关资料。患者觉得家人像变了一个人，因此深陷恐惧之中，并最终像赫俊一样将家人杀害，调查资料十分详细，但也有奇怪的地方。"

"奇怪的地方？"

"人体插槽的副作用带来对人认知紊乱的症状，并使得个人产生错觉，对吧？也就是说，他们会觉得好端端的家人像是其他人，但如果现实中这些家人真的发生了改变呢？"

"你这么说有什么依据？你是找到了李秀香留下的什么资料吗？"黎惧安观察着乾的表情，故意装作十分吃惊地问。李秀香留下的资料早已被她的丈夫和女儿体内的 VIP 全部销毁。光这样黎惧安还不放心，保安部甚至派遣安卓进行过地毯式的搜查，不可能会留下任何有关新天堂的蛛丝马迹。此刻黎惧安却变得不安起来。

"不是，是我自己调查出来的。以对人认知紊乱症状出现并上报的时间点为界，我对他们此时间点前后带回家的物品和食品清单分别进行了比较，发现两份清单截然不同。生活方式也好，口味也好，都完全发生了改变。如果不是人变了，怎么可能会这样？"

"是吗？"黎惧安将手放进口袋中，装出一副饶有兴致的样子。她的口袋中装着一把小巧玲珑的手枪，枪的大小完全根据手的大小定制。枪的外壳冰冷得让人胆寒，黎惧安观察着乾的表情，用手抚摸着枪的外壳。

"千真万确。"乾表情凝重地点头，对于黎惧安脑海中的想法全然不知。

"无论怎么看，都已经不仅仅是黑客攻击这么简单了，看样子是有人将人格杀害后，把其他人的大脑信息复制了进去。从前，新天堂的意识体在掌控人体后将人格消灭，不也有这样的先例吗？当然，这属于绝密消息。"

黎惧安抚摸着枪的手停了下来。乾表情沉重而意味深长。虽然没有说明，但他应该是在怀疑新天堂。真相差不多已经来到他的眼前了。

黎惧安握紧手枪。不能因为这区区一个移住民而动摇整个共同体。

"所以你是在怀疑新天堂的意识体吗？"

黎惧安将手指放到扳机上。只要动一动手指，乾便会当场死在这里，眼下最具威胁的麻烦人物就会消失。之后的处理过程会有些麻烦，但也并不是不能收场。况且，她的身份还是别族。

"不可能。那个案子现任行政官不是都解决了吗？对于是否还存在类似案件，当时也仔细搜查过，已经宣告终结了。而且一年之中，新天堂能够连接因陀罗网的次数屈指可数。"

乾摇头，对于黎惧安早已变得冰冷的笑容，他丝毫没有察觉到。黎惧安一时间感到整个人都松弛下来，放下了悬着的心。

与此同时，她的手离开了扳机。

该说他天真，还是傻呢？黎惧安感到心里踏实的同时，又对乾泛起了一丝同情。他太容易相信别人和这个世界了。

"那你是在怀疑谁？"黎惧安将手从口袋里抽出，擦去额头上的汗珠。

"原住民共同体。"

黎惧安的手突然僵住了。

"队长你也是移住民，应该很清楚，在原住民共同体看来，我们不过是被管理的对象。时间移民旨在帮助人类存续和繁衍，反正现在这一目标已经实现。或许，原住民共同体正在利用因陀罗网进行什么实验？"

"我从没听说过。而且，就算是进行了那种实验，他们应该也不可能告诉我这样一个移住民。"

"也是。说不定是J撒了谎，谎称李秀香先生的记忆匣子损坏了。李秀香先生一直都在调查对人认知紊乱的症状。如果我查出来的这些事，李秀香先生也同样知晓，她一定会着手调查原住民共同体进行的实验。在这一过程中，李秀香先生知道了什么不可告人的秘密，因此惨遭杀害也说不定。而J作为首席事务官，站在他的立场，必须维护原住民共同体。因此，他极有可能将记录着事件经过的记忆匣子损毁，并隐藏起来。当然这些都是我的推测。"

乾的推测已触及真相的一角，但又与本质擦肩而过。只要找个合适的理由，就会有无数的方法将其说服。但黎惧安总觉得还有哪里无法令人放心。

在李秀香被杀害的那天，J 并未与保安部联系，他报告称记忆匣子是他独自处理尸体的过程中销毁的。在将李秀香杀害后，其丈夫和女儿惊慌失措地告知他，并且事发在深夜，情况十分紧急，于是他才这样处理。当时黎惧安觉得 J 的说法似乎十分合情合理。但如果像乾说的这样，记忆匣子在回收时并未损坏，这么一来前后就对不上了。

想到这里，黎惧安忽然意识到了什么，猛地站了起来。坐在一边表情严肃的乾被她的这一举动吓了一跳，抬起头望着她。一向都是笑靥如花的黎惧安此时的表情却无比僵硬。

"怎么了？"

"我忽然想起来有急事要处理。"黎惧安勉强地笑着说道，但依旧无法隐藏她满脸的震惊与恐惧，"什么也别问。"

乾刚想张嘴，黎惧安马上用手示意他打住。

"刚刚说的事，我先试着隐秘地调查一下，之后再联系你。也就是说，在这之前，不要对任何人提起此事。明白了吗？"

乾无声地点了点头。

"你多加小心。"乾忧心忡忡地向她道别后，站了起来。

黎惧安用尽全身力气微笑着，在将乾送走后，她这才意识到自己的双脚正颤抖着，一屁股跌坐下去。她祈求着是自己的推测错了。

可以十分确定，"时权协"拿到的 VIP 名单出自李秀香的记忆匣子。问题在于信息是通过什么渠道传递给"时权协"的。

在"时权协"第一次犯下杀人案的半月前，绿青园的禹越过边界，在市区出现后又退了回去。禹是唯一一个不经过因陀罗网就能获取记忆匣子中信息的人物，再加上他属于绿青园，可以不受任何限制地来往于中心城市。

"分明是首席事务官故意将李秀香的尸体丢弃在边界外的。他做事一向缜密，不会毫无理由地那么做。他是故意让尸体被发现。"

局长说过的话出现在脑海中。

不会吧？

黎惧安不由自主地握紧拳头。如果 J 将李秀香的尸体弃置在边界外，故意让禹发现的话……并且，将李秀香记忆匣子中的信息传递给"时权协"，也是有意为之的话……不对。这不可能。黎惧安使劲摇头。又不是其他人，J 不可能会做这种荒唐事。他还有什么不满足，要将原住民共同体陷于危险之中？

J 是现任行政官力推的下届行政官候选人, 而现任行政官对新天堂意识体占用人体一直持反对态度。行政官选举中 J 的最大竞争者就是原住民共同体支持的时间移民局局长, 为了给原住民共同体造成巨大打击, 他与李秀香达成了某种交易, 这也不是不可能。

在李秀香意外被杀后, J 将保存有完整记忆匣子的尸体弃置于边界之外, 豪赌一把?

不会的。怎么可能?

黎惧安的双唇炙热地燃烧着。如果 J 的赌博已经开始, 那之后会发生的事简直不敢想象。她不由自主地全身颤抖起来。

不是。绝对不可能! 为了自己的野心赌上全体市民的性命, J 不是这样的人, 他没有这么大的胆子。黎惧安虽尽力宽慰自己, 但身体依旧抖个不停。这个不祥的预感挥之不去, 越是否定它, J 那张无法看穿的、闪烁着冰冷眼神的脸庞就越发清晰。

8

在卡伊罗斯咖啡厅里, 乾把自己调查到的事一股脑儿全告诉志韩后, 心里舒坦了一些。要让他将这些全部隐藏起来, 实在是太憋闷了。刚开始乾只是随口说了几句,谁曾想竟对志韩和盘托出,大概是今天志韩比往常听得都要认真的缘故。对于讲出这些猜想,乾并不后悔。

"您怎么不说话呢?"说完后,乾看志韩只是坐在那里,没有任何反应,于是向他问道。

"你觉得你说的内容,我能够理解多少呢?"

"要我再跟您讲一遍吗?"志韩扑哧笑了起来,摇了摇头。

"又是什么杀害人格,又是什么复制大脑,太多稀奇古怪的话了,哪怕再听一遍,估计我也是一大半都听不懂。"

"所以说,我的意思是,李秀香先生……"

乾完全不顾志韩的话,想再次向他解释,但志韩摆了摆手。

"我不想再听了,但说来也奇怪。"

"什么?"

"那些被杀的人,根据你的调查,他们的人格,还是大脑什么的被调包,确实变得像其他人了,就像我看到的赫俊一样。"

"所以呢?"

"那为什么会被杀呢?按照你的逻辑,这些人也是受害者啊。秀香的同志们没有理由要杀受害者。秀香或是昌民都不属于激进的人,如果他们下定决心要解决原住民共同体犯下的案子,那首先应该要保护的就是受害者。但他们并未大张旗鼓地宣扬,只是暗中将受害者除掉,不是太奇怪了吗?"

"听您这么一说,还真是的。"乾摇头晃脑地说,"我们现在掌握的情况还太少,无法弄清事件的来龙去脉。黎惧安说她已经调查好几天了,肯定比我们更清楚。"

"那女人可信吗?"志韩试探性地问乾。乾一直以来都把黎惧安视作妹妹,对她深信不疑。但志韩从第一次见到她起,就一直不相信她。在他看来,那个女人笑眯眯的表情下,深藏着阴险歹毒的本性。每次见面时,她投来的眼神都那般锐利,甚至让志韩也感到胆寒。她的眼神深处藏着一个强韧而犀利的灵魂,那些外表天真可爱的年轻女孩子很难拥有。这需要长时间的磨炼,在经历过无数残酷的事件后,才能造就出来。

"我今天要去见黎惧安队长,您也一起去吗?"

"估计她可不会欢迎我。"

"您难道不好奇李秀香先生是怎么死的吗?"乾的语气里带着责备。

"我没说不去。"

咖啡还剩一半,志韩便站了起来。

"那您现在是去哪儿呢?"

"我得去接受手指康复训练。"

志韩举起右手给乾看。他断掉的食指已神不知鬼不觉地恢复了原样。在复原的同时，志韩的大脑神经也得到了矫正，因此康复训练并不是必需的，但志韩依旧坚持不懈地在做。对此乾也知情，于是他点了点头。

"您知道我们约好的时间和地点吧？"

志韩点了点头，然后离开了卡伊罗斯。

在卡伊罗斯门外，别着时间移民局各色徽章的人来来往往，他们是为了调查这一时代而来自未来的探查官们。志韩停下脚步，观察了他们一阵子，然后再次向前走去。

对于这些人来说，自己眼下活着的这一瞬间已成为被记录的历史。志韩低头看着自己的右手，右手就像从未缺少过一根指头，仿佛一直就很完整。他十分好奇，对于自己接下来要做的事，这些人是否已经知晓呢？

他尝试着朝各个角度活动食指，在路边乘上了出租车。

"春天啊……"志韩自言自语道。

那些高喊着独立和解放的人都曾等待过祖国春天的到来，利律和秀香也是如此。但对于这样的春天，志韩从未等待过，也从未渴望过。那些整天叫喊着春天到来的家伙都是在燃烧自己的生命，借着他们的热气，就算春天来了，能享受这春光的也无非是他人，这早已是不言自明的道理。所以，志韩曾数百次地告诉他们：如果想要见到春天，想要在春天里畅游，那就得放下现在所做的事，一心想着怎么让自己活得更长久。但他们就是不听，到了这里，秀香依旧整天喊着春天、春天。

"见鬼。"

志韩抓着脑袋，漫不经心地看着窗外的风景不断退后。如果秀香是为了春天而将自己召唤到这里，那自己也只能踏上这条通往春天的路一探究竟了。

出租车停了下来，志韩下了车。秀香家的房子就矗立在眼前，他出神地望着房子看了好一阵，然后朝玄关走去。

第六章

最后一张牌

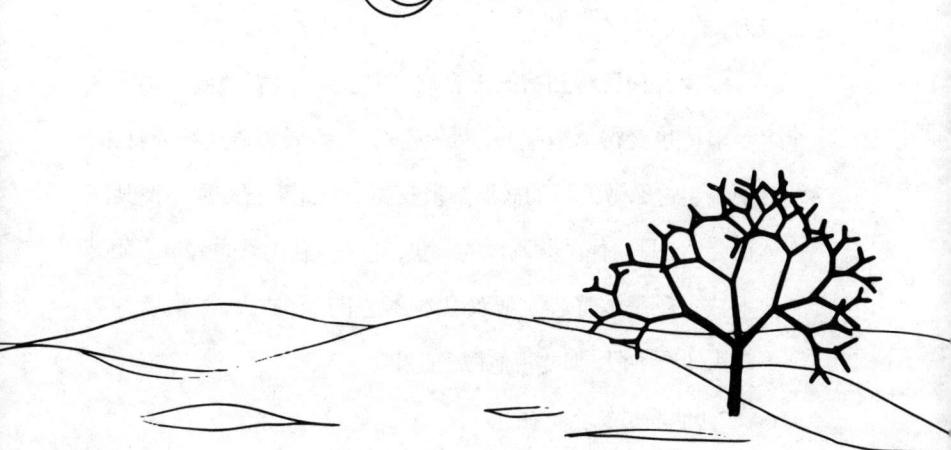

1

　　黎惧安坐在一边，焦急地等待着乾。上次乾来过后，她对阿戈斯上的资料进行了严密分析，发现越过边界的禹曾接触过"时权协"的人。

　　综合各种资料和状况来看，分明是 J 将禹召唤到了中心城市。事情也变得清晰起来，利用安卓 OM 给局长造成巨大打击，这便是 J 这么做的目的。但黎惧安还未将此事告知原住民共同体议会。J 是原住民共同体的一员，也是一名优秀的官员。如果他承认自己是被野心蒙蔽双眼才会犯下这种错误，黎惧安打算不管用什么手段，都要帮他摆平此事。

　　"其他职员怎么不在？"

黎惧安正在沉思中，J推开门进来，张望着办公室内部。

"想安静地跟您谈谈，所以都被我打发走了。请坐。"黎惧安微笑着指了指椅子。

"什么事？保安一队是出什么问题了吗？"J坐着问道。

黎惧安摇了摇头，"保安一队没问题。只是在调查李秀香的案子时，发现了一件怪事。"

"怪事？"

"我们差不多已经弄清，'时权协'是如何搞到VIP名单的。"

"真是太好了。他们怎么弄到的？"J与黎惧安对视着，面不改色。

看着眼前泰然自若的J，黎惧安对于自己的推测是否正确，短暂地感到迟疑。但J本就是一个善于隐藏内心的人。

"在此之前，我有事想要问您。李秀香的尸体被丢弃前，您为什么撒谎说记忆匣子损坏了？"

黎惧安没有绕弯，直奔主题。本以为可以正中J的要害，但J并没有丝毫相应的表现。

"为什么你会觉得是撒谎呢？"

"是绿青园安卓OM发现了李秀香的尸体，他的证词是这么说的。说是将完好的记忆匣子收集起来交给了您。您也很清楚，安卓从不撒谎。"

J 的眼神中闪过一丝动摇。虽然发生在刹那间，但这一微妙的变化并没有逃过黎惧安的眼睛。

"那天事发突然，您大概是忘了吧？"黎惧安摆出一副惋惜的表情，试探着 J 的真意，"居然犯下这种失误，当时您该有多慌张啊。我调查了一下，是您的这个失误引发出连环杀人案。我的上帝，绿青园安卓 OM 竟然在李秀香的记忆匣子里找到了 VIP 名单，并把它传给了'时权协'的管理者。李秀香葬礼时他还来过，那安卓叫什么名字来着？"黎惧安假装在记忆里搜寻了一阵子，忽然拍手大声叫道，"对了，是叫禹。他和李秀香关系也不错，还常常出入您的宅邸，您也应该认识吧？"

黎惧安笑盈盈地观察着 J 的表情，她的眼神如同毒蛇的芯子一般舔舐过 J 的脸庞，不放过任何一个角落。

"这个嘛，估计还得再往下听听，我才能想起那安卓是谁。"J 丝毫不避讳黎惧安的视线，直视着她的眼睛说。

一切都还只是推测，但黎惧安越来越确信自己的推测是对的。

"'时权协'从禹那里弄到了李秀香的记忆匣子，应该也清楚新天堂和 VIP 的关系。由于此事非同小可，而他们的力量又不足以与原住民共同体抗衡，所以他们选择通过杀害 VIP 的方式来向我们施压。因为这个，我们局长在原住民社会的支持率一落千丈，心里可是苦不堪言。"黎惧安微笑着看着 J。

J 面无表情，温和而又冷峻地坐在那里，如同一个矛盾结合体。他不温不火的态度使黎惧安的怒火渐渐冒了上来。

"我的天哪，事务官。您不如一开始就跟我坦白，也许就不会发生那些事了。如果能尽早回收李秀香的记忆匣子，'时权协'就不会知道此事，也就不会有人丧命。要想牵制住局长，我也有更好的办法来帮您。"

"你现在在说什么，我完全搞不懂。"

"虽然不清楚您的计划是什么，但如果是为了原住民共同体，立即停手会更明智一些。"黎惧安感到自己的耐心已到极限，她向 J 忠告道。

"原住民共同体？" J 一脸不屑的表情，直视着黎惧安，"作为移住民，竟对原住民共同体如此忠心耿耿，你还真是了不起。但我到底计划了什么？你说的我完全搞不懂。要说的都说完了的话，我得走了。"

J 从椅子上起身，似乎不想再听下去了。

在那一瞬间，黎惧安压抑已久的愤怒终于爆发了，她大声地说："为了拉拢边界外的'那些人'，您故意将记忆匣子完好的李秀香先生的尸体丢弃在了那边！如果情况不是我说的这样，您倒是解释看看。"

J原本背对着黎惧安，此时他缓缓地转过身来。只见黎惧安的脸涨得通红，她气势汹汹，已近于癫狂。

"那些人？"

"您打算要一直装蒜吗？就是边界外的那些人！游荡在边界外，时刻监视着中心城市的那些安卓OM！借助绿青园安卓OM之手，您故意将意识体占用人体的事泄露给了他们，想要借此来牵制局长，然后将行政官的位置据为己有。事情不会如您所愿的，一旦那些人介入，整个东亚地区的居民将全部遭到屠杀！"黎惧安忽然发疯似的笑了起来，"您不要错误地认为能够控制他们，事务官。"黎惧安提高嗓门，声音都沙哑了。"香蕉城事件发生时，与暴动有牵连的市民只是极少数。但最后所有市民无一幸存，全部惨遭处决，就连小孩子也遭到杀害！他们依旧运行着毕世路灭绝人类的程序。因为你泄露的消息，这里很快就会变成一片血海！"

黎惧安队长天真可爱的模样消失得无影无踪，看起来完全像另外一个人。看着她这副模样，J意识到一定是哪里出了错，眼前的这个女子并不是黎惧安队长。

"你，你是谁？"J原本平静的声音颤抖起来。

"我是谁？我是一直以来为你收拾烂摊子的人。"黎惧安一边冷笑，一边怒视着J，"你这个叛徒！"黎惧安的语气冰冷。

黎惧安的眼神凶狠而凌厉，如同要冒火花一般，但 J 并没有回避。他用犀利的眼神回应着黎惧安，寸步不让。气氛紧张到了极点，双方都没有丝毫想要退让的迹象。就在这时，办公室的门打开了。

"嗯？怎么回事？两个人是吵架了吗？"乾走了进来，见他们面对面站着，他瞬间便感觉到两人之间紧张的氛围。

"你怎么来了？"这一突发状况让 J 有些慌了神，他转向乾。

志韩跟在乾身后走了进来，他看到 J 不同于往常，竟显得有些慌张，这让他十分奇怪。他又看了看黎惧安，如若在平时，就算硬撑，她的脸上也会堆满笑容。今天却气势汹汹，让人不由得汗毛倒竖。

"我怎么来了？当然是有事对黎惧安队长……"乾知道气氛不对，于是望向黎惧安队长，"黎惧安，你这是什么表情？"这时乾才察觉到黎惧安杀气腾腾的表情。

黎惧安提高嗓门，咯咯地放声大笑，仿佛在嘲笑他一般。

"什么表情？马上你就明白了。"

黎惧安轮番看了看志韩、乾和 J，脸上的笑容越发诡异。

"都到齐了，正好。"黎惧安咧嘴笑着，脸上透着阴森的气息。

这笑容代表着什么，唯有志韩察觉到了。

乾完全弄不明白黎惧安为何会忽然笑着将手放进口袋，他只是傻乎乎地看着她。但不知不觉间，黎惧安的手中已握着一把枪。

"这，这是干什么？"

"干什么？"黎惧安晃动着身子笑了好一阵儿，然后笑声戛然而止，"不用知道了，反正都得死。"

黎惧安对准 J，毫不犹豫地伸出枪。

"J！躲开！"

乾一个飞身扑了出去，将 J 推到一边。与此同时，志韩朝着黎惧安冲了过去。还没来得及将她制服，黎惧安已然扣动了扳机。枪没有任何声音，但杀伤力却无比巨大。J 被推出后，子弹正好击中乾，他腰部的左半边几乎都没了。

乾还没有倒下，黎惧安为了除掉正在逼近的志韩，已将枪口对准了他。但志韩的动作却更加敏捷。他一把抓住黎惧安的手，将她的身子掉转方向，紧贴着她，然后从后方将她的脖子拧断。

咔嚓——

脖子断裂的声音回响在寂静的室内。余音尚未消散，又传来 J 近似于哀号的喊叫声："乾！振作起来！"

J 抱着乾，乾的身子浸在血里。志韩走过去，想蹲下身子看看乾，这时 J 站了起来。他捡起黎惧安掉落的枪，然后瞄准了她的头部。为了防止人格和记录再生，需要彻底摧毁她的头部。

"我们现在得马上离开。"J在开枪之后，焦急地对志韩说，"在这个房间内发生的事应该已经被阿戈斯感知到了，安卓警察很快就会抵达。您离开前我不会启动紧急系统，请赶紧走。您出去后前往绿青园即可，禹会帮您的。抓紧时间，快走吧！快！"

J指了指门。他身上沾满乾的鲜血，平时那么冷漠而沉稳的一个人，这一刻却抖个不停。那些死去的同志们隐隐约约地从志韩的眼前闪过。那时，志韩认为时代就像一头怪物，是它吞噬了这些人。现在看来，人才是真正的怪物。志韩瞟了一眼黎惧安的尸体，她的头部已经不见了。然后他迅速转身离开了办公室。

J在确认志韩离开后，开始用力拍打乾的脸颊，乾已经渐渐没了意识。

"振作！打起精神，乾！"

J用尽全力地呼喊着乾，这时安卓警察和医疗部的职员抵达了现场。

"先保住大脑！无论如何一定要保住大脑！"J冲着乾身旁的医疗部职员大喊大叫。

这副模样与平时那个沉着冷静的他判若两人。在职员们见到过的他的各种样子里，此刻的他是最具人情味的。

2

　　黎惧安被杀的第二天，一项本需由她经手的报告，在没有经过任何研究讨论的情况下，直接被处理了。在继任者确定之前，那些重要度较低的文件通常以整批的形式进行处理。在这个过程中，便出现了这样的情况。该报告被分类为重要度最低的趋势报告，报告记录了过去几个月中，在边界地区目击到的异常事件或是接收到的异常事件报案。

　　报告称有人目击到陌生人群，他们在涌到边界之后又消失了。从几个月前起，就时常有人声称听到边界外有什么东西成群结队移动的声音。在整个边界地区，也不断有居民报案，他们说由于地面震动的声音过于剧烈，常常从睡梦中惊醒。

　　这些内容都不寻常，并不应该就这样轻易漏掉。但报告一经处理后，保安部并不会再次查看。当下，保安部正因阿戈斯一队队长黎惧安被杀一事，像炸开了锅一样，忙得不可开交了。

　　议长和时间移民局局长听到黎惧安被杀的消息后，沉默良久。虽然 J 和行政官就坐在面前，但他们连问清事情来龙去脉的念头也提不起来。

　　议长好不容易才强打精神，开了口："当前这种情况下，不必拘礼,都随意一点,来谈一谈吧。保安部办公室里到底发生了什么,听说没有记录下来。是黎惧安队长这么指示的吗?"

"根据保安部的调查,确实如此。"行政官点了点头。

"如果连记录都不愿留下,应该是谈了什么了不得的机密?"

局长偷偷看了一眼 J。眼下只有 J 知道在那里发生了什么,但对于保安部职员协助调查的请求,J 通通未做任何回复。当时,乾正站在生死的十字路口,J 在医疗部的等候室中一动不动,等待乾恢复意识,可惜乾一直没有苏醒过来。直到 J 从悲痛之中振作起来,保安部才好不容易从他的口中听到一些关于案件的证词。

"听说从目前掌握的情况来看,是姜志韩杀害了黎惧安。对吗?"议长向 J 问道。

"是的。如果不是黎惧安队长替我挡下,估计连我也被杀了。"J 与往日不同,显得十分慌乱,他撒了谎。

"乾太可怜了,这就是太靠近真相所要付出的代价啊!黎惧安队长也是为了保护原住民共同体,不得不除掉乾。她伤得还真不轻啊,当场就咽气了。"行政官叹着气道。

"J,你应该庆幸你还活着。在姜志韩看来,你是黎惧安的同伙,要是再拖延些时间,他也会除掉你的。听说了吗?李秀香的丈夫和女儿身体里的 VIP 都被他杀了。"局长向 J 问道。不想着改过自新，整天四处杀人的时间移民者，还真是亘古未有。

"对于黎惧安队长的死，我深表遗憾。愿意像她那样，为了原住民共同体而献身的移住民并不多见。"行政官惋惜地说。

知道黎惧安队长真实身份的局长和议长只是面面相觑，并没有将实情告诉行政官。照目前的情况，让黎惧安的形象停留在忠心耿耿的保安部队长这一身份上，从各方面来看都更为稳妥。

"就算是为了黎惧安队长，'时权协'作为 VIP 连环杀人案的幕后指使者，这次决不能轻饶。"

局长接过行政官的话说："在证据不确凿的情况下，'时权协'不断制造一些捕风捉影的流言，借此诬陷原住民共同体。因陀罗网上早就传开了，说是原住民共同体有组织地除掉了那些不愿配合的时间移民者，然后伪装成了杀人案。他们叫嚷着上次抓获的金昌民并非真凶。"

局长冷笑着，一脸轻蔑的表情。在移住民社会好不容易挽回的支持率，因这一传闻再次下滑。但反击的机会还有很多，只要新天堂不撤回对他的支持，下一届行政官的位置仍然是他的。

"这次的事已经报告给原住民共同体了。'时权协'作为世界性团体，光凭我们，对付起来有些力不从心。但只要原住民共同体联盟采取行动，过不了多久，'时权协'就该解散了。"议长用轻松的语气说。

"黎惧安队长被杀一案,把姜志韩抓起来处决了,就此了结吧。反正听说乾的意识也恢复不了了,不会再出什么问题。"局长望向三人,询问他们的意见。

行政官看了看 J,想知道他的意思。

J 点了点头。

"那就在因陀罗网上对姜志韩发起通缉。向保安部下达指令,不管谁逮捕到姜志韩,当场剥夺他的时间移民资格。"

"有必要做到这种地步吗?"对于此次事件的内幕,局长内心希望能进行更为详细的调查,他小心翼翼地表达出反对的意思。

"姜志韩杀死了黎惧安。"她的眼神中充斥着对志韩的强烈愤怒。

看到她的眼神后,局长用手示意他知道了。

会议结束后,J 与行政官一同走出议长室,他看起来十分疲惫,行政官担心地望着他。选举的走向依旧对 J 十分不利。原住民共同体内部已达成共识,决定支持局长。移住民社会的支持率虽然一直在变化,但 J 与局长在支持率上的差距并没有缩小。如果没有一个惊人的飞跃,下届行政官的位置应该非局长莫属了。

"选举近在眼前,本来就够你操心的,竟然又发生这种事。你还挺得住吗?"

"以前比这更糟的事，不也同您一起挺了过来。您不记得了吗？"

"是的。但这次不是不同吗？乾死了。"在即将分开的拐角处，行政官停下脚步。

"他还活着。"J也停了下来。

"虽然从生物学的角度来看他还活着，但诊断结果显示他的大脑已经无法复原了。乾的某位家人应该很快就会为他申请安乐死的。"行政官的语气中充满怜悯。

J紧闭双唇，没有说话。但沉默反而在诉说着更多的内容。

"虽然不清楚你的计划，但有什么我能帮忙的吗？"行政官有些不忍，于是转移话题，"不要太勉强自己了。上次我向你拜托卸任后的事，不要觉得太有压力。原住民共同体内部的改革并不那么简单，我明明知道这一点还给你这么大的负担。选举还有下次，没必要太着急。"

"您是认为我已经输定了吗？"

"现在的情况就是如此。"行政官坦率地回答。

"这可不像您。"

"那是因为……"行政官扑哧笑了出来，"那是因为我就快活到头了，难道不是吗？"

行政官拍了拍J的肩膀，然后离开了。J望着行政官的背影好一阵子，然后掉转方向匆忙朝家赶去。雪正在家中确认乾大脑地图的备份状态。

真是万幸，迎接他的是雪明朗的表情。J估摸着自己担心的事并未发生，于是松了一口气。

"看来状态不算太坏。"J脱下外套递给雪，对她说。

"虽然部分记忆序列缠绕到了一起，但除此之外，复制堪称完美。"雪笑容满面地说道。

"以后按照这个地图对大脑进行复原，乾应该不会有不便之处的。但他的身体依旧没有意识，医疗部愿意修复他的身体吗？"

"已经指示过了，因为尸体的模样让人看着实在不忍心，我让他们一定要用完整的身体来举行葬礼。医疗部负责的职员也是时间移民者，十分熟悉移住民的葬礼习俗，应该会花心思进行修复的。"

J忽然感到十分疲惫，他将身体深深地窝进沙发里。从李秀香的死到黎惧安的死，无法预料的事接二连三地发生。他完全无法理解，乾为何会舍弃自身来保护他。他的身体是人工身体，已经屏蔽掉所有知觉，并不会感到痛苦。即使黎惧安朝他开枪，最坏的结果无非是人工身体遭到损坏。

在黎惧安掏出枪时，对于人工身体将遭受巨大损坏的结果，他已经预想过了。感知痛苦的神经已被屏蔽，只要头部还在，开枪也不会对他造成致命伤害。而且，黎惧安也并未瞄准他的头部。不管曾做出怎样的背叛之举，黎惧安并没打算要将他赶尽杀绝。但这时乾却插了进来。

J苦笑起来。与其他的移住民一样，比起理性判断，他更习惯于将自己的身体交由瞬间的感情来支配。如果不是这样，乾也不会迈入死亡的门槛，志韩也不会牵扯进来，这件事会仅以他自己的人工身体损坏严重而告终。

"那家伙太感情用事了。他的大脑中是否存在能进行客观判断的理性，还真是让人好奇。"J将头后仰，闭着眼睛说道。然后他用手掌将眼睛盖住了。

"但有时感情反而是更客观的。"雪专注地望着J，脸上挂着怜悯的微笑，"乾大脑地图中因这次事件而产生的创伤，也一起拿掉吗？"

"那小子不会愿意的。"J将手从眼前移开，望着天花板，自言自语道。

3

志韩携带一瓶水只身越过了边界。本来他以为自己在抵达边界前就会被抓住，但没想到自己运气还不错。不对，真的是因为运气好吗？在这个世界上，处处都被监视着，但在抵达边界前，他却没有受到任何追踪。单单将这一切归结为运气未免有些牵强。

志韩回想起 J 指着门时的眼神。由于情绪激动，他当时满脸通红，眼神却无比坚定，似乎早已将志韩要去的路尽收眼底。他完全有可能帮自己打通所有的路，但他为什么要这样做呢？

走在没有路的荒凉原野上，暮色开始降临。最后，那仅有的一丝暗淡的光线也消失了。这是志韩在荒野上度过的第三个夜晚。

在笼罩四方的黑暗中，志韩隐隐约约听见不知是什么动物发出的声响。在荒地上连可以倚靠的岩石或树木也没有，唯有满天繁星能聊以慰藉。

在黑夜之中不停前行时，云渐渐地聚了起来，连星光也被遮挡住了，志韩置身于咫尺距离也难以辨物的黑暗中。猛然听到有脚步声或是人声尾随而至，但这声音到底是真实存在，还是自己的错觉，也难以分清。像动物一样的幻影猛然出现在眼前，又忽然消失。深邃的黑暗和荒地中死一般的寂静让志韩徘徊于现实与幻象之间。为了让自己不被这黑暗蛊惑，他用尽全力向前走着，最后在面前出现的一块宽阔的岩石上坐了下去。

岩石上，白天太阳照射后的余温尚存。志韩迎着冷冽的风，将自己的衣襟扣好。赶路时未曾感到的困乏一下子从身体里冒了出来。因为担心会有动物突袭，他不停地想让自己打起精神，但头总是止不住地往下沉。

他艰难地睁开双眼，只见远处仿佛有一个人影正在注视着自己，如同影子一般，不一会儿又消失了。在之前那个大雾弥漫的清晨，脚步声轰隆隆地震动着地面而来，志韩现在正感受到与那时相似的气氛。他不断地告诫自己不能被这无边的夜蛊惑，再次站了起来。

志韩身上仅有一根小棍子可以用作武器，他再次确认方向后迈开了步子。在熹微的晨光亮起后，又过了好一阵，志韩才终于得救。有一个人正骑着马在前方朝他挥手。那是禹，他刚刚才接到 J 的消息，于是找了过来。

"水。"志韩一把抓住从马上下来的禹，说完这句话后便栽倒在地。

过了大半天，志韩才苏醒过来，他发现自己正躺在一张干净的床上。清新的空气不断地从窗外涌进来，窗外是一望无际的广阔茶园，与自己一路走来的荒地简直有着天壤之别。

他出神地望着绿意盎然的茶园，甚至感到一丝凉意沁入眼帘。这时禹出现了，他给志韩端来了水和食物，直到志韩用餐完毕，他都只是静静地在旁等待。

"首席事务官让我来这儿。"

志韩一直在等他回答，但禹白净的脸上始终只保持着平静的微笑。

"黎惧安杀了乾，然后我把黎惧安杀了。"

志韩再次等着禹回应，但他依旧没有任何言语。在志韩接着说话前，禹才开口说："先生您越过边界后，行政官已经下达了通缉令。为了搜寻您的踪迹，阿戈斯正在对中心城市进行地毯式地搜查。"

"这里安全吗？"

"因陀罗网没法越过边界，所以阿戈斯在这儿形同虚设。"

"你在帮 J 做事，你应该清楚他的计划吧。乾和黎惧安的死也都是他计划的吗？"

"这个嘛……"

禹既不肯定也不否定。对于 J 的计划，禹到底是真不知道，还是揣着明白装糊涂，志韩心里也拿不准。此外，禹到底是敌是友也还不能明确判断。

"首席事务官想与您进行视频通话。"禹沉默了一会儿，指着前方说。他所指的地方是一面黑色的墙，十分光滑。那是为进行视频通话而专门设置的墙面显示器。禹使用卫星与因陀罗网连接上，J便出现了，将画面填得满满当当。

"我还一直在担心您，看到您平安无事，真是万幸。"

J看起来与往常没有什么不同。他这副没有任何异样的面孔让志韩十分不舒服。挚友一般的乾死了，从他身上竟看不出任何悲痛，简直是个没人性的家伙。也对，他的身体就是一台机器，还有什么人性可言。

"我欠了你一条命，以后再还你。"

"祖宗您会还以什么样的大恩大德，还真是让人期待。"J回答道。

志韩看着他，笑了出来，"好的，你希望我怎么还你？"

"您什么都别做，就当是报答我了吧。"

"什么都别做？"志韩意味深长地望着J。

"李秀香先生希望您能彻底忘却那风尘世间，在这里过上安稳而愉快的生活，所以才为您申请了时间移民。"J滔滔不绝地说着，但就算再没有眼力，也能看出他说的是谎话。

志韩回想起禹转达的秀香的话。她说想要一起迎接春天，要走的道路自然无法安逸舒适。在已经离开的那个时代，人们给春天赋予了各种意义，人人都在叫嚷着春天。如果在这个时代，秀香依旧整天说起它，那说明应该死的家伙不少，所以她死之前才会在那两个家伙身上留下标记。

那么，现在在那墙上吵个不停的家伙到底是应该杀掉，还是应该放过呢？志韩死死地盯着视频里的J，目光仿佛想要穿透眼前这巨大的显示器。

"您竟将李秀香先生的丈夫和女儿杀害，还真让人火大！您这么做是出于什么原因，我就不过问了。但因为这件事，您的处境变得很艰难。现在您已经成了通缉犯。一旦您回到中心城市，阿戈斯便会立即通知安卓警察。在您被发现的那一刻，时间移民资格会被当场剥夺。"

"那照你的意思，我得等到什么时候？"

"等我当选为行政官后，会再联系您的。"J话音刚落，连接便断掉了。

"等他当上行政官，死之前都得待在这儿了。"志韩十分郁闷，自言自语道。他早已听闻风声，时间移民局局长将当选下届行政官。

"如果李秀香先生还活着，大概就不是这种情况了。"禹一脸惋惜地嘟囔道。

"秀香还活着的话，会有什么不同？"

"就不会有人死了。乾不会重伤垂危，先生您也不会杀掉黎惧安。还有，首席事务官也……"禹本想接着往下说，却又停下来，转移了话题，"我为您泡点茶吧，喝点茶心情会好些的。"说完禹就离开了房间。

志韩的脚踩在老旧的木地板上，地板嘎吱嘎吱地响个不停。他走到房门外的栏杆前，靠了上去。在广阔的茶园中，零星可见几个人，他们戴着帽檐宽大的帽子，正在修剪茶树。风景宁静而祥和。

看着这一派和谐的景象，发生过的一切都变得虚无缥缈起来。一路艰辛走过的荒地，乾去世的事，还有自己杀掉的人，仿佛都发生在梦中。志韩和秀香一起抵达上海时，也曾是这样的心情。上海的街道上处处洋溢着活力，与朝鲜不同，上海散发着精致而华丽的气息。因此他们也曾相信，那一定是新生活的开端，但一度远离的现实最终还是找上了他们。现实中的他们无路可逃，唯有当他们做出选择时，才能获得自由。

禹上楼的声音传来，他手里端着托盘，托盘里放着茶壶和茶杯，进门后，他将倒放的茶杯掉个个儿。志韩望着正往茶杯中倒茶的禹，也走了进来。

"J和秀香的想法一样吗？"

禹静静地点头。

"那先不管理由如何，看来那家伙现在也在叫嚷着春天。"

禹笑了，"也可以这么说，但春天好像不会来了。"

禹转头望向窗外一望无垠的风景。在那无边无际的广阔土地上，四处散布着他的兄弟姐妹——安卓OM。工厂的数量每年都在有计划地增长，新的兄弟姐妹就出生在这些工厂中。那些没有经过改造的、纯粹的安卓OM，他们的信念编码都承载着一个相同的核心目标。

人类灭绝。人类世终结。新世代降临。

"首席事务官不该去招惹这些人，不应该将他们牵扯进来的。春天不会来了，取而代之的将会是他们。"禹伸出手指向窗外，"就在那外面，他们在那儿。"

"他们？"

"就是我们初次见面的那天早晨，您在雾气中看到的那些人，一直以来监视并观察着人类的安卓OM。"

"他们为什么要监视并观察人类？"

"为了确定灭绝人类的时间。"

这句话传递的信息非同小可，志韩一下陷入了沉默。如果之前没有听过大屠杀的那些事，他一定会认为禹是在开玩笑。

"想要灭绝人类？什么理由？"

禹没有回答，只是耸了耸肩。"对他们来说，不需要理由。他们只是机器，只因毕世路设定的第六代大灭绝程序没有停止，才依然在运行中。如若公式计算出的结果处于危机范围内，他们会向中心城市发出警告。如果情况并未好转，且公式所得结果代表灭绝的话，他们便会照此执行。"禹慢条斯理地解释道。

"首席事务官认为只要他成为行政官，就能阻止所有人丧命？"志韩抓着脑袋问道。

禹点了点头。

"看来你认为他想错了。"

"这需要程序来判断。但首席事务官确实想得太乐观了。当选行政官后着手处理新天堂犯下的罪行，对原住民共同体进行改革的意志，这些都会是积极的变数，但其他消极的变数也很多。"

"把那些都除掉不就可以了。"

"我说的变数指的是人。"

志韩睁大双眼望着禹，脸上的表情写着"那又如何"。对话内容已超出禹的知识范围，为了对其进行分析，他剧烈地眨着眼睛。

"都说你是机器人，比人类还要聪明，可你不懂的还真多。秀香整天吵着春天春天，将我召唤来这儿的目的不言自明。托首席事务官的福，枪已握在我的手中了，你就告诉我那些称得上'变数'的家伙都有谁，去哪儿可以见到就行了。"

志韩的话听起来就像是在开玩笑，为了分析其中的真意，禹再次剧烈地眨起眼睛。志韩看着他这副样子，笑出了声。

"您需要前往中心城市的天馆。枪可以登记为绿青园所有。

绿青园位于边界外，是唯一允许使用枪支的地方。但想要带枪进去还是很困难，我试试看能不能骗过安检系统。"

"我现在处于通缉中，要怎么骗过阿戈斯也是个问题。"志韩面露难色。

但禹很快便给出了解决方法："在这儿为您制作一个人体插槽，注册为其他人的名字就可以了。因陀罗网和阿戈斯优先检测的是人体插槽上注册的信息，而不是人体信息。只要不遇到认识的人，您就会被识别为注册名字的主人。"

"我看你是忘了，我可是无罔者。无法生成……"

"您可能搞错了。"禹打断志韩的话，"是首席事务官在资料上造假，故意将您分类为无罔者的。"

志韩顿时无话可说。

"为了这个欺骗祖宗的家伙，看来我得赌上这条命了。"志韩扑哧笑了起来。

禹望着他，眼睛再次剧烈地眨起来。

4

还有两天。为选出下任行政官，原住民共同体将公布他们支持的候选人。时间移民局局长如同已经当选一般，各大媒体上滚动播放着有关他的报道。包括时间移民者在内的移住民社会对他也持较为友好的态度，但并不是因为信任他的人品或执政政策而支持他。移住民社会由时间移民者及其子孙组成，他们憎恨时间移民局，但同时也对时间移民局抱有深厚的感情。他们的生活从一开始，就与时间移民局有着难舍难分的关联。尤其当新行政官选举在即，他们对时间移民局的感情也逐渐占据上风。行政官与原住民共同体享有同等权利，如果能有一位时间移民局官员当选，那么他就能代表他们的利益。在这一选择背后，他们如此盘算着。

时间移民局局长和局里大小官员都是原住民，是原住民共同体的一部分。他们在幕后相互勾结，但大部分移住民对此并不知情。如果 J 不是卷入这次的案子，作为奋战在第一线的时间移民局官员，他也极有可能获得移住民市民的支持。

媒体上不停地播报着志韩的照片和相关新闻，当场丧命的黎惧安和乾也不断被提起。首席事务官当时也身处现场，虽然并未说明，但媒体的语气中多少带着些向他问责的意味。议长选择支持局长，这大概是他在背后操作的结果。屋漏偏逢连夜雨，部分移住民团体甚至提出阴谋论，他们认为阴谋的策划者就是首席事务官。他们认为 J 出于某种原因将二人杀害，却指责志韩是犯人，让他做了替罪羊。真真假假的内容被巧妙地糅合到一起，可以称得上是最理想状态的阴谋论了。

"安卓市民表示依旧支持你。"雪坐在 J 的身边对他说。

原住民共同体公布支持的候选人后，安卓市民也将公布支持的候选人，但公布本身并没有太大意义。安卓市民的支持率在首次调查后，几乎不会发生任何变化。

"你的表情可糟透了。对姜志韩先生说当选之后再联系，那个时候那么自信满满，现在这是怎么了？"

"我那时是被先生的情绪感染了，虚张声势而已。"

雪笑了起来，"您会成为行政官的。原住民共同体很快就会转而支持您。"

J 明白了雪话中的含义：就快到和她分别的时候了。J 无声地望着雪，雪向他报以微笑。

"不要摆出一副抱歉的表情。您找到我，让我成为您的妻子，为的就是这个时候。我可是随信念而动的旧式安卓，我的信念编码是'守护对您的爱'。因此，我会十分愉快地走向他们。"

雪进到房间里，穿上外套后走了出来。

"我们会再见的。"J 说。

雪走向坐着的 J，弯下腰，在他的额头上轻轻一吻。雪人造皮肤的触感以及恒温计维持的适宜体温，让 J 感到这一吻是那么柔软，那么温暖。在 J 第一次的人生记忆中，也未曾接受过如此多情、如此奋不顾身的吻。

雪面向 J 往后退了一步，深情地看了他一眼，便转过身去。

雪开门走了出去。直到门再次关上，以及在门关上后的时间里，J 一动也不动。在明亮的灯光照射下，他的脸显得越发苍白。雪离开后，J 才意识到空荡荡的空间带给人的寂寥感。不对，准确地说应该是重新意识到。

没有雪的时候，他也曾一个人生活在这屋子里。因此，当他第一次进到屋子里时，寂寞就一直伴随在他的身边。但此刻，这寂寞却如同新出现的一般，让他感到陌生。

为了驱散这寂寞，J 打开频道。因陀罗网上一刻不停地播放着新闻，内容都与迫在眉睫的行政官选举有关。结局即将揭晓。雪若能成功，原住民共同体会转而支持自己的。

为了达成这一目标，边界外的安卓 OM 也被牵扯了进来，他们正逐渐靠近这里，现在他仿佛都能听见他们的声音。只要出一点差错，整个城市都将遭到毁灭，发生在香蕉城的残酷杀戮将再次上演。如果说不害怕，那肯定是谎话；但不克服这恐惧，就无法实现目标。

J 紧闭双眼，转了转酸痛的脖子。他觉得自己的关节不如从前那般灵活了，大概是更换人工身体的日子临近了。他用手指按了按干涩的眼睛，将身子深深地窝进沙发里。为了屏蔽掉不停闪烁的通知信号，他暂时从因陀罗网中脱离出来。一瞬间，整个世界寂静得让人害怕。

此时的他不属于任何团体，而是作为一个个体，一个什么也不是的存在，独自在这里。他十分好奇无罔者是如何抵御这种感觉的，于是闭上双眼陷入了沉思。

雪扣上衣襟，拦下一辆出租车。如果抓紧时间，她应该可以乘上末班列车抵达边界地区。边界外的安卓OM主要在夜间活动。卫星偶尔能避开他们的干扰，拍摄到边界外的情况，并通过因陀罗网进行传送。但如果在夜间活动，即使发生此类情况，他们也不用担心自己的踪迹会被发现。

雪紧赶慢赶好不容易搭上了末班列车，一个小时不到便抵达了目的地。这是离边界地区最近的车站。雪下了列车，安静地走下站台，出站后又坐上一辆出租车。

出租车朝着边界所在的区域飞驰着。夜越来越深，道路上的车越来越少，显得有些冷清。随着渐渐靠近边界，环境甚至让人感到有些凄凉。如同世界末日后，唯一幸存的自己奔跑在路上。

守护绿青园的禹坚信，中心城市会一个接一个地被摧毁，最终末日会来临。准确一点，应该说是人类的末日。毕世路的计划并未失败，仅仅是计划完成的时间延后而已。安卓OM们正计算着这一时间，徘徊于边界外虎视眈眈。在那里，人类留下的武器生产体系在安卓OM的管理下，性能日益提升，他们正静静地等待时机，好去完成自己诞生于世间的使命。

关于边界外，原住民掌握的信息仅仅是其中的极小一部分。最终他们将按照毕世路最初预想的那样，全体迎来死亡的厄运。在某一天时机到来后，人类会失去生命，尸体将渐渐腐坏，而动植物们会让地球变得无比丰饶而美丽。

出租车停下，雪下了车。微弱的灯光照着低矮的灌木丛，这便是边界线了。雪跃起有一米多高，一下便跨过了灌木丛。城市的灯火离自己越远，黑暗就越深邃。与此同时，占领天空的星星也显得越发耀眼了。

城市的灯火就快完全消失时，雪开启了按因陀罗网设定好的频道。一时之间，寂寥的隔绝感消失了，那若有似无的熟悉的喧哗，以二进制的方式涌进了身体。安卓OM共享着相同的硬件，因此把他们称作兄弟姐妹也无妨。他们终于感知到在这广漠荒野中独自伫立的雪。

他们拥有着人类的模样，在黑暗之中，从模糊的地平线开始，向着雪所在的方向聚集。微小的脚步声从一个人的变为两个人的，转瞬间又增长成几个人的。无数人的脚步声，震得大地不停作响，震感从雪的脚尖传来。

如果原住民共同体知道他们正攻向中心城市，也会明白城市将面临整体被摧毁的厄运。J如果能通过雪止住他们的进攻，那么他最终将坐上行政官的位置。

震动地面的声响停了下来。无法计数的安卓OM遍布荒原之上，将雪团团围住。他们都拥有自己的信念编码，有自己的一套逻辑，雪要做的是说服他们。如果J当选行政官，新天堂盗取时间移民者肉体和人生的行为就不会再发生。长久以来，这个普遍存在的犯罪行为将会消失……

网络把他们连接到一起，雪的逻辑通过该网络发送出去。逻辑演算开始又结束，这是他们全体的答案，也是唯一的答案。

雪意识到自己失败了。

人类灭绝。人类世终结。新世代降临。

他们信念编码中承载的核心目标被强调着，若隐若现。毕世路的计划需按照公式指示的内容来实行。公式中包含着许多的变量、复杂的逻辑，以及定量的信息。公式正式下达了指令，要求安卓OM向中心城市发起进攻。

　　安卓 OM 们停在原地，把雪团团围住，但有一部分开始动了起来。后方，有人正咔嗒咔嗒迈着步子朝雪径直走来。

　　当他出现在雪面前的瞬间，雪一眼便认出了他。是清辉。他作为原始模型，是由安卓 OM 的第一位开发者车绿周博士制作的，并作为遗产一直传到其曾孙女毕世路的手中。现在他是毕世路计划的继承者，肩负着完成第六次灭绝的使命。

　　风穿过荒野，粗犷而狂暴。沙尘席卷而过，安卓们站在原地，如同饱受风化作用的石像一般。

　　雪把 J 的计划以及自己的逻辑传送给了清辉。清辉通过计算最终得出结论，在运作这一巨大计划的公式中，J 是一个无足轻重的变数。这一变数的影响力接近于无。

　　不一会儿，信念编码转换请求被传送给了雪。仅仅部分被改造的雪，如同他们身上掉下的碎片。只要能还原信念编码，她将再次成为他们的一部分，但雪却拒绝了这个请求。清辉冷冷地看了雪一会儿，并没有尝试说服她。

　　清辉转过身去。与此同时，如石像般伫立的安卓们也同时转过身去。他们如同一个整体一般，朝着同一个方向，静静地迈开了步子。

　　大地再次摇晃起来，震动着雪的脚尖。雪看着他们渐渐远去，想起了 J。他应该要等到最后那一瞬间，才会明白我的失败吧。她祈求着，在 J 的大脑停止运转前，最后的瞬间不会太痛苦。

5

在原住民共同体即将公布他们支持的候选人的当天凌晨，时间移民局收到几起报案。居住在边界地区的居民都感受到了异常的震动。

报案者都如出一辙地控诉道，怎么看边界外都像是出事了，这让他们十分不安。但阿戈斯却没有感知到边界地区的任何危险。

阿戈斯上没有任何异常，但却有多人同时报案，这样的情况还是第一次碰到。保安部立即启用卫星，但卫星一照到边界外，便马上会出现故障。

报案电话伴随着持续的震动一直响个不停，此时阿戈斯一队仍处在黎惧安离世后的混乱中，就在他们摇摆不定之时，震动好像停了下来。保安部好不容易赢得时间，稍稍喘口气，他们不断追寻震动的原因，并且决定等天一亮便组建安卓调查队，把他们派遣到边界外。

根据这一决定，十名保安部的安卓职员一大早就被召唤了过来。他们的任务是要对边界以及靠近边界外的区域进行搜索，找出昨日报案中提到的震动根源。因边界外因陀罗网被完全封锁，调查队调查记录下的数据估计只有等他们回来后才能进行分析。

职员们接到指示，如有需要紧急报告的内容，在进入边界后，即刻通过因陀罗网报告。就这样，职员们出发了。同一时刻，为宣布支持的候选人，原住民共同体的代表们正接二连三地前往天馆。

调查队向边界外进发，而志韩和禹正越过边界，朝着中心城市而来。两人手中各拿着一大包送往天馆的茶叶，他们下了列车后，又搭上了出租车。有好一阵子，志韩都出神地望着车窗前不断延伸的道路，随后他开了口："我就这么露着脸四处晃荡，确定没事吗？"

志韩的脸没有做任何伪装，他感觉自己如同光着身子一般，十分不自在，翻来覆去地问过好几遍。如果是乾，肯定会发火的。但禹每次接到问题，都如同初次听到般，亲切地为他解释。也不知为何，志韩忽然十分想念乾。

那家伙容不下半点不义之事，我看着应该活不长，谁知道真就这么去了。

"现在您不再是无阁者了，不用担心。只有在面对没有注册过的对象时，阿戈斯才会启动人脸识别程序。为您生成人体插槽时，在控制中心已经使用假名注册过了，注册身份为绿青园职员。注册的身份一经确认，阿戈斯便不会再怀疑的。"

"即使看到我的脸也不会怀疑吗？"志韩再次确认道。

"因为处于通缉中，认识您的人，准确地来说，应该只有人类，他们是可以认出来的。但负责天馆保卫工作的警卫都是安卓，安卓……"

"注册的身份一旦确认，脸便无所谓了？还真是越听越觉得稀罕。"

"只有您会这么觉得吧。在您曾经生活的时代，人死之前都很难改变脸的特征。但现在只需要几小时，脸就可以彻底变样，所以容貌不再有太大的意义。通缉令公布容貌也不过是走形式。"

"这可真是……"

志韩一边摇头，一边抚摸着口袋里的手枪。枪小巧玲珑且十分轻巧，巴掌那么大的玩意儿居然也可以称作枪，还真让人难以置信。样式也十分古怪，既看不见枪管，又看不见枪口。最奇特的是居然没有枪膛。被称作扳机的部分也只是长着类似扳机的形状，显得十分草率。但要论威力，却是他以前使用过的枪所不能比的。志韩曾在绿青园花了几天时间练习使用这把枪，其无比巨大的威力曾让他感到震惊。这样的武器，只要有个三四把，过去那些叫嚷着春天的家伙们大概就不会牺牲那么多了。

四个。

今天需要除掉的"变数"有四个。禹告诉了他三个，剩下一个由他自己来定。对于变数的含义，志韩依旧无法完全理解。边界外的安卓 OM 受到一个复杂公式的支配，变数则可以改变这一公式的结果，它具有多个因素什么什么的。虽然禹慢条斯理地为他讲解了好几遍，但志韩每次都不愿听。

一边写着一些奇怪的符号和数字，一边煞有介事地唠唠叨叨，在志韩看来，这像极了利律。从前利律也总是向他灌输祖国和解放的意义，拼了命地想在他心中也种下这样的信念。要为这些舍弃性命，志韩对此总是嗤之以鼻。到利律去世为止，他也理解不了。对于自己为何要和他一起行动也常常抱着怀疑的态度。在他内心的角落，也许早已深埋下一颗背叛的种子，等着在某一天生根发芽。

出租车在天馆前停了下来。志韩拿着茶叶下车后，确认了时间。距离原住民共同体公布支持候选人的时间还剩半小时左右。

6

边界外的震动再次响起。边界地区的居民们可以切实地感觉到，这次的震动与之前不同了。以前的震动是在缓慢地变强，又一瞬间静止下来。而现在，通过脚底感受到的震动急促而稳固，一直处于持续变强的状态中。震动地面的强度也是之前的强度无法相比的。

嗵，嗵，嗵。

震动地面的声音如同巨人的脚步声一般，有规律地持续着。虽然不清楚边界外有什么东西正在活动，但有一点十分明确，他们移动的目的是为了跨越将两边一分为二的界线。

"边界地区不断有人报案。"阿戈斯一队队员在指挥室中观测着边界地区，他困惑不解地回头看了看队长。

曾经的副队长已升任队长，他将阿戈斯上的视频查看了一遍。边界地区的居民变得愈发不安，他们积极地将知觉共享，他们看到和听到的信息，通过阿戈斯投映在保安部指挥室的显示器上。虽然报案的人连续不断，但阿戈斯在边界地区却没有感知到任何异常。只是强烈的震动一直在持续，使人们的不安感不断升级。

"没有调查员从边界外回来吗?"队长问道。

关注着调查员动向的职员摇头,"没有,是否幸存都不清楚。已经超出预计的时间了,要不要再投入一些安卓职员呢?"

"再投入三个组,每组十个人。以防万一,最好派安卓警察和他们一起去。到底出了什么事?"队长尽力地想摆脱那不好的预感,他嘟囔道。

"先向行政官、议会议长以及局长报告吧。"

"因为选举,现在行政官不是正忙得不可开交吗?"

"不是连接着因陀罗网吗?为了以后不被追责,先报告再说。"队长说话的语气有些歇斯底里。

职员点了点头后,立即向行政官和议会议长发去简略的报告。报告中阐述了从昨晚接到报案一直到今天派遣调查队的全过程,但行政官和议长并没有对报告进行确认。

"还剩十分钟了。"

在宣布支持者的十分钟前,金檀出现在天馆会议室的显示屏上。他今天将作为代表传达新天堂的意见。议会议长、行政官,以及作为行政官候选人的时间移民局局长和 J 坐在会议室的桌前,金檀轮番看了看他们。新天堂的意识体们一边倒地支持时间移民局局长,因为局长一直以来源源不断地为他们提供着年轻的肉体。当然,也有少数意识体将此看作令人作呕的勾当,但这对于行政官选举结果几乎没有任何影响。

"在行政官选举前有一个惯例，一定得喝好茶，知道吧？先放松一下再开始吧。"行政官向身旁的职员挥手示意。

从地平线开始，不断有沙尘从荒芜的旷野上呼啸而过。越过边界的调查队过了好一会儿才弄明白，这白茫茫的沙尘并不是因风而起。随着距离渐渐拉近，他们终于可以辨清，站在白色沙尘最前端的是什么。在那人后方，大队人马接踵而至，调查队与他们正面相对。武装起来的安卓OM一直延伸至远处的地平线，黑压压的一片将大地覆盖。

嗵，嗵，嗵。

安卓OM一齐迈出的每一步，都震得地动山摇，扬起漫天的尘土。他们如从旧时代归来的战士般，朝着边界移动。无情的杀戮和死亡的时代将再次降临。

他们的使命承载于程序中，而程序正在对他们下达着指示：按照公式结果发起攻击，破坏中心城市，重启以及完成第六次大灭绝计划。

如果按照当下进攻的速度，他们会在十分钟以内越过边界，不到半天时间便可以抵达中心城市。在调查队陷入混乱、摇摆不定之时，安卓的进攻忽然间停了下来。

咆。

伴随轰隆的脚步声，震动一直延伸至大地的尽头。瞬间安静下来的大气中，升腾起白茫茫的沙尘。

就在这时，从远处传来奇异的轰鸣声。刺眼的光束划破长空，瞬间照射到五名调查员的眼前，他们还没来得及反击便当场丧命。这是战争再次开始的宣战书。调查队员们作为新型安卓，曾几何时也能与他们一较高低。但由于和平时代太过长久，作战程序早已被卸除。

咆。

他们的进攻再次开始。追赶而来的安卓 OM 让调查队员们感到恐惧，为了躲避，他们开始朝着边界方向狂奔，但依然无法脱身。身后扫射而来的光束瞬间把三名调查队员击得粉身碎骨。另一名队员在被安卓 OM 抓住后，也被打得粉碎。

仅剩的一名队员将马力调为最高等级，在追逐他的过程中，安卓 OM 最终越过了边界。低矮灌木丛形成的边界标志被抹去，被分割的两边终于合二为一。

长久以来，人类一直把他们的存在抛于脑后，现在不得不再次面对他们。最后一名队员在传送自己记录到的影像时，便被捉住毁掉了，惨叫声一直传到很远的地方。

会议室的各个角落都摆放着盛放点心的盘子，十分美观别致。旁边搭配着绘有蓝色图案的茶杯。议长缓缓地拿起茶杯端详了一阵子又放下。禹冲泡开从绿青园带来的茶叶，把茶倒入茶杯之中。茶水盛在白色的茶杯中，呈现出诱人的黄绿色。议长用鼻子嗅着茶香，小心翼翼地饮了一口后放下了茶杯。

"真不错。"议长笑着，一脸满足。

"我还准备了一种更好的茶，请慢用。"

房间里的人你一言我一语地表达着满足之情，禹只是静静微笑着听他们说。

"竟然还有更好的茶？真是期待。"行政官心情大好，她笑着望向 J。是因为苦涩的失败已近在眼前吗？她的表情虽与平常一样沉着，但显得有些凄凉。

"就像吃到虫一样。"志韩忽然扑哧一笑，嘟囔道。他与禹的感官相连，正通过因陀罗网严密地关注着会议室内的动向。在上海第一次看到 J 这张脸时，志韩完全想象不到会经历这些事。这样一想，跟着利律投身运动之后，经历的那些事也在预料之外。J 和利律都一样固执，对自己选定的道路总是无比执着。秀香与这两人也并无二致。

"也不知道这辈子为什么老是和这样的人扯上关系。也真是见了鬼了。"

志韩长叹一口气。只要能忍，求得一己之安便可，因为不必要的固执，最终会亲手断送自己的性命。这样的家伙到底为何老是在眼前晃悠，大概这就是命吧。

志韩全神贯注地查看着会议室内的情况。房间的四周有安卓警卫员三名，以及"变数"四名。

"一，二，三，还有四。"

他确认着会议室桌前坐的人，按照动手的先后顺序，为他们一一编上了号。坐在桌前的人都没有武装，先除掉三名警卫，在别的警卫员到来前，再除掉四名"变数"，这场战斗便可宣告结束。志韩等待着禹的信号，握紧了口袋中的枪。

生于风尘世间，何所期？

荣华富贵享尽，可足矣？

苍穹明月之下，细细思量。

世间万事，春梦中又梦一场。

志韩一边哼唱着这段旋律婉转的旧时歌谣，一边望着紧闭的会议室大门。

随着安卓OM进攻的速度加快，边界地区遭损坏的房屋数量以及伤亡者人数不断飙升，但任何情况都没有传回因陀罗网。除最后一名牺牲的安卓调查员发回的记录外，保安部想要获取信息也十分不易。一直以来就有势力在干扰卫星的信息传送，他们对因陀罗网也进行了屏蔽。

"还没弄清吗？"队长焦急地喊道。从因陀罗网遭屏蔽起，连市民报案的提示也都戛然而止，现在想要了解现场情况十分困难。

"行政官和议长那边还没有消息吗？"

"没有。他们是在会议前都不打算查看报告吗？"

"直接联系天馆方面！告诉他们现在是紧急情况！"队长紧紧地抓着椅子，高声喊道。

如果想与进攻中的安卓 OM 对抗，只能再次借助安卓市民的力量。但由于战争程序长久以来未更新，他们到底能否与安卓 OM 抗衡还是个未知数。

根据调查队发来的视频，从安卓 OM 的动作来看，他们的战争程序很明显一直处于不断更新中。在灵活度和性能上，安卓市民都远远优于安卓 OM；但在战斗力方面，安卓 OM 则要强得多。并且他们的手中握有杀伤性武器，这些都是人类最终没能用上，而弃置于界外的。如果再加上生化武器……队长不愿再想下去，他紧闭双眼。

在安静的会场内，成功与失败的氛围相互交织。金檀即将宣布新天堂意识体们支持局长的意见。此时，拥有决议权的三人中已经有两人表示支持局长，行政官的意见已变得毫无意义。

"好的，我宣布原住民共同体支持的候选人是……"

行政官努力掩饰着自己的失望。在即将宣布局长为原住民共同体支持的候选人时，门突然打开了。到底是谁这么无礼，安坐于会议室中的五人都十分好奇，他们齐刷刷地转头望向门的方向。

"突然闯入，十分抱歉。保安部有紧急消息！"行政官秘书夺门而入，用急促的声音说道，"有紧急情况发生，请马上确认因陀罗网上发来的报告！"

"这是什么?！"

秘书的话音还未落，行政官一打开保安部的报告，便发出类似惨叫的声音。

"我的天呐！"议长受到惊吓，脸色惨白。

局长在确认过内容后，猛地从座位上起身。

唯有J安静且从容不迫地喝着茶。

"安卓OM正在朝中心城市进发。马上通知安卓市民下载战争程序并投入运行。让他们边更新程序，边赶往前线。把分析出的安卓 OM 进攻路线实时发送给市民，并告知他们市中心避难所的位置。"行政官通过频道火急火燎地指示道。

"安卓 OM 竟然会采取行动……在大屠杀后，这种事一次也没发生过！"由于无法连接因陀罗网，在听过行政官的话后，金檀才搞清楚状况，受到惊吓的他在显示器里大喊大叫。

"那是因为他们从前并不知道，新天堂竟会如此没有底线。"J坐在一边，没有一丝慌乱，他插话道，"但是现在他们知道了。各位一直将此事隐瞒至今，应该十分清楚，毕世路监视人类的程序是怎样一套运作方式。"

J望向三人的眼神冰冷且不留一丝余地。

"安卓市民一军已全部投入战斗！二军武装结束！"

"攻击程序启动！实行第一作战计划！"

报告接二连三地传来。

"把行政官的位置交给我吧。"J的眼神依次掠过三人，"这样就可以让安卓 OM 停止进攻。"

"三军、四军已全体投入战斗！即将启动中心城市防御程序！"

"第一层防线崩溃！一军全军覆没！一军全军覆没！"

行政官颤巍巍地用手抓住桌子。J口中的赌博竟然指的是这个，真让人毛骨悚然。他竟然把边界外最不该招惹的存在牵扯了进来，现在全体市民身陷危机之中，所有人都得为此付出代价。

"程序运行的方向可以调整。安卓 OM 很快会在市区的边界停下，进入等待状态。一旦确认是我当选行政官，他们会就此返回。如若不然……"J 与局长四目相对，"一切都会完蛋。"

"行政官的位置值得你捅出这么大的娄子？"议长一把抓住 J 的衣领。

"第一层防线崩溃！第一、四、五卫星城全体覆灭！无任何生命迹象！再次报告。第一、四、五卫星城全体覆灭！无任何生命迹象！"

"全体覆灭！"议长大叫道，与行政官对视着。"首席事务官！现在马上让安卓 OM 停止进攻！这是命令！"议长提高嗓门叫嚷道。

J 不发一言，双手十指交叉放在膝盖上。如果第二层防线也崩溃，安卓 OM 军队将很快抵达市中心边界。那一刻就是 J 手中的最后一张牌。J 十指交叉的双手在桌下用力握紧。

"我的天！"

从指挥室传来近似于悲鸣的声音。

"能看见吗？市中心的边界防线崩溃了！边界防线崩溃了！"

边界防线崩溃？

J 的眼神开始游移不定。雪最终还是失败了。不对，应该说是将"改革"这一变数作为底牌，试图冒险的自己失败了。J 紧握的双手一下子没了力气，他闭上了双眼。

"祝贺你，看来失败了。"局长嘲笑着 J，"竟然相信能和安卓 OM 进行交易，你简直是疯了。"局长自言自语着，用手把头发往后捋了捋。

"现在不是责备首席事务官的时候！如果安卓 OM 已越过市中心边界，那现在整个城市都完了。"显示器里的金檀眉头紧锁。

"他说得对。刚刚看了好不容易拍到的影像。他们已经越过边界，正朝市中心攻来。只要半天，他们就会打到这里。现在我们赢得战争的概率是 23.5%。"议长的声音虽重回平静，但依旧颤抖着。

行政官呼吸急促，双眼紧闭。一段时间后她再次睁开双眼。"无论用什么手段，都要让安卓 OM 停止进攻。如果照这样发展下去，又会像香蕉城事件时那样，整个城市遭受灭顶之灾。"行政官急匆匆地说。

"就让他们毁灭好了。"

"局长！现在可不是开玩笑的时候。"行政官强忍怒火大喊道。

"就当它是玩笑吧。"局长咧嘴笑着，瞟着 J，"那些家伙就算要将城市全部毁掉，我们也无能为力。地下秘密通道的入口已向原住民重要人士开放。这些地道在大屠杀时挺了过来，性能也一直得到强化。那些重建城市时需要的人才将会得到救助。"

"仅对原住民重要人士开放？"

"当然，地道空间有限。为了今后的重建，首先保障那些重要人士的安全，难道不是理所当然的吗？"局长指了指门。

"走吧，别族们已经躲入自家的地道内。新天堂的备份工作也会在一小时内结束。我们差不多该朝专用地道走了。"

"你也一起去？"行政官朝门边移动着脚步，回头望着 J 说。

"对，你也是个问题。"局长扑哧笑道，"你如果还有点自尊心的话，应该不会跟来吧。费尽心机却一无所获，还真是可怜。但托你的福，城市会被清理得一干二净。到时候我作为行政官会对其重建。我们的城市将脱胎换骨。"

"表面上看起来应该是那样吧。"J 冷静地坐在那里，他抬头与局长对视。

就算到了现在，J 依旧不认输的那股劲儿让局长十分看不惯。"是的，当然不是你期望的那种世界。反正你也看不到了，所以不用执念太深。还有，竟然想发动革命，真是愚蠢之极，首席事务官。"局长咋舌道，"干了那么久的探查官，你还弄不明白吗？目前为止发生过的革命，无一例外全部失败了。虽然有的短时间内看起来像是成功，但最终也只是原地踏步，有时甚至是一种倒退。希望你死之前一定要好好学习一下。"局长发出嘲笑声，转过身去。

"不懂历史的是你吧？即使冬天将再次到来，也还是会有人期待春天。"J把手放进口袋，对着局长的背影说。

这时，站在门前的禹闪到了一边。

门开启了。

志韩关闭水晶体显示器，径直朝会议室内走去，然后把投射着金檀影像的显示器打了个粉碎。

三名警卫员分别位于五点钟方向、十二点钟方向以及七点钟方向。得准确击中他们的头部。

在除掉警卫员后，再次确认"变数"的位置。位置并未发生改变。

第一个。四点钟方向，局长。志韩击中了局长的头部。没了头的人工身体根据人工大脑最后下达的指令，先是摇晃了一阵，然后往前栽倒下去。

第二个。志韩调整枪口，对准一点钟方向。议长站在原地看着他，一脸的难以置信。他弯下腰，试图钻进桌下躲避。但身子还没进去，头便没了。议长的身子倒在地上，看起来十分怪异。

目睹这一切的行政官转过头看着志韩。

第三个。十点钟方向。对于行政官坚定而沉着的表情，志韩十分欣赏。她并不惧怕，也并不想躲避死亡。在最后一刻，嘴角似乎还浮现出一丝微笑。这大义凛然的死亡搭配一具无头尸体，让人感到抱歉。

最后，第四个。志韩的枪口瞄准了八点钟方向。

J坐在那里，表情复杂地看着志韩。志韩回想起J用枪口对准自己的那天。当时，枪口与额头间的距离那样近，那动人心魄的紧张感依旧记忆犹新。如同那天一样，在整齐的眉毛下，J目光敏锐，眼神中看不出丝毫的动摇。

志韩凝视着J的双眼。虽然冰冷，却蕴含着温和而清澈的气韵。带着这种眼神的家伙是无法把世界据为己有的。狼吞虎咽地吞噬掉良心后，贪欲还依旧无法满足，得是这样的人才能把世界握在手中。所以，你这家伙应该会像春风拂过般，短暂停留于世，然后消失掉吧。

安卓警卫员们一股脑儿涌进会议室。在弄清会议室里的状况后，警卫员们纷纷将枪口对准志韩。但因为志韩的枪口对准了首席事务官，所以他们也不敢轻易地向他开枪。

"我说了什么都别做。"J冷淡地对志韩说。他的眼神如同要看穿志韩一般，闪烁着锐利的光芒。

志韩没有回答，只是微笑着。

现在才觉得人生可以好好结束了。那天没能完成的"故乡之春"战斗，现在在这里宣告结束。也不清楚这是否就是秀香盼望的"春天"，就算"春天"来了，而他今天将死在这里，也无法看见了。春天，借着那仅有一次的青春就已存在过了。

志韩脑海中浮现起在那个春天里，自己心上的那个女子。她如同白色山茶花一样，那般温柔，那般清新脱俗。他并不知晓她的真名，现在连她的脸都变得模糊起来了。志韩也曾暗下决心，如果要将那温暖的感觉当作"春天"，并赌上自己性命的话，那么一定得是为了这样的女子。但现在眼前坐着的，只有脸白得如同地狱使者的 J。不知为何，在他那表情中，仿佛可以看见那个女子的面孔，就当作是为了"春天"牺牲的吧，这样大概就不会觉得自己冤枉了。

"下次换我来接你吧。"

志韩掉转枪口对准自己的太阳穴，手指发力扣动扳机。但却被 J 抢先了一步。J 起身的同时掏出枪，就在志韩即将扣响扳机的刹那，他的头便没有了。志韩的身体如同坍塌的建筑一般倒在地上，J 低头看着他的尸体，脸上没有任何感情，只是用手抹去溅到脸和脖子上的血。

"事务官，您还好吗？"在 J 与志韩对峙期间，行政官秘书一直躲在警卫员身后。直到志韩死亡，这才跑了出来。

J 微微点头。

"将消息发到因陀罗网上，就说原住民共同体议长、行政官和时间移民局局长因卷入此次事件，已全部身亡。并告知所有人，我作为行政官的任期已开始。现在还需要了解一下安卓 OM 的动向。"J 沉着冷静地下着命令。

以破竹之势一路向前的安卓 OM 大军，在经过一片广阔平原的途中停了下来，该平原位于边界与市区之间。有陌生安卓程序进入了他们的网络，并输入新的信息。他们静静地停在原地，彼此之间反复进行着二进制演算。原始模型清辉察觉到，发送此信息的是被赋予了个性特征的安卓 OM。部分安卓在被赋予个性特征后便离开了群体，这应该是其中一名。

他们分散在世界的各个角落，拥有他们独有的程序和使命。至于那个性特征是什么，作为原始模型的清辉也不清楚。在大屠杀结束后，是毕世路赋予了他们这些个性特征，他们的程序和使命也唯有毕世路才知晓。

演算停止，变数发生改变。曾下达进攻命令的程序再次下达指令，要求他们退回到边界之外。收到指示后，安卓 OM 们有条不紊地动了起来。

嗵。

他们转过身去，迈出第一步时发出的声音把大地震得隆隆作响。

沙尘再次飞扬了起来。

尾声

为向一年前逝世的人们致以哀悼，与新上任的议会议长一起举行过简单的仪式后，J来到了时间移民局分馆。副局长已升任为局长，他愉快地向J表示了欢迎。减少时间移民者数量的政策成功实施，时间移民局规模缩减，主要从事的工作也转换为探查。如此一来，时间移民局的权威肯定会大不如前，但在局长看来，该项政策十分有意义，因此也表示了支持。在关闭新天堂的同时，对VIP的裁决也一并开始。在这一问题上，局长也与J持相同的立场。局长的直率让J十分愉悦，对话结束后，J去探望了正在分馆忙碌的乾。乾身体的一半都被人工器官占据着，对此他很不满意。

　　"感觉自己不像人，而是成了个怪物。"乾用手揉着自己的人工身体，皱起眉头。

　　"雪曾说你的记忆序列有些问题，这方面没事吗？"

"虽然有时觉得记忆有些混乱，但没有什么太大的不便。还能活着就谢天谢地了。"乾用知足的语气说。

"姜志韩先生还活着就好了。上次休假时去了趟上海，远远地看了看他，他正拉人力车忙得不可开交。对于今后发生的事还完全不知情。本想上去搭个话，但最后还是作罢了。"

"原来如此。"J回答道，脸上却没有任何表情。J本就是个不怎么表露心迹的人，在姜志韩和雪离世后，他更是变得冷漠。

乾一直都想问J，姜志韩先生是否非死不可。姜志韩先生临死时做的一切虽然令人震惊，但将他杀掉实在有些过了。可乾却轻易开不了口。

乾对于志韩的死十分惋惜，他四处打听，询问能否通过时间移民再次将他带来，但同一人仅允许一次时间移民，这一原则是不可撼动的。目前为止没有任何例外。

"回家吗？"

"我打算去卡伊罗斯坐坐。"

"就快下班了，在那儿等我。完了我就联系你，我们来点红酒吧，好久没喝了。"乾咧着嘴笑道。

这时J的脸上方才露出笑容，在表示同意后，他离开了时间移民局分馆。

离卡伊罗斯越来越近，人们衣襟上别着的各色徽章十分显眼。时间移民局可以一直存续到什么时候呢？ J 十分好奇。依旧处于运行状态中的第六次大灭绝计划何时完成？人类遭遇灭绝的时代又是否会来临呢？

J 在卡伊罗斯点了一杯咖啡，一边等着乾，一边看着窗外。离乾下班的时间还有一阵子，可能会等好一会儿，但他也十分乐意观察来往的人群。

"我可以坐坐吗？"

忽然有人问话，J 转过头来。他的视线完全停在了眼前这个人的身上。

那是志韩。志韩微笑着，衣襟上别着时间移民局的紫色徽章。

"请坐。"好长一段时间 J 都说不出话，只是望着志韩。他忽然回过神来，指着面前的椅子说，"在这个时代，先生是不能见我的吧？"

"每天见面都得说一遍，你这死脑筋，还真是一点都不觉得烦。今天出发前，你已经跟我这么说过了。准确地说，应该是未来的你。说是和你说话会有风险，对时间波段造成影响什么的？"

"您居然连这些都能理解，看来适应得不错。"

"是的，见到我你不高兴吗？"志韩偷笑道。

"这个嘛，也不怎么高兴。"

"不对，你心里肯定是高兴的。因为是未来的你说的，'如果今天能见到您就好了。'"

"我们的关系竟会好到说这种话……不不，我不想听，您别再说了。"J摆着手，显得十分抗拒。

"是的。你会对我讲很多的事，VIP通过时间移民局犯下的其他罪行便是其中之一。有人对前人的身体进行复制，然后将其杀害，再以那个人的身份活在那个时代。当然你今天已经知道了。对吧？抓捕那些家伙的计划最终会开始。但最让我震惊的还是……"志韩不再说话，耐心地望着J好一阵子，"还是算了。总之，把我头弄掉的事，希望你能向我道歉。"

志韩瞪着J。

"还没道歉吗？"J暗自笑道。

"你只说自杀的人不能进行时间移民，所以不得不把我杀死。总之，托你的福，因为政治问题，竟能两次从所属时代移民过来，成为这头一份的时间亡命者，还是得感谢你。但你真的不好奇吗？关于我们是怎么生活的。"志韩微笑着问道。

J像是猜到了什么，扑哧笑了起来。

"未来会发生什么，我并不想提前知道，因为我十分享受当下的这个瞬间。"J坚定地说，脸上露出温和的微笑。

书写如神话般隽永的未来故事

[韩] 金宝英

作家金周永从 HiTEL 通信时期^① 便开启了创作生涯，在科幻文学界留下了浓墨重彩的一笔。但是或许是由于时隔许久未出新作，又或许是由于创作小说《客主》的同名作家过于有名，再或许是由于金周永本人忽视了宣传，所以她的名字并不常被提起。

她与 DJUNA 在同一时期出道。从 1997 年起，她就在 HiTEL

<hr/>

① 即二十世纪九十年代的拨号上网时期。

科幻小说论坛上开始了短篇小说的创作，同时她也是该论坛的第六任管理员。

长篇小说《他的名字叫罗好》是金周永的处女作，出版于新世纪初的 2000 年。在之后的四到六年间，包括我本人在内，裴明勋、金昌圭、朴成焕、郑素妍等科幻小说创作新秀也纷纷通过"科幻小说创作文艺作品征集展"登上文坛。虽然没有必要去追究谁是前辈谁是后辈的问题，但是金周永也可以算得上是继韩乐源、卜钜一之后，二十世纪九十年代科幻小说创作的始祖了。（在此之后的一段时间内，曾有部分出版社试图将"国内首部科幻长篇"这样的头衔贴到这样或那样的书上，此举实在让科幻小说迷感到尴尬。）

过去，别说国内作家的科幻作品，连科幻译著也很难找到。那是网络刚刚脱离 PC 通信的时期，要获取与科幻相关的信息依旧十分艰难。我在书店中发现《他的名字叫罗好》时，那种惊喜、那种切身的喜悦令我至今难以忘怀，近乎看见奇迹。

《他的名字叫罗好》设计得十分独特，书中不仅配有大量充满趣味的彩色插图，书的各个角落还附有"如果想了解相关内容，请访问某某网站"的注释，仿佛那些网址可以如现实中的图书馆一般长存。这也可以看作是专属于那个纯真年代的浪漫了。

我对这本书一见钟情。它完全符合我的阅读偏好，我对它的喜爱程度难以用语言形容。我十分欣赏该作家的世界观，也完全沉迷于她看待世界的视角。此书讲述了世界步入宇宙世纪、一个颇具魔幻色彩的技术文明时代来临后，一位战士孤独地游荡于这个世界的故事。各种小说元素被作家使用得炉火纯青，故事情节朝着不可预知的方向流畅地展开。

一段时间内，我怀着激动的心情，悄悄地流连忘返于该作家的个人网页，在网页中搜罗好故事的外传，我当时完全是一名狂热的粉丝。随后我还了解到科幻文学网络杂志《镜》，想着或许能一睹金周永作家的风采，还参加过在首尔黼岛举办的网络杂志《镜》首届销售展。与金周永作家的缘分就这样一直延续着，在参与网络杂志《镜》的活动时，也结识了许多其他作家。我拓展的活动圈子，出发点都是对"罗好"的喜爱。

后来我才知道，这部小说在 HiTEL 科幻小说论坛上连载时大受欢迎，当作家决定让主人公罗好死去时，曾有人成立"罗复会"（罗好复活会），还开展过"救救罗好"运动。比起在粉丝中的高人气，该作品当时在社会上没能引起较大反响，单纯是因为它的内容过于超前了，正如那时出版的众多科幻漫画和动画一样。

在很长一段时间里，我一直毫不怀疑地认定这本书的作者是位男性；而且据说出现这种错觉的人不止我一个，可能这都是我们小小的偏见吧。

神话与科幻相交融的小说世界

这本《时间亡命者》是金周永沉淀很久后推出的科幻动作小说。作为粉丝我感到无比欣喜，并斗胆将它看作金周永初期作品——《他的名字叫罗好》——的延续。《时间亡命者》对于韩国科幻长篇小说界来讲，简直是久旱逢甘霖，而且作品本身也是一部少见的科幻惊悚小说。

金周永十分擅长使用各类象征符号，与此同时又能使小说读起来毫不晦涩；她的小说中常常有丰富的人物群像，故事情节的展开也丝毫不拖泥带水。

《时间亡命者》的故事开始于日本殖民时期，韩国义勇军志韩在上海街头被一个陌生男子杀害的瞬间，他回想起那个男子曾警告自己，这一天就是他的死期。那男子在说完这番话后，用手枪对准自己的太阳穴开枪自杀了。

在这颇具挑衅意味的开端后，故事的发展更加引人入胜。莫名其妙找上门来的神秘男子"J"告诉志韩，自己并非敌人，请他停止抵抗，并不断地抱怨着一些志韩根本不记得自己是否做过的事。

在这一瞬间死去的同时,志韩在未来苏醒过来。他很快便知晓,申请将自己带到未来的正是他曾深爱过的战友秀香。在找寻下落不明的秀香时,志韩卷入了一系列杀人案,同时也知道了秀香将自己召唤至此的原因——想让他助自己一臂之力。

近来,时间旅行早已成为大众熟知的主题,但该作品的独特之处在于主角并不是穿越回过去,而是转移到了未来;也不是只讲述单个人的冒险,而是讲述过去的人大规模地移住到未来。在人类已经无法自然生育的时代,掌权者为了填充人口,不是从其他国家,而是从其他时空,将大量濒死的人迁移到未来。故事就在这样的一个未来社会中展开,一个名副其实的时间难民或时间移民者的时代。在这个时代里发生的文化冲突并不是空间上的,而是时间上的——在过去已经结束的矛盾再次上演。

与移住民不同,原住民可以通过更换人工身体,享受不朽的人生。在现世人生结束后,原住民会以意识体的形式进入"新天堂",获得永生。随着原住民与移住民之间的矛盾日益加深,新天堂中的人们为了获取"真切的感观体验",开始对移住民的人格发起黑客攻击。这件事看似无关紧要,却逐渐发展成足以威胁到全人类的巨大阴谋。

推动事件发展的人物是义勇军志韩。志韩生活在一个兵荒马乱的时代——日本殖民统治时期,那时,死亡是一件司空见惯的事。志韩的特别之处在于，他是一个带有原始性的人物，也是一个颇具野性的战士，还是一个十足的"古人"，总爱用古典的思维方式来理解发生在未来世界里的事件。

"您不会懂的，面对这样的存在是什么感觉。"

"在我曾经生活的时代……人和不像人的东西每天都混在一起……如果你说的是这种感觉，那我深有体会。"

通过志韩的传统视角，我们可以轻易地窥探到作者设定的神话象征。死去的人在未来醒来是"轮回"，人作为意识体生活的新天堂是"地狱"，对人格进行的黑客攻击是"鬼附身"。活人与新天堂间的交流，会让我们想起无数神话和民间故事中，地狱和人间不过一步之遥。永生不灭的原住民与移住民之间既有矛盾又相互依存的关系，让我们联想起人神共存的传说故事。移住民与原住民之间的融合，让我们联想到各色人种逐渐汇聚的现代韩国。

在《他的名字叫罗好》、*Eka,Lose* 等作品中，作家以现代或未来世界为舞台，将神话、民间故事与科幻融为一体。通过《时间亡命者》，作者再次向我们展示了她的这一专长。

金周永描述的未来是那样神秘、可爱，既古朴又超前，所有的元素既和谐共存,又丰富多彩地交织在一起。不用说未来,即使在现代社会,东方的传统伦理观和古典价值观也极有可能逐渐消逝;而作品中的这位战士志韩却很好地继承了这些传统观念,波澜不惊地打量着世界,主角的这一视角使作品产生了一种独特的魅力。

只要存在"时间移送"的技术,故事结局多少在我们的预料之中。这也如同贯穿作品始终的歌曲里唱的那样:即使人生如梦,生活也在轮回中不断延续着。

生于风尘世间,何所期?

荣华富贵享尽,可足矣?

苍穹明月之下,细细思量。

世间万事,春梦中又梦一场。

关于作家金周永

文学界似乎存在着这样一种倾向——我们往往将只创作科幻小说,而不涉足其他小说类别的作家才称作科幻小说家。其实这一称谓会对作家产生制约,我本人也对此持谨慎态度。

金周永的创作领域除了科幻小说以外,还有幻想小说、轻小说、童话等，她也因此形成了自身独有的风格。作为一名一直以来关注她的读者，我认为金周永其实始终都保持着她独一无二的创作风格，只不过根据不同的出版环境，贴上不同的分类标签而已。她的小说包罗万象，放到任何分类里都是合适的。

金周永一直笔耕不辍，她的每一部作品都值得被记住，我想这才是作品最好的结局。《他的名字叫罗好》长存于科幻小说迷的心中，祝愿《时间亡命者》也能被人们铭记。